Mareike Krügel

Sieh mich an

PIPER

Zu diesem Buch

Man kann doch nicht einfach so verschwinden, wenn alles unklar ist. Das denkt Katharina, seit sie eine folgenreiche Entdeckung gemacht hat. Für den Moment will sie ihr Geheimnis für sich behalten, noch ein Wochenende lang soll alles ein letztes Mal sein wie immer. Und so entrollt sich an diesem Freitag der normale Wahnsinn ihres Alltags: Die Schule will, dass sie ihre Tochter Helli vorzeitig abholt, im Nachbargarten passiert ein bizarrer Unfall, ein Haushaltsgerät geht in Flammen auf, und der Besuch eines früheren Studienfreundes stellt sie vor emotionale Herausforderungen. Doch langsam beginnt Katharinas Vorsatz für dieses Wochenende zu bröckeln, und sie muss sich fragen: Ist ihr Leben eigentlich so geworden, wie sie es sich einmal wünschte? Wo stehen die Kinder, ihre Ehe mit dem in letzter Zeit viel zu abwesenden Costas – und welche Schlüsse soll sie daraus ziehen ? Erst als der Tag fast vorüber ist, beschließt Katharina, ihr Geheimnis zu teilen mit einem, den sie tatsächlich liebt.
»Sieh mich an« begeistert mit Lakonie und Klugheit, Witz und Tempo – und vermag uns zugleich einen Stich zu versetzen, denn so leichtfüßig dieser Roman daherkommt, so wenig scheut er die großen Themen.

Mareike Krügel, 1977 in Kiel geboren, studierte am Deutschen Literaturinstitut Leipzig und ist Mitbegründerin des PEN Berlin. Für ihr Werk wurde sie u. a. mit dem Literaturförderpreis der Stadt Hamburg und dem Friedrich-Hebbel-Preis ausgezeichnet. Zuletzt erschienen die Romane »Sieh mich an«, »Schwester« und »Alle wissen hier alles«. Mareike Krügel lebt zusammen mit dem Schriftsteller Jan Christophersen und den gemeinsamen Kindern an der Schleswig-Holsteinischen Küste.

Mareike Krügel

Sieh mich an

Roman

PIPER

Mehr über unsere Autorinnen, Autoren und Bücher:
www.piper.de

Von Mareike Krügel liegen im Piper Verlag vor:
Sieh mich an
Die Tochter meines Vaters
Schwester
Bleib, wo du bist
Gebrauchsanweisung für Schleswig-Holstein (zusammen mit Jan Christophersen)
Alle wissen hier alles

Unser Versprechen für mehr Nachhaltigkeit
• Klimaneutrales Produkt
• FSC®-zertifiziertes Papier
• Hergestellt in Europa

FSC www.fsc.org
MIX
Papier | Fördert gute Waldnutzung
FSC® C083411

Ungekürzte Taschenbuchausgabe
ISBN 978-3-492-31416-9
1. Auflage Oktober 2018
4. Auflage August 2024

Umschlaggestaltung: zero-media.net, München
Umschlagabbildung: Moore, Megan / Private Collection / Bridgeman Images
Satz: Eberl & Kœsel Studio, Kempten
Gesetzt aus der Palatino
Druck und Bindung: CPI books GmbH, Leck
Printed in the EU

Am Ende läuft's auf eins hinaus, ob du erstickst oder verhungerst, einmal muss es doch gestorben sein.

J. K. A. Musäus, Volksmärchen der Deutschen

Ich will nicht sterben, und ich will auch nicht durch diese Tür gehen. Schultüren sind der Eingang zur Hölle. Aber es hilft nichts, meine Tochter braucht mich.

Die Tür ist schwer und öffnet sich nach außen. Sofort schlägt mir der Geruch entgegen, den diese Schule wie alle anderen hat, die ich kenne, abgesehen von der Musikschule, in der ich arbeite, dort riecht es nach Staub und Kolophonium. Von Schulgeruch wird mir übel. Das ist eine psychosomatische Reaktion, die sich mit den Jahren einfach nicht abnutzt. Ich habe Helli bereits unzählige Male abgeholt, und immer noch rebelliert mein Magen.

Der Gang, dekoriert mit den Werken eines Kunstkurses, geht geradeaus, dann um eine Ecke und um noch eine, schon steht man vor der Glastür, die den Teil mit Schulgeruch und Linoleumboden vom behaglichen Teil mit Kaffeeduft und Teppich trennt. Ich sehe Helli sofort. Sie sitzt auf einem Stuhl vor dem Sekretariat und hat eigenartige Hörnchen in der Nase. Sie still sitzen zu sehen ist ungewohnt. Ich beschleunige meine Schritte.

In der Zeit meiner Vorpubertät, als ich etwa so alt war wie Helli jetzt, litt ich an einem Syndrom, für das niemand eine Ursache finden konnte, es gab nur vage Vermutungen wie Hormonumstellungen und Wachstum: Alle paar Wochen, ohne Vorankündigung und erkennbare Regelmäßigkeit, wurde ich in der Schule von einem Kotzanfall heimgesucht. Nach ein paar schlimmen Szenen während des Unterrichts und in der Pause lernte ich, so intensiv in mich hineinzuhorchen, dass ich die subtilen Vorzeichen, die mein Körper sandte, zu lesen verstand und es fortan immer rechtzeitig zum Klo schaffte. Dort übergab ich mich geräuschlos in mehreren Schwallen, wie ich es in meinem späteren Leben erst wieder während der Schwangerschaften erlebt habe. Trotzdem fühlte es sich in diesen Momenten so an, als würde ich sterben. Auch wenn der Verstand mir sagte, dass das nicht sein konnte, war das Gefühl eindeutig und verlor niemals seinen Schrecken. Noch Stunden oder auch Tage danach war ich zittrig und schwach, meine Sinne waren überfordert von den einfachsten Eindrücken – das Licht zu hell, die Stimmen zu laut. In dieser Zeit fühlte ich mich wie ein Zombie, nicht zu Ende gestorben, und das Leben, das weiterging, erschien mir unmöglich zu bewältigen. Als wäre mit jedem Anfall ein Versprechen nicht eingelöst worden, als hätte ich nur überlebt zu einem Preis, den ich eigentlich nicht zu zahlen bereit war.

Beim Näherkommen entpuppen sich die Hörnchen in Hellis Nase als zusammengedrehte Taschentuchfetzen, die als Tampons in den Nasenlöchern stecken. Sie sind bereits durch und durch hellrot und fallen heraus, als sie aufspringt, um mich zu begrüßen.

»Na endlich«, sagt sie.

»Ich war gerade einkaufen. Schneller ging nicht.«

Hellis Nase tropft, sie beugt sich vor und trifft zielsicher den Teppich.

Sie ist anders als ich, sie hat nichts dagegen zu kotzen, zu bluten oder auf andere Art Dreck und Unannehmlichkeiten zu verursachen.

Ich reiche ihr eine Packung Taschentücher, die ich aus dem Auto mitgenommen habe, sie reißt daran herum und drückt sich schließlich einige zerknüllte Tücher unter die Nase. Langsam richte ich den Blick nach unten, um die Bescherung abzuschätzen. Hellis Schuhe haben etwas abbekommen, auf dem Teppich führt eine regelrechte Blutspur von der Glastür zum Sekretariat. Ich folge ihr, klopfe und stecke den Kopf in das Büro, um Bescheid zu sagen, dass ich nun da bin und meine Tochter entferne.

»Frau Theodoroulakis«, ruft mir die Sekretärin zu, deren Name so banal ist, dass ich ihn jedes Mal sofort wieder vergesse: Lehmann? Kaufmann? Neumann?

»Ja?«

»Kommen Sie bitte mal hier rein, und schauen Sie sich das an.«

Das habe ich befürchtet. Während Helli auf dem Flur wartet, betrete ich das Sekretariat, in dem Frau Neumann am Boden hockt und wischt.

»Das geht so nicht, Frau Theodoroulakis, dass Ihre Tochter hier alles vollblutet. Ich habe für so was keine Zeit. Jetzt muss ich den ganzen Vormittag schrubben, und das Zeug geht einfach nicht raus. Ich sehe nicht ein, dass ich das machen muss. Ich bin doch keine Putzfrau.«

Helli muss eine längere Zeit vor Frau Neumanns Schreibtisch gestanden haben, dort ist ein dekoratives Tropfenmuster auf dem Teppich zu sehen. Ich kann mir bildhaft vorstellen, wie Helli vorgebeugt dastand und schadenfroh tropfte, während Frau Neumann fieberhaft meine Nummer wählte und gleichzeitig mit der anderen Hand in ihren Schubladen nach Taschentüchern wühlte. An einer Stelle auf dem Boden entdecke ich ein weißes Häufchen. Offenbar hat Frau Neumann es mit Salz versucht, so wie man es bei Rotwein macht.

»Blut geht nur mit kaltem Wasser raus«, sage ich.

Ich bin Expertin für Flecken, seit Helli auf der Welt ist. Frau Neumann richtet sich auf und hält mir den Lappen hin.

»Dann machen Sie mal, wenn Sie wissen, wie das geht. Solche Leute habe ich ja gefressen. Gute Ratschläge, aber immer nur danebenstehen.«

Etwas überrumpelt nehme ich den Putzlappen entgegen, der warm ist und damit nutzlos. Frau Neumann hat die Arme verschränkt und guckt streng. Obwohl sie klein und rund ist, wirkt sie bedrohlich.

Ich weiß nicht, was ich tun soll. Ich weiß nur, dass draußen auf dem Flur Helli wartet und ungeduldig weitertropft. Ich weiß, dass es eine ganze Spur wegzureiben gilt, die nicht an der Glastür endet, sondern bis in einen der Klassenräume tief in den Schuleingeweiden führt, wo es nach Kotzanfällen riecht. Ich weiß, dass es gleich klingelt und die Lehrer von allen Seiten herbeiströmen werden, und auf keinen Fall möchte ich vor ihren Füßen herumwischen müssen. Etwas Schlimmeres kann ich mir gerade kaum vorstellen.

Vor mir steht Frau Neumann und schnalzt gereizt mit der Zunge, weil ich noch immer nicht angefangen habe. Sie hat natürlich recht. Sie ist keine Putzfrau, und möglicherweise gibt es auch für sie wenig Schlimmeres, als vor den versammelten Lehrkräften auf dem Boden herumzukriechen. Sie tut mir leid, aber es ist auch nicht meine Aufgabe, den Schulteppich zu reinigen. Meine Aufgabe ist, mich um mein Kind zu kümmern. Ich drücke ihr den Lappen zurück in die Hand und verlasse flink den Raum. Draußen greife ich Hellis Schultasche und Jacke, schnappe nach ihrem Arm und ziehe sie hinter mir her.

»Na, hören Sie mal«, ruft uns Frau Neumann nach. »Das glaub ich jetzt nicht. Bleiben Sie gefälligst hier. Machen Sie die Sauerei weg. Ich bin doch keine Putzfrau.«

Helli und ich beginnen zu rennen, um die Ecken, den langen Gang entlang und durch die schwere Tür, bis wir das Auto erreicht haben, das ich allen Verboten zum Trotz direkt vor dem Schulgebäude geparkt habe. Hastig steigen wir ein.

»Fahr los, schnell«, ruft Helli lachend. »Sonst bewirft uns die alte Hexe durchs Fenster mit Putzlappen.«

Sie hat sich auf den Beifahrersitz gesetzt, ich schaue sie mit hochgezogenen Brauen an. Ihre Nase hat aufgehört zu bluten, vermutlich in dem Moment, als wir das Schulgebäude verließen.

»Ab nach hinten«, sage ich.

»Nö.«

Ich bin nicht sicher, ob die Bewegung in meinem Augenwinkel tatsächlich von der Schulsekretariatshexe kommt, die gerade aus dem Fenster klettert, um mir noch einmal nachdrücklich zu versichern, dass sie keine Putzfrau sei, aber ich entscheide, keine Zeit für Diskussionen mit meiner Tochter zu haben, und gebe Gas.

Obwohl die Frontscheibe beschlägt und ich bald kaum noch etwas sehen kann, fahre ich zügig vom Schulgelände und fühle mich erst in Sicherheit, als wir die Dreißigerzone vor der Bushaltestelle erreicht haben. Ich steuere in die Haltebucht und lasse den Motor wegen der Heizung laufen. Das Gebläse steht auf volle Kraft, es sieht nach einem aussichtslosen Kampf aus, aber ich weiß, dass am Ende immer die heiße Luft gewinnt.

»Was war denn los, mit Frau Neumann eben?«, frage ich. »So ist die doch sonst nicht.«

»Ihr Mann ist weg, da ist die etwas neben der Spur«, sagt Helli.

»Was heißt ›weg‹?«

»Abgehauen oder gestorben, eins von beidem.«

»Das ist aber nicht ganz das Gleiche.«

»Jedenfalls ist er weg, und seitdem ist die komisch. Sie heißt übrigens Kaufmann.«

»Vermutlich macht es für die Psyche wenig Unterschied, ob gestorben oder abgehauen«, sage ich, doch im selben Moment denke ich, dass die Psyche sich irrt. Der Unterschied ist enorm, und leben ist meistens die bessere Variante.

Helli nickt, als verstünde sie, was ich sage. Womöglich tut sie das sogar.

Ich hole mein Mobiltelefon hervor und suche nach der

Nummer des Kindergartens. Mein Musikkurs, der sowieso nur eine halbe Stunde dauert, soll in drei Minuten beginnen. Es lohnt sich nicht, überhaupt noch dort hinzufahren.

Kirsten nimmt ab.

»Hier ist Katharina«, sage ich. »Ich kann heute nicht kommen. Meine Tochter ist verletzt, ich muss sie aus der Schule abholen. Ein Notfall.«

»Ein bisschen kurzfristig, nicht?«

»Wir müssen vielleicht ins Krankenhaus. Ich hole die Stunde nach, wenn die Eltern das wollen. Aber erst nach Weihnachten.«

»Gebe ich so weiter«, sagt Kirsten und legt einfach auf. Sie ist nur freundlich zu Kindergarteneltern und Vorgesetzten.

Auf der Frontscheibe haben sich zwei durchsichtige Inseln gebildet, groß genug, dass ich die Straße sehen kann, wenn ich mich vorbeuge. Ich blinke und fahre los. Helli hat den Eiskratzer gefunden, den ich heute Morgen in den Beifahrerfußraum geworfen habe. Er steckt in einer Art Handschuh mit der Form eines Bibers, der die Hände beim Kratzen warm halten soll. Helli schiebt die Hand in den Biber, lässt ihn wie eine Puppe tanzen und mit näselnder Stimme sprechen: »Wir müssen leider total schnell ins Krankenhaus, Frau Kindergarten. Bei meiner Tochter blutet das Gehirn aus der Nase, und sie wird mit jeder Minute dümmer. Tut mir sehr leid. Ehrlich.«

Dabei sieht Helli aus wie einem billigen Horrorfilm entstiegen. Sie hat getrocknetes Blut an Kinn und Nase ihres blassen, runden Gesichts. Auf ihrem Oberteil, dessen genaue Bezeichnung ich nicht kenne, weil heute alles anders heißt als früher, sind münzgroße Blutflecken, genau dort, wo sich hügelige kleine Brüste abzeichnen, von denen ich nicht genau sagen kann, ob sie schon frühpubertär oder noch vom Babyspeck übrig sind. Blutspritzer sind auch auf ihrer Hose, die vermutlich ebenfalls einen eigenen Namen hat – Chino oder Cargo oder Wurstpelle. Ihr Haar ist strähnig und bedürfte dringend einer Wäsche, es wirkt noch farbloser als gewöhnlich.

Es wäre sicher leichter für Helli, unattraktiv zu sein, wenn wir sie nicht Helena genannt hätten. Aber wer konnte das ahnen. Costas ist ein olivhäutiger, schwarzhaariger Grieche. Alex kommt immerhin nach ihm, auch charakterlich. Er jedenfalls wäre viel zu stolz, so einen Blutsturz zu veranstalten, nur um ein paar Stunden früher nach Hause zu kommen.

Helli dagegen hat irgendein magisches Blutgefäß in ihrer Nase, das auf kräftiges Anstupsen reagiert. Wenn sie sich in der Schule langweilt, drückt sie dort herum, bis das Blut strömt. Und es strömt tatsächlich, es quillt hervor, es tropft und läuft und verwandelt ihr Gesicht innerhalb von Minuten in etwas, dessen Anblick jeden in ihrer Nähe in Aktionismus verfallen lässt.

Es ist das vierte Mal, dass ich sie in den letzten zwei Wochen wegen Nasenbluten abholen musste. Schwindel und Kopfschmerz dichtet sie inzwischen dazu, um die Sekretärin so zu beunruhigen, dass die mich am Telefon zu mehr Eile antreibt. Ich könnte jetzt einfach umdrehen und Helli zur Schule zurückfahren, damit sie auch die letzten Schulstunden absitzt, aber vermutlich würde ihre Nase sofort wieder losbluten. Außerdem fürchte ich mich vor Frau Kaufmann und ihrer Psyche.

Vielleicht sollte ich mit Helli jetzt gleich in die Notaufnahme fahren, einfach um ihr das Szenario, mit dem sie spielt, einmal vorzuführen. Ich könnte Nägel mit Köpfen machen und das abgerichtete Blutgefäß veröden lassen, um dem Spuk ein für alle Mal ein Ende zu setzen. Aber ich brauche mir nur Hellis Geschrei vorzustellen, wenn sich ihr ein Arzt mit Lötkolben nähert, um diesen Plan zu verwerfen. Helli und Ärzte sind eine Geschichte für sich und ein Grund, weshalb ich selber nie zum Arzt gehe; Helli hat meinen Bedarf an Arztbegegnungen seit elf Jahren mehr als gedeckt. Trotzdem kann ich es nicht lassen, mich für den blöden Kommentar des Eiskratz-Bibers ein bisschen zu rächen.

»Wir fahren wirklich ins Krankenhaus«, verkünde ich. »Wir sollten das mit deiner Nase endlich abklären lassen. Kann doch sein, dass da was ist mit deinen Adern oder den Nebenhöhlen.«

Sie fängt sofort an zu weinen. Das wollte ich natürlich nicht. Ich versuche, sie während der Fahrt zu streicheln, doch sie weicht aus, schluchzt dramatisch auf und schlägt nach mir.

»Schon gut, kein Krankenhaus«, murmele ich.

Sie schluchzt noch ein paarmal, dann ruft sie plötzlich: »Guck mal, was für eine blöde Mütze der Typ da aufhat«, und ich weiß, die Krise ist vorbei. Hellis Stimmungen sind wie das Wetter in Irland, sagt Costas immer. Wenn es dir gerade nicht passt, warte einfach ein paar Minuten.

Wir arbeiten uns durch die Vorstadt und den Streckenabschnitt, der über Land führt, vorbei an den Windrädern, den Höfen, durch Dörfer und Alleen. Ich nehme absichtlich den längeren Weg, weil dort weniger Verkehr ist, dann erreichen wir den Ortsrand, Einfamilienhäuser aus rotem Klinker, hier wie überall. Der Himmel, den ich durch die inzwischen freie Frontscheibe sehen kann, ist hell und weit. Ich weiß, dass da, wo er am Rand fahler wirkt, das Meer liegt. Dort endet das Land.

Mein Telefon klingelt. Es ist Costas, also spare ich mir das Anhalten und reiche das Telefon an Helli weiter. Sie freut sich. Sie mag Telefonieren.

»Hallo, Papa«, ruft sie. Dann lauscht sie eine Weile. Dann: »Nee, wir sitzen im Auto, sie hat mich gerade abgeholt. Nasenbluten.« Dann: »Ja, schon wieder. Ist aber jetzt vorbei.« Dann: »Ja klar, alles ganz normal. Und bei dir?« Dann: »Alles klar. Bis dann.«

Sie fängt an, auf den Tasten meines Telefons herumzudrücken, und scheint mich völlig vergessen zu haben.

»Helli?«, frage ich. »Was wollte er?«

»Er hat sich irgendwie Sorgen gemacht. Weil du dich nicht gemeldet hast oder was weiß ich. Jedenfalls habe ich ihm gesagt, dass hier alles ganz normal ist.«

Und es rührt mich beinahe, dass sie es normal findet, wenn ich meinen Musikkurs absage, weil ihre Nase einen Teppich ruiniert hat und wir vor einer aus Trauer irren Schulsekretärin fliehen müssen.

Wenn alles normal sein soll, ist es nicht gut, einen Ehemann zu haben, der für seine Familie fast nur noch telefonisch zur Verfügung steht. Seit Costas den Job in Berlin hat, streiten wir viel. Streitereien sind der Preis, den man für eine Wochenendbeziehung zahlt. Es macht die Abschiede leichter, und selbst nach einem einigermaßen harmonischen Wochenende kramen er und ich in letzter Minute ein paar Themen hervor, über die wir uns verlässlich in die Wolle kriegen. Dann verzeihen wir einander im Laufe der Woche per SMS, E-Mail, Skype oder Telefon, lassen die Sehnsucht wachsen und wirken, bis das Wiedersehen am Freitagabend unter Garantie eine Enttäuschung werden muss. Dann kracht es einmal heftig, beruhigt sich über Nacht und beschert uns einen friedlichen Samstag. Erst am Sonntagabend, bevor Costas wieder in den Zug steigt, geraten wir aneinander, damit wir für die kommenden Tage etwas haben, das wir uns gegenseitig verzeihen können.

Diesmal aber haben wir mehr Zeit als sonst, bis zum übernächsten Wochenende, und deshalb dauert auch das Versöhnen länger als gewöhnlich. Wir sind irgendwo in der Mitte des Prozesses, und das bedeutet, ich beantworte seine SMS nicht sofort und halte die Telefonate kurz und informativ. Dabei gäbe es viel zu besprechen bezüglich

Hellis Testungen, außerdem habe ich ihm mehrere Listen durchgegeben mit Ideen für Weihnachtsgeschenke, von denen ich annehme, dass sie in Berlin leichter zu bekommen sind.

Immerhin fällt Costas meine Einsilbigkeit auf und bringt ihn zum Grübeln, sonst hätte er nicht mitten am Vormittag angerufen. Dabei möchte ich doch nur, dass er meinen Unmut spürt, nicht, dass er sich Sorgen macht. Um mich muss man sich keine Sorgen machen.

Das Telefon ist für Helli mittlerweile uninteressant geworden. Es landet in meinem Schoß und rutscht von da aus in den Fußraum. Ihre Finger sind unermüdlich. Sie verstellen die Temperatur der Heizung, ändern die Richtung des Gebläses, betätigen den Warnblinker, dabei schaut sie ihren Fingern beim Herumfummeln zu wie eine Mutter Kindern beim Wuseln im Sandkasten. Schließlich stellt sie die Musikanlage an. Die CD, die anspringt, ist eine Aufnahme der *Dichterliebe* von Schumann, in der Einspielung von Josef Protschka und Helmut Deutsch. Ich habe sie heute Morgen eingeschoben. Die Musik beginnt, und ich muss aufpassen, dass ich die Augen offen halte. Beim ersten Takt schließe ich sie sonst immer und ziehe hörbar zischend Luft ein. Protschka singt gerade das dritte Lied: »Die Rose, die Lilie, die Taube, die Sonne …«

Der Bezug, den dieses Lied zu Dantes *Göttlicher Komödie* hat, war mir damals wie Schuppen von den Augen gefallen, als ich während des Studiums anfing, jedes Wort, jeden Akkord auf die Goldwaage zu legen. Anders als mir die gängige Sekundärliteratur weismachen wollte, erzählte dieses kleine Gedicht offenbar nicht von Blumen und Vögelchen, sondern von christlichen Symbolen und davon, dass es möglich ist, jemanden so sehr zu lieben, dass man bereit ist, sich von allem abzuwenden, was einem bis dahin Halt gegeben hat. Ich hatte Dante gelesen, weil ich seinerzeit ganz einfach die Muße hatte für schwierige Texte, während ich mich heute meist damit begnügen muss, die Tageszeitung zu überfliegen und abends über einem mittelmäßigen Buch einzuschlafen.

Damals, als ich anfing, wirklich zuzuhören, sodass ich die Verbindung zwischen Heine, Schumann und Dante entdeckte, konnte mich die simple Erkenntnis, dass Dinge zusammenhängen, die zuvor in meinem Gehirn ohne Beziehung zueinander umhergeschwebt waren, tagelang in Aufregung versetzen. Inzwischen kann ich nicht mehr unterscheiden, ob alles mit allem zusammenhängt oder im Gegenteil alle Verbindungen eine reine Illusion meines Bewusstseins sind, das sich sehnlichst wünscht, es möge so etwas wie Logik oder wenigstens Wahlverwandtschaften bei den Dingen und Ereignissen geben. Schumann jedenfalls hat immer versucht, Leben und Werk so miteinander zu verweben, dass das eine ohne das andere undenkbar wird. Es wird sich schwerlich um einen Zufall handeln, wenn die Motive sich ähneln. Mir hat das immer sehr imponiert, und ich hätte es gerne genauso gehalten, aber ich fürchte, es gibt bei mir nichts zu verknüpfen. Es gibt kein Werk, es gibt nur Leben. Schon beginnt das fünfte Lied, das mit dem Lilienkelch, es hat einen wunderbaren Anfang. Zart, dicht und intensiv. Costas findet, ich rede über Musik wie andere über Essen.

»Scheiße, Mama«, brüllt Helli.

Es gibt einen Knall und ein hässliches Knirschen auf ihrer Seite, ich bremse und öffne die Augen. Der Wagen steht halb auf dem Bürgersteig, und Helli schreit mich an:

»Was machst du denn? Wir hätten tot sein können.«

Sie zeigt vorwurfsvoll auf den Laternenpfahl, den wir mit dem Seitenspiegel gestreift haben müssen.

Ich habe immer gedacht, es wäre praktisch, wenn jeder seine eigene Todesursache kennen würde. Es wäre ein unschlagbares Mittel in der Therapie von Angstpatienten. Zum Beispiel weiß ich, dass ich in diesem Augenblick aufgebracht sein sollte und zugleich abgrundtief erleichtert, schließlich hätte sonst was passieren können, tatsächlich aber sitze ich einfach da und fühle ein inneres Achselzucken, denn ich weiß, wie mein eigenes Ende aussehen wird, und es hat nichts mit einem Autounfall zu tun. Seit zwei Wochen weiß ich es. Da habe ich das Etwas entdeckt. Seitdem ist die Sache klar. Das Etwas sitzt in meiner linken Brust und tut alles, was es nicht tun soll: Es wird nicht kleiner, ist nicht beweglich und schmerzt nicht. Es ist, was es ist. Aber es ist schließlich auch nicht seine Aufgabe, mir Hoffnung zu machen.

Die normale Frau Anfang vierzig hat eine Gynäkologin ihres Vertrauens, nehme ich an. Ich habe so etwas nicht, wie gesagt, ich gehe nicht zu Ärzten. Das wird sich nun ändern, und ich werde lernen müssen, wie Helli zu werden, denn ich werde Dreck machen und Unannehmlichkeiten bereiten. Ich werde nach und nach weniger werden, mich immer mehr von der Person entfernen, die ich jetzt bin. Und irgendwann werden auch die anderen einsehen und begreifen, was mir jetzt schon klar ist, weil es verborgen in meinem Inneren längst begonnen hat: dass es ans Sterben geht.

Ich weiß das alles. Aber Verdrängen hat seine Zeit, und Handeln hat seine Zeit, wie die Bibel so ungefähr sagt, und diese Zeit ist nicht jetzt. Vielleicht beginnt sie am Montag. Dann werde ich vernünftig sein und bei einer der Gynäkologinnen anrufen, deren Adresse ich mir vor ein paar Tagen aus dem Telefonbuch besorgt habe. Es gibt eine Gemeinschaftspraxis, in der zwei Ärztinnen arbeiten, die beide Birte mit Vornamen heißen, eine mit th und eine ohne. Ich stelle mir vor, dass die beiden sich im Studium kennengelernt haben und zufällig aus derselben Gegend kamen, dieser Gegend hier oben an der Ostsee, wo die

Eltern ihre Kinder seit Ewigkeiten Birte nennen, ohne sich von irgendwelchen Moden beirren zu lassen, sodass sich eine Freundschaft entwickelt hat, die am Ende dazu führte, dass sie eine gemeinsame Praxis in ihrer Heimatstadt eröffneten. Zu so jemandem möchte ich, wenn es denn schon sein muss. Ich werde vermutlich die Birte ohne th auswählen, denn ich habe selber zu viel davon in meinem Namen.

Am Montag also werde ich die Maschinerie in Gang setzen, mich fügen und den vorgegebenen Weg gehen. Von Montag an darf alles anders werden. Montage sind Schwellentage. Jetzt ist Freitag, und die Aufgabe von Freitagen ist es, die Woche sanft ausklingen zu lassen. Man muss sie frei halten von allem Unbill. Man muss die Gedanken stoppen, bevor sie wie Flöhe zu hüpfen beginnen und von Untersuchungen zu Diagnosen springen, zu Operationen, Chemotherapien, Bestrahlungen und anderen Ideen, die wochenenduntauglich sind und die friedliche Stimmung verderben.

Immerhin kann Helli der Situation eine angemessene Dramatik abgewinnen. Sie steigt aus und brüllt auf dem Bürgersteig herum, dass wir hätten tot sein oder mindestens ein Schleudertrauma oder einen Totalschaden haben können, sodass sie heute Nachmittag nicht zum Reiten gekommen wäre, und dass ich verantwortungslos sei und nicht halb so gut führe wie Papa, dass wir womöglich den Laternenpfahl bezahlen müssten und dass sie nie wieder zu mir ins Auto steige, nie wieder. Ihr Mund stößt in der Kälte Wölkchen aus: ein kleiner, pummeliger, pfannkuchengesichtiger Feuerdrache.

Hinter uns hält ein SUV mit Bamberger Kennzeichen, dem eine ganze Familie entsteigt. Urlauber vermutlich, die entweder die Ostsee im Winter besichtigen oder später mit einem der Riesendampfer weiter nach Skandinavien reisen wollen. Bald ist Helli umringt von einer fränkischen Kinderschar, ein zotteliger Hund bellt aufgebracht. Die junge Mutter dazu, mit einem überdimensionalen Schal um den Hals, ringt ihre Hände und versucht dann, Helli mit einem Taschentuch das blutige Gesicht sauber zu wischen. Es gelingt ihr nicht, denn meine Tochter ist mit dem Toben noch nicht fertig und hält nicht still. Der Vater, der viel zu jung aussieht, um so viele Kinder zu haben, schaut zu mir ins Auto und fragt:

»Alles in Ordnung bei Ihnen? Wie ist das denn passiert?«

»Schumann«, sage ich. »Und vielleicht ein bisschen Glatteis.«

»Jaja.« Er lacht. »Die Norddeutschen und das kalte Wetter.«

Endlich steige auch ich aus. Ich bahne mir einen Weg durch die Kindermenge, bis ich vor Helli stehe, die zappelt und einen puterroten Kopf hat. Ich nehme sie in den Arm. Sie windet sich und kämpft, dann wird sie ruhig. Die Bamberger Mutter hält ihr noch immer das Taschentuch hin, ich nehme es und lächle dankbar.

»Sie hatte Nasenbluten vorhin«, sage ich zur Erklärung, aber die Frau wirft mir nur einen skeptischen Blick zu.

Ihr Mann begutachtet inzwischen den Schaden. Er bückt sich und reicht mir den Seitenspiegel, den der Laternenpfahl weggehobelt hat.

»Bei den neueren Modellen klappen die Spiegel einfach zur Seite«, sagt er. »Sie fahren einen der letzten Jahrgänge, von denen noch Sachen abbrechen.«

Während seine Frau ihre Kinder und den Hund zurück in den SUV treibt, tritt er zu Helli und mir und umarmt uns beide. Vielleicht macht man das so in Bayern.

»Am besten gleich nach Hause fahren und erst mal entspannen«, sagt er in mein Haar hinein. »Autounfall ist wie Zahnarzt, das geht aufs Immunsystem. Nicht wundern, wenn Sie sich morgen erkältet fühlen.«

»Vielen Dank«, sage ich schwach. Umarmungen machen etwas mit meiner Stimme, sie entziehen ihr die Energie.

Die Kinder winken aus den Fenstern, als der SUV weiterfährt. Helli winkt ebenfalls fröhlich und lacht.

Zurück im Auto reiche ich ihr den abgebrochenen Spiegel. Sie runzelt die Stirn und dreht ihn herum, dann betrachtet sie sich ausgiebig darin, und halb erwarte ich, dass sie ihn gleich fragen wird, wer die Schönste im ganzen Land sei.

»Kann man mit nur einem Seitenspiegel überhaupt fahren?«, fragt sie.

»Ja klar«, sage ich, als ich wieder starte.

Man kann alles Mögliche, wenn man muss.

Als Helli genug von ihrem Spiegelbild hat, fällt ihr plötzlich die Musik auf.

»Was hörst du eigentlich für einen Schrott?«, sagt sie, drückt ein Knöpfchen und beendet gnadenlos das Stück. Mein Herz macht einen kleinen Satz, wie es das immer tut in diesen Fällen – es hat sich noch nicht daran gewöhnt, nach all diesen Jahren, dass Vorgänge unterbrochen werden, dass Situationen zu keinem Ende kommen, sondern immer nur in andere Situationen übergehen. Mein Herz liebt Schlussakkorde.

Hellis Finger finden den Radioregler, suchen einen Sender, dann einen anderen, erhöhen die Lautstärke. Ich starre auf die Straße und fahre, tue nichts als fahren, lasse mich nicht ablenken von diesen wuselnden Fingern und schon gar nicht von der Musik, die aus den Lautsprechern dröhnt und die Helli offenbar für so gut befindet, dass ihre Finger zur Fensterkurbel wandern.

»Gebt uns ruhig die Schuld dafür, den ganzen Rest könnt ihr behalten«, singen Die Fantastischen Vier, die ich sogar kenne, und Hellis Körper ruckt dazu kaum merklich im Takt.

In meinem Notizbuch habe ich eine Liste, die ich jetzt gern ergänzen würde. Sie heißt *Grammatikfehler in deutschen Liedtexten, die sich vermeiden ließen, wenn irgendjemand im Studio genug davon verstünde, um die Künstler darauf hinzuweisen.*

Die Liste ist eine ganze Seite lang.

Die letzten Takte des Sprechgesangs gehen direkt über in »Last Christmas«. Ich bin froh, als kurz darauf unser Haus in Sicht kommt.

Helli rüttelt am Handschuhfach, dann beugt sie sich zu mir herüber und verstellt die digitalen Anzeigen hinter dem Lenkrad. Ich blicke auf die Uhr, als ich in unsere Einfahrt einbiege: zehn Uhr zweiunddreißig. Ich bekomme noch mit, wie die Zeitanzeige verschwindet und stattdessen eine Temperaturangabe erscheint, weil Helli den entsprechenden Knopf gefunden hat. Minus drei Grad. Danach werde ich darüber informiert, dass ich im Schnitt fünf Komma vier Liter verbrauche. Dann kann ich endlich den Motor ausstellen und die Stimme von George Michael zum Schweigen bringen. Ich klaube das Mobiltelefon unter dem Sitz hervor und stecke es in die Manteltasche. Helli steigt aus und hinterlässt auf dem Beifahrersitz einen Eiskratz-Biber, ein blutiges zerknülltes Taschentuch und einen Außenspiegel.

*

Drinnen empfängt mich neben einer Tasse kalten Kaffees auf dem Küchentisch meine To-do-Liste für heute. Dort steht:

Was ich heute erledigen muss, bevor Kilian kommt:
- *Staubsaugen (auch im 1. Stock, unbedingt)*
- *Wäsche machen (Maschine ausräumen, neu beladen, Trockner)*

– *Gästebett beziehen (Bettwäsche bügeln – spießig oder gastfreundlich?)*
– *Einkaufen (siehe separate Liste)*

Das sollte leicht zu schaffen sein, sogar mit Helli und Alex im Haus, der heute früher Schulschluss hat.

Ich schaue nach den Ratten und öffne ihre Luke, damit sie nach draußen können. Sie leben in dieser Hinsicht selbstbestimmt und entscheiden allein, wann es ihnen zu kalt ist. Danach räume ich die Einkäufe aus dem Auto. Helli läuft neben mir her und guckt, was ich besorgt habe. Ich trage die Tiefkühllasagne in Richtung Gefrierschrank.

Helli nimmt den Martini aus dem Korb und fragt:

»Willst du dich besaufen, weil Papa nicht da ist und ohne dich feiert?«

Costas trinkt wenig Alkohol, kein Wunder, dass es ihr auffällt. Es ist lustig, dass sie beim Anblick einer Flasche Martini sofort an ein Besäufnis denken muss. Sie hat noch keine Erfahrung mit den sozialen Funktionen verschiedener Alkoholsorten.

»Heute Abend kommt doch Kilian«, sage ich. »Und dein Vater kann gern allein feiern, ohne dass ich mir die Einsamkeit schönsaufen muss.«

Mein Plan für den Abend ist, Helli mit oder ohne Alex vor dem Fernseher zu parken, damit ich Zeit für Kilian habe, der mich seit unserer Studienzeit vor gut fünfzehn Jahren zum ersten Mal hier besucht. Ich habe noch keine Strategie für den Moment, in dem ich den Fernseher ausschalten werde. Normalerweise bewirkt das nämlich einen Anfall der größeren Art, von Costas liebevoll »Grand mal« genannt, und die einzige Möglichkeit, diesen zu vermeiden, besteht darin, Helli so lange fernsehen zu lassen, bis sie auf dem Sofa einschläft. Das könnte heute sogar klappen, weil sie nachher Reitunterricht hat. Mit etwas Glück reitet sie sich müde.

Irgendwann verliert sie das Interesse an den Einkäufen und verschwindet in ihrem Zimmer, um ihre Schulkameradinnen während des Unterrichts mit dem Smartphone anzufunken. In ihrer Schule sind private elektronische Geräte verboten, aber sie wird es trotzdem probieren. Denn etwas anderes fällt ihr nicht ein, jede Wette. Mit Wehmut denke ich an die Vormittage meiner Kindheit, in denen ich, krank auf dem Sofa liegend, zu Hause bleiben durfte. Ich hatte eine Art Krankheits-Bibliothek, die aus Büchern bestand, die ich kannte und die mich so fesselten und erfreuten, dass ich sie sogar mit Kopfweh lesen mochte. Helli liest Bücher nur dann, wenn sie sicher ist, dass es eine gleichnamige Fernsehserie gibt, durch die sie hinterher oder währenddessen nacharbeiten kann, was ihr Gehirn beim Lesen übersprungen hat.

Ich streiche *Einkaufen* von der To-do-Liste. Es ist ein gutes Gefühl, etwas durchzustreichen, weil es erledigt ist, und es ist in diesen Tagen ein ebenso gutes Gefühl, sich sofort einer neuen Aufgabe zuzuwenden, etwas Normalem und Alltäglichem. Wer behauptet, normal sei langweilig, ist vermutlich sehr jung oder in der Midlife-Crisis.

To-do- und Einkaufslisten sind die einzigen Listen, die ich offen herumliegen lasse. Alle anderen kommen in mein Notizbuch, und ich bin ziemlich sicher, dass meine Kinder keine Ahnung von dessen Existenz haben. Ich schreibe nur heimlich. Kann ich gerade nichts notieren, weil ich beobachtet werde, nutze ich ein Merksystem, für das ich in Gedanken das Haus meiner Kindheit Zimmer für Zimmer abgehe und in jedem Raum einen Stichpunkt meiner Liste ablege. Wenn ich dann später Zeit finde, schreibe ich alles auf, indem ich wieder durch das Haus gehe und die Stichpunkte nach und nach aus den Zimmern hole. Wir wohnten in einem Reihenhaus im Kieler Stadtteil Projensdorf. In meiner Fantasie muss ich viele Treppen steigen.

Ich stelle den Martini in den Kühlschrank, weil ich

annehme, dass man ihn kühlen muss. Vielleicht stimmt es nicht, was ich zu Helli gesagt habe. Vielleicht muss ich mir den Abend ohne Costas doch ein bisschen schöntrinken.

»Ich muss mich da sehen lassen«, hatte er wörtlich am Wochenende gesagt, als ich seine dämliche Feier in der letzten Minute aufs Tapet brachte, um einen ordentlichen Abschiedsstreit zu provozieren.

»Ich muss mich da sehen lassen.« Ein Satz, über den ich einfach nicht hinwegkomme. In ihm scheint die gesamte Oberflächlichkeit und Fremdbestimmung einer ganzen Gesellschaft zusammengefasst zu sein. Dass ausgerechnet Costas diesen Satz geäußert hat, tut mir beinah körperlich weh. Oberflächlichkeit und Fremdbestimmtheit sind zwei Eigenschaften, die er mehr verachtet als alles andere.

»Das ist nicht nur eine Adventsfeier, sondern auch eine innerbetriebliche Verpflichtung. Alle, die für die Firma wichtig sind, müssen da rumstehen.«

Er sagt stets »die Firma«, wie in einem Thriller.

»Du bist aber nicht wichtig für die Firma. Das sagst du selber bei jeder Gelegenheit. Du bist ein austauschbarer Sklave, oder wie nennst du das?«

»Hure«, sagte Costas düster.

»Stimmt, schließlich wirst du von denen ja bezahlt. Da gehört Rumstehen und Sich-sehen-Lassen eben einfach dazu, nicht? Zu was macht mich das dann? Zu deinem Zuhälter, der dich jede Woche losschickt, dir den Rücken frei hält und dafür einen Teil deines Einkommens kassiert?«

»Lass den Quatsch. Ich will nicht streiten. Nicht wegen so was.«

»Gibt es überhaupt eine Bezeichnung für jemanden, der mit einer Hure verheiratet ist und ihr den Haushalt führt, ihre Kinder in der Gegend herumfährt und insgesamt zu Hause den Laden am Laufen hält, während sie auf Partys herumsteht und Networking betreibt?«

Immerhin wurde er wütend.

»Erstens habe ich dich gebeten mitzukommen. Ehefrauen sind ausdrücklich erwünscht …«

Ich schnaufte nur.

»… Ehepartner sind ausdrücklich erwünscht. Niemand zwingt dich also, den Laden hier am Laufen zu halten. Aber das kannst du dir einfach nicht vorstellen, dass es ohne dich geht, oder? Dass hier irgendetwas klappen könnte, wenn du nicht alle Stunde patrouillierst?«

»Und zweitens?«

»Zweitens?«

»Das war erstens. Was ist zweitens?«

Costas starrte mich an, und ich genoss den Moment. Er ist so viel größer als ich, so breitschultrig und dunkelhaarig und überhaupt so imposant, jedenfalls aus meiner Perspektive, dass es mir jedes Mal Freude bereitet, wenn ich ihn entwaffnen kann. Ich wusste allerdings auch, was kommen würde. Alles hat seinen Preis. Wenn ich mich entschließe, die sachliche Ebene zu verlassen und Costas in die Enge zu treiben, wird es laut.

»Zweitens ist mir völlig egal. Aber wenn du glaubst, es macht Spaß, auf so eine Scheißfeier von dieser Scheißfirma zu gehen, hast du dich geschnitten.«

»Dann bleib doch einfach weg. Wir können dich hier gut gebrauchen. Oder komm wenigstens Samstagmorgen nach Hause. So weit ist es ja nicht.«

»Am Samstag ist die Begehung, und ich habe noch einen Haufen Arbeit auf dem Tisch. Die gucken sowieso schon komisch, weil ich am Wochenende immer weg bin. Ich kann es mir nicht leisten, den Job zu verlieren. Einer von uns muss Geld verdienen, Kath. Oder willst du uns mit deinem Job durchbringen? Zwei- oder dreimal die Woche mit Kindergartenkindern Triangel spielen. Davon könnten wir noch nicht mal das Essen bezahlen.«

Er hatte sich gerade seinen Mantel mit den Schulterpolstern angezogen, draußen wartete das Taxi, das ihn zum Bahnhof bringen sollte. Im Halbdunkel des Flurs wirkte er wie ein angeschossener Bär, leicht wankend vor Schmerz und vor Wut. Er liebt Harmonie über alles und meint, wenn Eheleute sich anbrüllen, haben sie bereits die rote Alarmzone erreicht – die letzte Station vor der Paartherapie. In dieser Hinsicht ist das zurückliegende Jahr schlimm für ihn gewesen. Ich hingegen fürchte mich nicht, wenn Costas zum wankenden Bären wird, im Gegenteil. Aber vielleicht sind das die traurigen kleinen Freuden der Hausfrau, deren täglicher Einsatz nichts Sichtbares hervorbringt, keinen Profit abwirft, niemals ein Ende findet und ganz sicher keine Anerkennung – immerhin kann sie ihren Ehemann so provozieren, dass man eine Wirkung sieht.

Mich selbst trifft er selten, wenn er in meine Richtung schießt. Wenn er versucht, gemein zu sein, macht er das so ungeschickt, dass es fast zum Lachen ist. Womöglich liegt es daran, dass er – anders als ich – nicht wirklich gemein ist. Er imitiert nur das Gemeinsein, versucht zu verletzen, weil er glaubt, das werde von ihm erwartet, aber er zielt daneben. Meine Kindergartenkinder und mein verschwindend geringer Beitrag zum Familieneinkommen taugen jedenfalls nicht dazu, mich wütend zu machen. Es gibt Wahrheiten, die sind so offensichtlich, dass es nicht wehtut, sie auszusprechen.

»Ich greife nur auf, was du selber sagst. Du bist derjenige, der sich als Hure bezeichnet. Du bist derjenige, der jeden Samstag stöhnt, dass er morgen wieder losziehen und seine Seele verkaufen muss. Mag sein, dass ich mit meinen Triangeln nicht toll dastehe, aber wenigstens weiß ich, dass es sinnvoll ist, was ich tue.«

»Und was ich tue, ist sinnlos? Willst du das damit sagen? Ich arbeite, ich ernähre meine Familie. Nebenbei erschaffe ich Wohnraum …«

»Büroraum, nicht Wohnraum. Du machst hässliche Sachen für hässliche Menschen und wirkst daran mit, dass unsere Städte immer hässlicher werden. Deine eigenen Worte sind das.«

»Was ist die Alternative? Kündigen? In deiner Welt möchte ich leben, Kath. Muss schön sein, sich einfach alles zurechtdenken zu dürfen, wie es einem gerade passt.«

»Meine Welt kannst du geschenkt haben, jederzeit. Und wenn es das ist, was du hören willst, kann ich dir gerne versichern, deine Familie ist dir sehr dankbar, dass du dich für sie prostituierst. Aber ausheulen musst du dich bitte woanders. Ich will nicht deine Puffmutter sein, die dir deswegen auch noch die Wange tätschelt oder bei einem lächerlichen Adventsempfang im Minikleid gute Miene macht.«

Statt zu antworten, versuchte Costas, ohne mich anzusehen, seinen Architekten-Einheitslook-Mantel zuzuknöpfen, gab es auf und stürmte mit wehenden Schößen und ohne Handschuhe hinaus in die Kälte. Ich hätte ihn gerne aufgehalten, festgehalten, gezwungen, bei uns zu bleiben. Es machte mir Angst, dass er so lange fortbleiben würde. Und es fühlt sich falsch an, ihn in diesen Tagen nicht nah bei mir zu haben. Aber das kann ich ihm nicht sagen. Vielleicht ist es einmal eine wissenschaftliche Studie wert, herauszufinden, weshalb Gemeinsein gegen Angst hilft.

Mein Telefon piept im Flur in der Manteltasche. Während ich die Tastensperre aufhebe, um die Nachricht lesen zu können, kommt eine zweite. Alex schreibt: *Was gibt es zu essen?* Sissi schreibt: *Kann ich dich nachher anrufen? Wir müssen reden.* Ich stehe vor der Kommode im Flur und tippe mühsam auf den kleinen Tasten ein: *Hallo Alex, ich habe noch nicht entschieden. Vielleicht Suppe. Viele Grüße und bis gleich, Mama.* Danach schreibe ich: *Liebe Sissi, ruf mich doch einfach gegen 15 Uhr auf dem Handy an, dann ist Helli beim Reiten, und ich habe Zeit. Herzlichst, Kathi*

Mein Magen knurrt, weil das Frühstück zu lange her ist. Ich habe gelesen, dass viele Menschen in unserer westlichen Wohlstandsgesellschaft gar kein Hungergefühl mehr kennen. Es handelt sich dabei vermutlich nicht um Mütter minderjähriger Kinder. Zu dem Magenknurren – um das ich mich später kümmern werde, ich habe eine Liste abzuarbeiten – gesellt sich so ein typisches Zwicken in der Zwerchfellgegend, das immer kommt, wenn ein Kind krank ist, und mich veranlasst, in regelmäßigen Abständen nach ihm zu sehen. Nicht, dass ich wirklich glaube, Hellis Nasenbluten sei ein schlimmes Symptom, aber es reicht mir zu wissen, dass sie jetzt in ihrem Zimmer ist, obwohl sie in der Schule sein sollte. Und es reicht auch, dass Alex jetzt schon per SMS nach dem Mittagessen fragt und folglich ebenfalls hungrig sein muss, um mein Zwerchfell zu aktivieren.

Manchmal denke ich, ich bin eine Art Spinne im Netz, dessen Fäden zu all den Leuten reichen, die ihr wichtig sind. Sobald sich einer von ihnen bewegt, zittert oder ruckt der Faden, und ich zittere oder rucke mit. Das Bild ist allerdings schief; Spinnen haben Netze, um Beute zu machen. Wenn es irgendwo ruckt, bedeutet das, es gibt etwas zu essen. Aber wie eine Spinne fühle ich mich trotzdem – denn ich reagiere auf jede Erschütterung meines Netzes. Ich habe die Fäden selber gesponnen, die mich mit all den anderen verbinden, ich wäre heimatlos und verloren ohne dieses Netz, in dem ich sitze. Ebenso wären es die anderen, wenn es mich nicht mehr gäbe, sie wären dazu verdammt, zu zappeln und zu rufen, ohne dass jemals jemand käme, um nach ihnen zu sehen.

Ich habe ein gespaltenes Verhältnis zum Wäschewaschen. Einerseits ist es die mütterlichste aller Haushaltstätigkeiten – all die kleinen Strampelanzüge, all die Lieblingshosen und guten Hemden, für die man im Laufe der Jahre verantwortlich ist. Andererseits fürchte ich mich noch immer jedes Mal vor dem Ergebnis.

Gerne würde ich es hinausschieben, aber ich habe keine geeignete Ausrede. Das Badezimmer, in dem sich Waschmaschine und Trockner befinden, liegt in unserem Haus aus irgendeinem Grund im Erdgeschoss, und ich stehe bereits im Flur an der Garderobe. Persönliche Abneigung ist kein Grund, eine Aufgabe nicht zu erledigen, das ist die erste Lektion, die man auf dem Weg zum Erwachsenendasein lernt, und der Grundsatz, den man spätestens als Mutter von Wickelkindern verinnerlicht. Ein bisschen zu fest lege ich das Telefon auf die Kommode, dann gehe ich ins Bad, um mich der Wäsche zu stellen.

Vor den Geräten gehe ich in die Hocke, meine Kniegelenke knacken. Eine Maschine ist bereits durchgelaufen, ein Lämpchen leuchtet und zeigt an, dass ich die Tür öffnen kann. Ich bestücke zuerst den Trockner, dann ziehe ich den Wäschepuff zu mir heran, befülle die Maschine und starte das Programm. Der Boden vibriert, es brummt und rauscht.

Und weil ich nun schon mal im Badezimmer bin, gehe ich auch noch rasch auf die Toilette. Der Kaffee von heute Morgen wird sich früher oder später melden, vielleicht kann ich ihm zuvorkommen, bevor es dringend wird. In meinem Kopf dudelt »Last Christmas«. Auch zu Weihnachten habe ich ein gespaltenes Verhältnis.

Zunächst hatte meine Mutter nichts erzählt. Erst als sich nicht mehr verbergen ließ, dass sie krank war, als die Operation kam und kurz darauf die erste Chemotherapie, gab sie widerwillig zu, dass sie etwas hatte. Sie bat nicht um Hilfe, und irgendwie bekam sie das Nötige so hin, dass ich mich zwar um sie sorgte, aber keinen Gedanken an das große Ganze verschwendete. Erst als sie von heute auf morgen für längere Zeit ins Krankenhaus musste, offenbarte sich das Ausmaß der Probleme. Mein Vater konnte nicht einmal ein Ei kochen, und es stand für ihn auch außer Frage, es überhaupt zu versuchen. Und Sissi lebte ohnehin in ihrer Musiker-Sphäre, für sie stellten weltliche Dinge nichts weiter dar als lästige Ablenkungen vom Wesentlichen. Von meinen Freundinnen konnte ich niemanden fragen, schon gar nicht Ann-Britt, denn die war so ahnungslos wie ich selbst und hatte nicht vor, sich jemals in ihrem Leben mit den profanen Fragen des Haushalts zu belasten.

Kochen, Einkaufen und Staubsaugen waren leicht zu erlernen, verglichen mit dem Wäschewaschen. Regelmäßig stand ich verzweifelt vor einem Berg aus Kleidung, einer dafür viel zu kleinen Maschine und einem wackeligen Wäscheständer im Reihenhauskeller, wo im Herbst die Wäsche viele Tage brauchte, um trocken zu werden. Es gab noch kein Internet, das sofort Tipps und Anleitungen hätte liefern können, und so startete ich eine langwierige Versuchsreihe. Ich kippte Waschpulver in die verschiedenen Fächer, drehte an den Reglern und probierte nach und nach alle Programme aus. Mein Vater verlor kein Wort über die verfilzten und stark verkleinerten Socken in seiner Schublade, ebenso wenig sprach ich ihn darauf an, dass seine Unterwäsche Löcher hatte. Ich kaufte Weichspüler und Waschmittel, wie ich sie aus der Werbung kannte, und es dauerte erstaunlich lange, bis mir auffiel, dass es in den Kleidern Etiketten mit Waschanleitungen gab. Bis dahin hatte ich angenommen, sechzig Grad sei eine mittlere Temperatur, mit der man nichts falsch mache.

Ich kämpfte einen einsamen Kampf mit der Wäsche dort unten im Keller. Der Gesichtsausdruck meines Vaters, ernst und besorgt, zeigte mir deutlich, dass ich ihm mit so etwas Banalem wie der Frage, ob er Vorwäsche für etwas Wichtiges hielt oder nicht, gar nicht erst zu kommen brauchte. Er besuchte täglich meine Mutter im Krankenhaus, meistens nach der Arbeit oder in der Mittagspause, und zu Hause wollte er nur schweigen, wenn es irgend ging. Auch Sissi wollte schweigen, jedenfalls zu allen Themen dieser Welt, die nichts mit Musik zu tun hatten. Um beim Abendessen ein Gespräch in Gang zu halten, warf ich ihr passende Brocken hin, die sie eifrig aufschnappte. Wir sprachen über Liszt versus Brahms, über Werktreue und Urtextfassungen, über die Frage, wie interessant alte Aufführungstechniken sein konnten und ob die Cellosuiten von Bach in der Interpretation von Rostropowitsch schön waren oder kitschig und gänzlich falsch verstanden. Mit so etwas war Sissi zu begeistern. Natürlich blieben es trotz allem Teenagergespräche, weit entfernt davon, besonders fundiert oder auch nur originell zu sein, aber die Hauptsache war, dass sie funktionierten. Das Schweigen am Tisch war für mich, die ich als Einzige von uns dreien nicht in der Lage zu sein schien, mich in andere Welten zurückzuziehen, einfach nicht auszuhalten.

Zwischendurch kam meine Mutter nach Hause, für einige Wochen. Dann musste sie erneut in die Klinik. Gab es Komplikationen? Musste sie überwacht werden? Ich hätte mich für die Details ihrer Krankheit interessieren sollen, ich war sechzehn Jahre alt. Aber ich habe es nicht getan, nicht ein bisschen. Sobald es medizinisch wurde, stellte ich die Ohren auf Durchzug. Ich glaube, ich ging davon aus, dass ich ohnehin nichts davon verstehen würde.

Mag sein, dass sich die Medizin inzwischen weiterentwickelt hat. Ich habe keine Ahnung, welche Art von Diagnose heute noch einem Todesurteil gleichkommt und welche lediglich als Herausforderung angesehen wird. Am Ende spielt es keine Rolle, wenn das persönliche Verfallsdatum gekommen ist. Der Körper wird sich schon etwas einfallen lassen, um die Ärzte auszutricksen.

Obwohl meine Mutter es mir und Sissi fest versprochen hatte, schaffte sie es nicht ganz bis Weihnachten.

»Hast du Tampons gekauft?«

Ich fahre zusammen. Seit wann höre ich nicht mehr, wenn Helli auf der Treppe trampelt? Seit wann kann sie mich so eiskalt erwischen? Immerhin hat sie sich umgezogen und gewaschen, sonst wäre ihr Auftritt noch unangenehmer geworden.

»Hast du wieder Nasenbluten?«, frage ich, ziehe meine Hose hoch und betätige die Spülung.

»Doch nicht für die Nase.«

»Für untenrum?«

Es soll lustig klingen, stattdessen klingt es verklemmt. Bereits als Helli geboren wurde, hatte ich mir vorgenommen, eines Tages einmal frei und ungezwungen mit ihr über diese Dinge zu sprechen, anders als meine Eltern es mit mir getan hatten. Und dann disqualifiziere ich mich mit einem Streich als Gesprächspartnerin, indem ich »untenrum« sage.

»Hahaha.«

»Brauchst du die denn schon? Oder fragst du nur zur Sicherheit für später mal?«

»Für jetzt.« Sie reißt den Schrank auf und fängt an, die Regale zu durchwühlen.

»Stopp«, rufe ich. »Hör auf, hier alles durcheinanderzubringen, und rede mit mir. Wir müssen einander informieren, wenn sich was verändert, verstehst du? Ich bin doch keine Gedankenleserin.«

Ich klinge wie Frau Kaufmann, die findet, sie sei keine Putzfrau.

Wahrscheinlich sollte ich Hellis Freundin Cindi dankbar sein, dass sie ihr, wie ich erfahre, ausgeholfen hat, als sie irgendwann gestern Nachmittag, während beide vor dem Fernseher saßen, plötzlich ihre Regel bekam. Doch ich bin es nicht. Es fühlt sich an, als hätte Cindi mir etwas geklaut, das mir zugestanden hätte. Wie es aussieht, hat Cindi auch mit Insiderwissen glänzen können, sodass Helli zu meinen Anmerkungen nur geduldig lächelt. Ich zeige ihr die Kiste ganz unten im Regal, sie prüft den Inhalt und nickt weise. Dann tätschelt sie mir die Schulter und verschwindet in ihr Zimmer. Sie trampelt hörbar auf der Treppe. Ich stehe mit hängenden Armen im Bad und fühle mich sehr überflüssig.

Um das Kochen, das ich hasse wie nichts anderes, noch etwas aufzuschieben, gehe ich raus in die Kälte und sehe nach der Post. Neben einem Umschlag, der vermutlich Kontoauszüge enthält, und einem, der *an die preisbewussten Bewohner des Hauses* adressiert ist, finde ich eine Postkarte von Ann-Britt. Sie zeigt eine Gruppe tätowierter Maori-Männer, die ihre Augen aufreißen und die Zungen rausstrecken. Ich will die Postkarte gerade umdrehen, um zu lesen, was Ann-Britt geschrieben hat, als ich im Augenwinkel eine Bewegung wahrnehme, die meine Aufmerksamkeit auf sich zieht.

Die Luft, die ich ausatme, kondensiert und hängt für kurze Zeit wie Nebel vor mir, als ich den Kopf drehe. Im Nachbargarten steht Theo mitten auf dem Rasen und winkt. In einigem Abstand zu ihm steht sein Aufsitzmäher und tuckert. Ich gehe nicht davon aus, dass er bei diesem Frostwetter vorhat, den Rasen zu mähen, viel eher geht er seiner Lieblingsbeschäftigung nach: Elektrogeräte und motorbetriebene Fahrzeuge reparieren und optimieren. Ich lasse ihn allerdings nicht mehr an unsere Sachen, seit er sich an unserem Toaster zu schaffen gemacht hat, der daraufhin mitten auf dem Frühstückstisch eine mannshohe Stichflamme ausstieß. Theo ruft etwas, das ich nicht verstehe, das Tuckern ist lauter. Am Fenster, hinter der halben Gardine des Praxisraums, steht Heinz und winkt ebenfalls. Er lächelt und nickt, während Theos Winken in eine Art Fuchteln übergeht, das mehr nach Notfall als nach Liebesgruß aussieht. Ich stecke die Post zurück in den Kasten, haste die Eingangstreppe hinab, durchquere die Einfahrt und springe über den Jägerzaun, der unsere Grundstücke trennt. Als ich direkt vor Theo stehe, erkenne ich, was los ist: Seiner rechten Hand fehlt der Daumen.

»Theo«, sage ich und drehe ihn sanft zu mir, sodass er mir ins Gesicht sehen kann. »Wo ist dein Daumen?«

Er sieht mich gequält an, seine Augen wirken etwas verschleiert.

»Weg«, sagt er und macht eine hilflose Geste mit der verstümmelten Hand. Er scheint noch keinen Schmerz zu empfinden.

»Als Erstes verbinden wir deine Hand, ja? Und danach suchen wir den Daumen. Gib mir deine Hand, Theo.«

Er reicht sie mir, als wollte er mich feierlich begrüßen. Ich fasse mir an den Hals, aber dort ist kein Schal zu finden, ausgerechnet jetzt, während ich im Winter doch beinahe jeden Tag ein Tuch umbinde, ich habe eine ganze Sammlung davon im Schrank. Ich lasse Theos Hand in der Luft hängen und ziehe erst meinen Pullover und dann das Tanktop aus, das ich als Unterhemd darunter trage. Die Kälte ist zu spüren, ich registriere sie, aber sie kümmert mich nicht in diesem Moment. Ebenso wenig wie die Tatsache, dass ich obenrum entblößt in einem der wenigen gut einsehbaren Vorgärten dieser Wohngegend stehe. Mein Gehirn stuft das als unwichtig ein. Trotzdem ziehe ich den Pullover wieder über, bevor ich das Tanktop falte und fest um Theos Hand wickle. Die Blutung hat immer noch nicht eingesetzt, die Gefäße befinden sich im Schockzustand, aber es kann jederzeit losgehen. Während ich wickle und verbinde, rede ich die ganze Zeit mit Theo, das beruhigt uns beide.

Helli und Heinz treffen fast gleichzeitig ein, jeder aus einer anderen Richtung. Ein Blick auf Heinz' derangiertes Gesicht genügt, um zu wissen, dass er mir keine Hilfe sein wird. Und Helli sieht aus wie eine Elfjährige mit ADHS, die man keinesfalls allein lassen sollte. Ich entscheide, dass weder Heinz noch ich Theo ins Krankenhaus fahren werden.

»Nicht lange fragen«, sage ich. »Heinz, du rufst den Notarztwagen. Sag ihnen, du kannst nicht selber fahren, weil du unter Schock stehst. Helli, wir zwei suchen Theos Daumen.«

Während Theo verwirrt lächelnd stehen bleibt und Heinz zum Haus zurückläuft, beginnt Helli, auf allen vieren auf dem überfrorenen Rasen zu kriechen und nach dem abgetrennten Finger zu suchen. Ich blicke Heinz nach, der irgendwie seltsam geht, sich dann aber ohne Umschweife zur Seite dreht und in eine Minizypresse kotzt, bevor er im Haus verschwindet. Ich gehe zum Aufsitzmäher und stelle den Motor ab. Augenblicklich herrscht eine Stille, die in den Ohren dröhnt. Das kann hier in der Gegend passieren. Es ist wie eine Erleichterung, als auf der Straße ein Bus vorbeifährt. Ich lasse mich ebenfalls auf den Rasen nieder und beginne zu suchen. Der Daumen könnte überall sein, wenn meine Annahme stimmt, dass der Mäher schuld ist. Wir haben die Zeit gegen uns, obwohl ich mir nicht sicher bin, ob das kalte Wetter ein Vor- oder Nachteil ist. Legt man abgetrennte Gliedmaßen nicht ohnehin am besten auf Eis? Oder ergibt sich dadurch das Risiko einer irreversiblen Erfrierung? Ich erinnere mich an einen Zeitungsartikel über Spenderorgane, die in einer Kühlbox einen Kälteschock erlitten hatten. Eine geschockte Niere habe sich einmal, so stand dort, wochenlang geweigert, ihren Dienst aufzunehmen. Keine Ahnung, wie etwas so Simples wie ein Daumen reagiert.

Theo sagt etwas, aber zu leise, als dass ich es verstehen kann. Er wiederholt es, mehrmals, und irgendwann kommt es bei mir an:

»Bitte macht doch meinetwegen nicht so viele Umstände.«

Ich stehe auf, um ihm beruhigend über den Rücken zu streicheln. Heinz kommt mit einem seltsamen Watschelgang aus dem Haus, er hat rot geränderte Augen und sagt heiser:

»Sie sind unterwegs.«

Theo murmelt weiter vor sich hin, immer wieder:

»Macht doch nicht solche Umstände. Es tut mir wirklich leid.«

Helli, die immerhin einige Minuten lang bei der Sache geblieben ist, fängt an zu weinen, schmeißt sich der Länge nach hin und ruft theatralisch: »Es hat keinen Sinn, ich finde ihn einfach nicht.«

Ich weiß nicht, wen ich zuerst trösten soll.

Als der Krankenwagen kommt, sind alle einigermaßen wiederhergestellt. Leider ist der Daumen noch nicht aufgetaucht. Die Sanitäter haben eine beruhigende Wirkung, sie strahlen freundliche Kompetenz aus, und ich frage mich, warum es immer Männer sind, die kommen, während im Krankenhaus überall Frauen herumlaufen. Ist es die alte Aufteilung, nach der die Frauen für alles zuständig sind, was zwischen Wänden passiert? Und ich denke, dass es eine ganz andere Erklärung geben muss, irgendetwas muss es mit der Ausbildung zu tun haben, und überhaupt sollte ich gerade gar nicht über so etwas nachdenken, sondern bei der Sache bleiben, hier und jetzt findet alles statt, immer klinkt sich mein Kopf einfach aus und stellt dumme Fragen, um mich am Handeln zu hindern, um meine Aufmerksamkeit auf sich selbst zu richten, weil mein Kopf nämlich in Wirklichkeit ein kleiner, fieser Egoist ist, der meint, die Welt müsse sich mehr um ihn drehen.

Die Sanitäter führen Theo zum Wagen. Unterwegs wendet er sich halb um und winkt freundlich mit der Hand, die in mein Tanktop gewickelt ist. Heinz bleibt bei mir stehen. Wir haben ihn überredet, Theo nicht zu begleiten. Ich habe den Sanitätern versprochen, mich um Heinz zu kümmern, das schien uns die beste Lösung zu sein. Wie die Gänsekinder trotten er und Helli hinter mir her, als ich über den Jägerzaun zurück auf unser Grundstück steige.

Von links kommt jetzt Alex die Einfahrt entlang. Keine Ahnung, weshalb er heute früher Schluss hat. Wahrscheinlich eine dieser Lehrerfortbildungen oder etwas Ähnliches. Es ist kein gutes Zeichen, dass ich überrascht bin, ihn zu sehen. Vor einer Stunde jedenfalls wusste ich noch genau, welchen Wochentag wir haben und wann ich meine Kinder zurückerwarten kann. Durch die offen stehende Haustür höre ich mein Mobiltelefon klingeln. Im Nacken spüre ich eine Verspannung, die die Vorhut eines Migräneanfalls sein kann.

»Was ist denn hier los?«, fragt Alex gut gelaunt.

Er ist immer gut gelaunt. Und sollte er es einmal doch nicht sein, ist er auf eine derart angenehme Weise schlecht gelaunt, dass man es kaum glauben kann. Er ist das, was man einen Schwiegermuttertraum nennt – schon immer gewesen. Nur bin ich leider nicht seine Schwiegermutter.

Meine Nackenverspannung würde sich auflösen, das weiß ich, wenn ich jetzt nur für einen Moment alleine sein und eine Liste schreiben könnte. Irgendeine.

*

Ich stelle mich an den Herd, nachdem ich nachgesehen habe, wessen Anruf ich verpasst habe. Sissi. Ich schreibe zum To-do noch rasch dazu:

Sissi zurückrufen (dringend = keine Ausreden)

Alex schlendert vorbei, wirft einen Blick auf meinen Zettel und nimmt mir den Stift aus der Hand. Er schreibt:

Nicht vergessen: Kammerjäger anrufen wegen der Monster im Keller

Wir haben gar keinen Keller, und eigentlich sind meine

Listen für alle anderen tabu, aber ich verzeihe Alex schon deshalb, weil er den Genitiv korrekt verwendet, obwohl er siebzehn Jahre alt ist in einer Zeit, in der die wenigsten Jugendlichen überhaupt das Wort Kasus kennen.

Gemüsesuppe kann man liebevoll oder zeitsparend zubereiten. Man kann frisches Gemüse zerschnippeln und je nach individueller Garzeit in Intervallen ins kochende Wasser geben. Man kann als Grundlage Suppengemüse verwenden, im Idealfall auf dem Wochenmarkt gekauft, am Biostand, direkt vom Bauern. Ich weiß das. Ich könnte es womöglich auch, so schwer ist das ja nicht. Aber nicht hier und nicht heute und vermutlich nicht mehr in diesem Leben. Ich streue pulverisierte Gemüsebrühe in das Wasser, das ich vorher im Wasserkocher heiß gemacht habe. Das Brühepulver schwimmt oben, unten kreisen kleine Kalkscheibchen, die vom Innern des Kochers stammen und sich hoffentlich gemeinsam mit dem Pulver auflösen werden, wenn ich nur genug rühre. Ich kühle das Wasser mit einem dicken Brocken Tiefkühlgemüse herunter. Jetzt heißt es warten, ab und zu nach dem Topf sehen und rühren. In dieser Zeit kann ich hundert andere Sachen erledigen, und ich glaube, dass dies genau der Grund ist, weshalb Suppen, Aufläufe und Schmorgerichte sich seit Generationen von Frauen so großer Beliebtheit erfreuen.

Wenn Costas kocht, sieht es ganz anders aus. Es käme ihm nicht in den Sinn, nebenbei noch die Einkäufe in die Regale zu räumen, das Wohnzimmer zu saugen, bei der Bank anzurufen oder auch nur die Arbeitsfläche abzuwischen, wenn er ein Gericht zubereitet. Egal, wie lang die Wartezeiten sind. Er würde wahrscheinlich an meiner Stelle jetzt die Zeit nutzen, einen Salat oder einen Nachtisch vorzubereiten, der dann während des Essens à la minute durchziehen kann. Früher hat Costas oft für uns alle gekocht, abends, wenn er rechtzeitig von der Arbeit kam. Das war dann immer üppig, aromatisch, frisch, erstaunlich und mit viel Knoblauch. Die Kinder haben das geliebt, all das Fleisch, das er ihnen vorsetzte, all das Griechische daran, das sie an ihm bewunderten, auf das sie stolz waren. Bis Alex aus Gewissensgründen Vegetarier wurde und ihm dämmerte, dass sein Vater hier im Ort geboren und aufgewachsen war und sich die mediterrane Küche mithilfe von Kochbüchern angeeignet haben musste. Es hätte ihn schon viel früher stutzig machen sollen, dass es bei Oma Chara in Bochum immer nur Nudeln gegeben hatte.

Costas' Eltern zogen in die Nähe seines Bruders in den Ruhrpott, als sein Vater in Frührente ging. Das Haus hier oben war ihnen zu teuer und mühsam zu unterhalten, sie hatten genug von der Ostsee, vom kalten Wind und dem schräg fallenden Regen, genug von öligen oder rostigen Schiffen. Mein Schwiegervater sagt bei jeder sich bietenden Gelegenheit, dass er nie wieder einen Hafen sehen möchte. Beim Anblick von Entladekränen oder Passagierterminals bekomme er sofort Verdauungsprobleme, dreißig Jahre beim Hafenamt hätten ihn offenbar allergisch werden lassen. In Bochum ist er in dieser Hinsicht sehr gut aufgehoben. Dass wir ihn und seine Frau etwa zwei Mal im Jahr dort unten besuchen, ist eine Familienlegende, die wir uns gegenseitig regelmäßig erzählen. In Wahrheit sind wir seit drei Jahren nicht mehr bei ihnen gewesen. Und seit Costas in Berlin arbeitet, möchte ich die kostbare Urlaubszeit mit ihm noch weniger gern an Bochum verschwenden. Es ist schade für die Kinder, dass ihre Großeltern so weit weg wohnen. Mein Etwas und ich haben jedenfalls heimlich bereits geplant, das Familiengefüge in kommender Zeit ein bisschen ins Wanken zu bringen. Da tun sich oft völlig neue Chancen auf, wer weiß. Heinz, der viel von Familienaufstellungen hält, hat mir das schon häufig erklärt.

Heinz hat sich mittlerweile aufs Sofa gesetzt, um in

Ruhe blass auszusehen, und er ist eine der Sachen, um die ich mich kümmern kann, während das ehemals heiße Wasser wieder wärmer wird.

Um ins Wohnzimmer zu kommen, muss ich durch den Flur gehen, vorbei an meinem Telefon und dem ewig riechenden Rattengehege. Durch die Badezimmertür höre ich das befriedigende Geräusch der Waschmaschine, da dreht sich eine Trommel, da wird gereinigt und gepumpt und mit voller Kraft gearbeitet. Der Schnitt des Untergeschosses ist eigenwillig, labyrinthisch. Ich kenne die Zimmeraufteilung der Nachbarhäuser, die zu ähnlicher Zeit gebaut wurden, und wundere mich immer wieder, wie viel mehr Sachverstand in deren Aufteilung zu stecken scheint. Alles, was an unserem Haus hübsch oder praktisch ist, hat Costas gebaut.

Ich nehme an, die meisten Architekten sind handwerklich einigermaßen geschickt. Sie müssen Modelle bauen, jedenfalls während des Studiums, beschäftigen sich mit Materialien, Abmessungen und umsetzbaren räumlichen Lösungen. Andererseits geht vermutlich auch niemand davon aus, dass ein Chirurg ein besonders guter Tranchierer ist, wenn es an die Weihnachtsgans geht, oder ein Zahnarzt typischerweise geschickt darin, Legosteine aus Sofaritzen zu extrahieren. Costas immerhin ist – ob berufsbedingt oder nicht – einfallsreich und fleißig, er hat in den ersten Jahren viel Arbeit und Fantasie in unser Häuschen gesteckt. Irgendwann musste das natürlich nachlassen, allerdings nimmt er seit einigen Jahren nicht einmal mehr die gröbsten Reparaturen selbst vor. In eine Stufe zur Terrasse bin ich diesen Herbst mit dem Fuß eingebrochen, weil sie so vermodert war.

Es ist ein Backsteinhaus, das wir bewohnen, roter Backstein, schwarzes Dach, wie viele in dieser Gegend, die in den Siebzigern gebaut wurden. Es wirkt klein und hutzelig, besonders wenn man es mit den großzügigen reetgedeckten Häusern der ländlichen Gehöfte oder den vollverglasten neureichen Strandvillen vergleicht, die es hier außerdem reichlich gibt. Es hat eine erkennbare Wetterseite, an der Grünspan schneller entsteht, als man ihn wegschrubben kann, und steht ein ganzes Stück von der Straße aus nach hinten versetzt, sodass man einen langen Kiesweg entlangknirschen muss, wenn man uns besuchen möchte. Niemand, der einen ordentlichen Kiesweg vor dem Haus hat, braucht Bewegungsmelder oder eine Alarmanlage. Der Vorgarten steht voller Koniferen und wirkt dadurch auf norddeutsche Art abweisend, ohne mit unhöflichen Mauern oder selbstherrlichen Gitterzäunen zu arbeiten. Oft kommt es mir vor, als würde das Haus sich selbst genügen und aus den Geschäften der Welt nur allzu gern heraushalten. Costas ist hier groß geworden. Als seine Eltern nach Bochum zogen, haben wir ihnen das Haus abgekauft. Alex war gerade zwei Jahre alt, und es war unsere Chance auf ein Haus mit Garten in der Nähe von Lübeck, wo Costas einen Job hatte und ich noch an der Uni eingeschrieben war, weil ich an meiner Dissertation saß. Der Dissertation, an der ich offiziell noch heute sitze. Thema: *Wenn das Klavier mehr weiß als der Gesang – Das Verhältnis von Lyrik und musikalischer Umsetzung in den Liederzyklen der Romantik*. Es hatte ursprünglich ein anderes sein sollen, aber ich habe mich längst daran gewöhnt, dass das, was ich mir vornehme, und das, was das Leben zulässt, sich unterscheidet. Als ich zu meinem Doktorvater kam, um mit ihm mein Thema zu besprechen, lachte er mich aus.

»Clara Schumann?«, sagte er. »Glauben Sie im Ernst, das sei originell? Jeder Doktorand, der einen Rock trägt, kommt mit diesem Vorschlag zu mir, das sollte Ihnen klar sein. Wenn Sie über Frauen schreiben wollen, promovieren Sie in Gender-Studies. Aber wo Kunst gemacht wird, ernsthafte Kunst, und vor allen Dingen Musik, da finden Sie keine Frauen.«

Über achtzig Seiten, die ich bereits verfasst habe, liegen im oberen Stockwerk in den Schubladen meines alten Sekretärs und modern vor sich hin, genau wie die Stufen der Terrasse, die etwa zu der Zeit fertiggestellt wurden, als ich die Dissertation in die Schublade legte. Gelegentlich setze ich mich an den Sekretär, lese und beantworte E-Mails, schreibe Postkarten nach Neuseeland oder mache Notizen für meine Elementarkurse und versuche, das schadenfrohe Flüstern meines Professors im Kopf zu ignorieren:

»Sehen Sie, Frau Theodoroulakis, das hätte ich Ihnen gleich sagen können.«

Heinz freut sich, dass ich mich zu ihm setze. Er nimmt sofort meine Hand und legt sie sich in den Schoß, wo er sie unermüdlich knetet, während er redet, als wäre eine Schleuse geöffnet worden.

Er erklärt mir, dass Theo Probleme mit den gängigen Rollenbildern habe, und zwar in der Hinsicht, dass sie für ihn nur in traditioneller Form zu existieren scheinen. Männer seien Cowboys oder Machos und beschäftigten sich mit Motorrädern, Frauen wollten Kinder, würden rosafarbene Chiffontücher und Boygroups mögen. Das ist insofern etwas schwer zu begreifen, als Theo früher einmal Susanne hieß. Und Heinz hieß Franziska und wohnte auch damals schon hier. Sein Mann verließ ihn und nahm den gemeinsamen Sohn mit, und Franziska blieb in ihrem Haus und verwandelte sich nach und nach in Heinz. Irgendwann brachte Heinz Theo mit, der seine Umwandlung noch vor sich hatte und der gesamten Nachbarschaft einiges zum Grübeln aufgab. Vor vier Jahren dann feierten sie ein großes Grillfest anlässlich der offiziellen Kerl-Werdung von Theo. Der habe die meiste Zeit seines Lebens, so erklärt mir Heinz jetzt, ohne meine Hand dabei loszulassen, versucht, ein gutes Mädchen zu sein, habe mit Barbiepuppen gespielt und fehlerfreie Diktate abgeliefert, habe sich die Haare wachsen lassen und sei Altenpflegerin geworden. Er mache eben alles hundertfünfzigprozentig. Und von dem Moment an, da Susanne Theo geworden sei, habe er sich Mühe gegeben, ein echter Kerl zu werden, und das beinhalte seiner Meinung nach leider auch, Elektrogeräte und Fahrzeuge zu reparieren. Den Aufsitzmäher hat Theo sich selbst zum Geburtstag geschenkt, diesen Herbst erst, kurz bevor die Mähsaison zu Ende ging. Heinz war dagegen, er hat ihm demonstrativ nur Wollsocken und Rasierseife auf den Gabentisch gelegt und ist auch nicht mit zum Baumarkt gefahren, um das gute Stück auszusuchen, denn manchmal hat Heinz so ein Gefühl, er ist da irgendwie hellsichtig, was ihn letztlich ja auch zu einem so guten Homöopathen macht. Theo also mähte und mähte – der Herbst war ungewöhnlich regenarm in diesem Jahr – und war glücklich wie lange nicht mehr, ihn nervte lediglich die eingebaute Sicherung, die den Motor abstellt, sobald man heruntersteigt. Aber für jemanden wie Theo stellt eine mickrige Sicherung kein Hindernis dar, er überbrückte kurzerhand die Schaltung und kann seitdem den Motor beliebig lange laufen lassen, auch wenn er nur mal absteigt, um einen Rechen aus dem Weg zu räumen. Was er allerdings an einem Vormittag wie diesem an seinem Aufsitzmäher zu schaffen hatte, weiß auch Heinz nicht. Tatsache ist wohl, dass der Morgen zwischen ihnen beiden ziemlich unrund verlief und daher anzunehmen ist, dass Theo aus therapeutischen Gründen seine Mähmaschine aufgesucht hat, denn nichts tröste und beruhige ihn mehr als eine gelungene Reparatur oder Wartung, so Heinz, und daher gibt er sich eine Mitschuld am Verlust des Daumens, und als sein Blick daraufhin nach unten wandert und in seinem Schoß meine intakte Hand erfasst, muss er doch noch einmal aufstehen und zur Toilette rennen.

Ich nutze die Gelegenheit, eile in die Küche und ertappe gerade noch die Suppe bei einem Ausbruchsversuch. Der Deckel auf dem Topf klappert so heftig, dass ich fürchte, er müsse gleich abfallen, und im Topf schäumt und zischt es, dass einem angst und bange werden kann. Wenigstens erwartet von mir niemand ein perfektes Essen. Ich drehe die Temperatur der Herdplatte runter und halte widerwillig einen Löffel in die Angelegenheit, um abzuschmecken. Ich weiß, es wird nicht köstlich sein, mein Ziel ist nur: akzeptabel. Es schmeckt aber nicht akzeptabel, sondern fade und traurig. Ich lasse den Blick über das Gewürzregal schweifen auf der Suche nach Inspiration. Dann gebe ich noch mehr Gemüsebrühe hinzu, eine Prise Muskat, Pfeffer und einen halben Löffel von einer Kräutermischung mit dem schönen Namen *Sibylles magisches Küchengeheimnis,* die ich einmal von meiner Schwester geschenkt bekommen habe. Ich finde, danach schmeckt es besser, und decke den Tisch.

Eine seltsame Familie geben wir ab, als wir uns zum Essen setzen. Ich habe ins obere Stockwerk gerufen, Heinz ist gleichzeitig aus dem Badezimmer gekommen. Alex war so nett, seine Schwester mitzubringen. Es ist sinnlos, nach ihr zu rufen, man muss sie in ihrem Zimmer aufscheuchen und so lange überwachen, bis sie den Weg in die Küche gefunden hat. Er übernimmt das meistens, wenn er zu Hause ist, ohne dass ich ihn darum bitten muss. Als Alex sich setzt, summt er vor sich hin, und ich versuche, einfach nicht zuzuhören. Seine Ohrwürmer sind stärker als meine, und ich will sie nicht haben.

Helli hat ihr Smartphone mitgebracht und hebt den Blick nicht einmal vom Display, um ihren Stuhl zu orten. Sie setzt sich einfach und trifft auf wundersame Weise mit dem Hintern die Sitzfläche. Wahrscheinlich könnte ich das auch, wenn ich lange genug trainierte, aber ich bin nicht sicher, ob es eine erstrebenswerte Fähigkeit ist, so viele Dinge gleichzeitig zu machen und nichts davon richtig und gut. Je älter man wird, desto mehr trachtet man üblicherweise danach, sich zu fokussieren und dem Moment achtsam zu begegnen. Eine ganze Industrie von Coaches, Seminarangeboten und Ratgebern lebt von uns alternden Menschen, denen die Zeit davonrennt, sodass sie hoffen, durch Innehalten und Reduzieren den verbleibenden Rest wertvoller zu machen. Es ist einer der Gründe, weshalb ich mein altes Mobiltelefon nicht hergebe. Ich muss die Möglichkeiten, erreichbar und ablenkbar zu sein, minimieren, denn sie verflachen die Momente, degradieren sie zu einer Variante von vielen und nehmen ihnen jede Zwangsläufigkeit und Tiefe. Trotzdem horche ich insgeheim in Richtung Flur, weil ich hoffe, dass Costas mir aus Fürsorglichkeit bald noch eine Mittags-SMS sendet. Zwar werde ich weiterhin kurz angebunden sein und ihn schmoren lassen, denn das richtet mich auf und gibt mir ein Gefühl von Kontrolle, die ich in Wirklichkeit nicht habe, weder über ihn noch sonst jemanden. Aber natürlich sehne ich mich nach ihm und seinen kurzen Nachrichten. Je länger er fort ist, desto jünger wird er in meiner Fantasie, und kurz bevor er in der Tür steht, ist er zum Costas unserer Studienzeit geworden, den ich mit einer Unbedingtheit lieben konnte, die seinesgleichen sucht. Der Schreck, ihn dann so, wie er wirklich ist, vor mir zu sehen, verfliegt schnell genug, dass das Spiel mit jeder Trennung von vorn losgehen kann. Meine Fantasie zeigt jedenfalls keinerlei Lernfähigkeit.

Heinz, inzwischen nicht mehr kreidebleich, dafür auffällig nach einem Herrenparfüm duftend, das mir bekannt vorkommt und das er in unserem Badezimmer gefunden haben muss, sitzt breitbeinig auf seinem Küchenstuhl.

Ich verteile die Suppe und sage laut »Guten Appetit«. Dann werfe ich Alex einen Blick zu, den er als Zeichen nimmt, etwas zu sagen, das zu einem interessanten Gespräch führen könnte.

»Habt ihr Theos Daumen eigentlich gefunden?«, fragt er.

Helli schaut auf, und ich nutze die Gelegenheit und strecke ihr meine geöffnete Hand entgegen. Sie ist so abgelenkt, dass sie mir ohne Protest das Smartphone hineinlegt. Eigentlich soll sie es beim Essen überhaupt nicht dabeihaben, aber da sie sich meistens nicht dran hält und weder Alex noch ich Lust auf einen Wutanfall oder eine endlose, ermüdende Diskussion während des Essens haben, sind wir auf den Trick mit dem Ablenken verfallen. Es muss Alex sein, der etwas fragt oder in den Raum stellt, denn Helli bewundert ihn und traut ihm offenbar immer noch zu, interessanter zu sein als ihr Smartphone. Ich habe da leider keine Chance in ihren Augen. Der Trick würde sich schnell abnutzen, wenn wir ihn täglich anwendeten, aber tatsächlich essen wir eigentlich nur noch an den Wochenenden gemeinsam. An Wochentagen ist es schwieriger, das Smartphone einzukassieren, auch wenn ich mir alle Mühe gebe, die richtigen Momente abzupassen und es so viel wie möglich unzugänglich zu halten. Es sollten am Tag die Zeiten überwiegen, in denen man nicht jugendgefährdende Fotos weiterleiten oder Cyber-Mobbing betreiben kann, jedenfalls wenn man elf Jahre alt ist. Verpasse ich den richtigen Moment und verlege mich auf die autoritäre Elternrolle, indem ich auf abgesprochene Regeln poche, riskiere ich schlimme Kollateralschäden. Einmal hat Helli bei einer solchen Gelegenheit alle Gegenstände in Reichweite gepackt und aus dem offenen Fenster geworfen. Eine halbe Stunde später musste sie von mir intensiv getröstet werden, weil sie vor Zerknirschung geradezu verging, immerhin fing sie an, mir beim Einsammeln der

Gegenstände zu helfen, wenngleich sie auch dabei höchstens fünf Minuten durchhielt. Ich musste alles, was sie hinausgeworfen hatte, auf unseren Heizkörpern drapieren, weil es in Strömen regnete. Die ganze Angelegenheit hatte mich alles in allem über zwei Stunden Lebenszeit gekostet.

»Nein«, sagt Heinz. »Der Daumen liegt da draußen noch irgendwo.«

»Kann man den denn noch annähen, wenn man ihn wiederfindet?«

Heinz schüttelt bedauernd den Kopf.

»Vielleicht finden wir ihn ja auch erst im Frühling wieder«, sagt Alex. »Meinst du, Theo will ihn dann noch haben, oder könnte ich ihn vielleicht behalten?«

»Was willst du mit einem fremden Daumen?«, frage ich.

»Bäh«, sagt Helli, und ich weiß nicht genau, ob sie sich am Gespräch beteiligt oder meine Suppe kommentiert. Es ist mir ein Rätsel, wie sie so moppelig bleiben kann, denn in meiner Gegenwart scheint sie alles ungenießbar zu finden.

Tatsächlich schmeckt die Suppe so, dass man es den anderen nicht verdenken könnte, wenn sie sich nachher ein Sammeltaxi nähmen, um gemeinsam zum Hafenimbiss zu fahren.

Helli steht auf und schlurft aus der Küche, ihr Smartphone liegt sicher in meiner Tasche, und ich versuche, die Erleichterung, die ihr Abtreten von der Szene bei mir verursacht, nicht ernst zu nehmen.

Ich liebe Helli ein kleines bisschen mehr, als die anderen Familienmitglieder es tun. Nicht, weil sie so leicht zu lieben wäre, im Gegenteil, vermutlich habe ich meine Mutterliebe einfach auf ein bisschen heißer und ein bisschen beständiger gedreht, um die Talsohlen unserer Beziehung auszugleichen, und es ist ja auch einfach so, dass irgendjemand das Lieben übernehmen muss. Ich war schon immer gut darin zu tun, was getan werden muss, und dieses Kind sah von Anfang an so rot und wütend aus und schrie so viel, dass ich mit meiner Mutterliebe einen Schutzschild zu bauen versuchte, der die urteilende Welt davon abhielt, auch nur auf die Idee zu kommen, einen dummen Kommentar abzugeben. Ihre Geburt war eine Tortur gewesen, weil sie mit dem Gesicht nach oben lag, ein »Sternengucker-Kind«, das sich weigerte, sich in die richtige Position zu drehen, und damit alles fürchterlich anstrengend für uns beide machte, und als sie endlich aus mir rausrutschte, maunzte sie nicht verwundert, wie Alex es getan hatte, sondern brüllte, empört und zornig. Sie hörte auch nicht auf, als die Hebamme sie mir auf den Bauch legte. Ich fühlte mich hilflos und auch ein wenig ungehalten, weil sie weiterschrie, obwohl ich da war und wir Körperkontakt hielten und dies der schönste Moment hätte sein sollen. Aber gleichzeitig spürte ich eine gewisse Hochachtung vor ihrer Sturheit. Sie fand es offenbar nicht schön, geboren zu sein, und ließ sich von dieser Meinung auch nicht so leicht abbringen. Sie war ein dickes, lautes Knäuel Leben, und das erfüllte mich mit großer Freude.

Diese Gefühlsmischung begleitet unser Verhältnis bis heute: Hilflosigkeit, Unmut, eine Unmöglichkeit, den Anlass ihres Zorns nachzuvollziehen, und eine merkwürdige Bewunderung für die Beharrlichkeit, mit der sie an ihrem Recht festhält, sie selbst zu sein.

Anlass zur Freude zu finden war hingegen selten einfach, weder während ihrer Babyzeit, die sie hauptsächlich mit ohrenbetäubendem Schreien verbrachte, noch in ihren eigenwilligen Beschäftigungen als Kleinkind. Sie war kostenintensiv. Sie strapazierte unsere Haftpflicht- und Hausratversicherung. Sie war Stammgast in der Notaufnahme. War es still im Haus, obwohl Helli da war, verhieß das nichts Gutes. Es konnte dann sein, dass sie beschlossen hatte, als Überraschung den Frühstückstisch für alle zu decken, aber irgendwie von ihrem Plan abgekommen war und stattdessen völlig versunken aus der Olivenölflasche schöne Rankenmuster auf den Teppich goss. Sie wollte immer alles über die Welt wissen, und es reichte ihr nicht, von der Tatsache, dass ihre eigene Bettdecke mit Federn gefüllt war, darauf zu schließen, dass es sich mit den Decken der anderen Familienmitglieder ähnlich verhielt. Sie brauchte für alles Beweise. Ich habe nie herausfinden können, woher sie die Scheren und Messer und anderen Werkzeuge hatte, mit denen sie sämtliche für sie interessanten Gegenstände aufschlitzte, aufbohrte, zerlegte, um ihr Inneres zu untersuchen, denn eigentlich war ich sehr gewissenhaft darin, alles Scharfe und Spitze wegzuschließen. Sie konnte bereits als winziges Wesen einen Kleiderschrank schneller ausräumen, als ich die Treppe hochzueilen in der Lage war. Und sie fiel von jedem einzelnen Möbelstück in unserem Haus, obwohl ich mich nie erinnern konnte, selber unaufmerksam gewesen zu sein. Als sie vom Küchentisch stürzte, stand ich direkt daneben und hätte schwören können, sie säße hinter mir auf dem Boden und malte in einem Mehlfleck. Sie hatte Gehirnerschütterungen, Platzwunden und großflächige Aufschürfungen, sie wurde von Hunden und Schwänen gebissen und fand mit traumwandlerischer Sicherheit den morschen Ast an jedem Baum, den sie bestieg.

Sie kam ins Trotzalter, lange bevor in den Kapiteln der Erziehungsratgeber, die ich im Akkord durcharbeitete, der Begriff überhaupt erwähnt wurde. Zu meiner Gefühlsmischung ihr gegenüber gesellte sich ein tragischer Wunsch nach Ruhe, egal zu welchem Preis, der natürlich im Schlepptau Schuldgefühle und Rechtfertigungsdruck mit sich brachte. So wie Helli zwischen Wut und Eifer, höchster Freude und tiefster Verzweiflung, guten Absichten und finstersten Racheplänen hin- und herpendelte, so sauste ich wie eine Flipperkugel zwischen meinen Gefühlen ihr gegenüber herum. Mal liebte und beneidete ich sie für ihre Vitalität und Lebensfreude, mal ertappte ich mich dabei, dass ich nach einem lauten Knall der Stille lauschte, die manchmal für Sekunden andauern konnte, bevor das Schmerzensgeheul losging, und heimlich wünschte, es möge nie kommen. Es gab Tage, da erschien es mir fast leichter, ein Leben lang um eine tote Helli trauern zu müssen, als sich für weitere vierundzwanzig Stunden um sie zu kümmern.

Wir zogen gemeinsam von Arzt zu Arzt, aber keiner sah ein Problem. Ich solle sie besser erziehen, war die einhellige Meinung. Auch die der Kindergärtnerinnen und Lehrerinnen, denen nichts anderes einfiel, als sie vor die Tür zu schicken oder mich anzurufen, damit ich sie abholte, wenn sie für die Gruppe unzumutbar wurde. Da hatte ich die Dissertation längst aufgegeben, ebenso die Vorstellung von einer Teilzeitstelle an der Uni oder überhaupt einer Betätigung, bei der meine ununterbrochene Anwesenheit nötig gewesen wäre.

Ich hatte mir vom Wechsel auf das Gymnasium einiges versprochen. Helli war so stolz, dass sie trotz allem ein gutes Zeugnis bekommen hatte, und ich hoffte, sie werde nun zur Vernunft kommen und ein Einsehen haben. Doch natürlich ging es weiter wie zuvor, auch aus der neuen Schule kam sie mit Bergen von Strafarbeiten wieder, vergaß alle Hausaufgaben, verlor in kürzester Zeit jeden einzelnen Stift aus ihrer Federtasche und verstrickte sich in so hanebüchene Lügengeschichten, dass der erste Elternsprechtag für mich zum Spießrutenlauf wurde. Ihr Deutschlehrer brachte mich schließlich auf die richtige Spur, und ich machte Termine und führte Gespräche und setzte eine Testung durch, der sich Helli seit einigen Monaten nun unterzieht. Ein weiterer Intelligenztest steht noch aus, weil sie beim ersten Mal nach der Hälfte der Aufgaben anfing, nur noch die Hohlräume der Buchstaben in den

Aufgabenstellungen in verschiedenen Farben auszumalen, aber im Grunde ist die Diagnose so gut wie gesichert: Helli hat ein Aufmerksamkeits-Defizit-Syndrom mit Hyperkinetischer Störung, ADHS. Wie es nun weitergeht, was das für sie bedeutet, weiß ich noch nicht. Gerne würde ich mit Costas darüber sprechen, aber er winkt in letzter Zeit ab, wenn ich nur anfange, Helli zu erwähnen. Ihm fehlt die Kraft für eine größere Portion Helli in seinem Leben.

Was soll man tun, wenn man ein Etwas in der Brust hat und eine Tochter mit ADHS, die vielleicht von der Schule abgehen muss, wenn sich nichts an ihrem Verhalten ändert? Man kann ja nicht einfach sterben, wenn die Dinge noch so ungeklärt sind.

Heinz hält die Diagnostik, der Helli sich gerade unterzieht, für Unfug. Er hat nur darauf gelauert, dass sie die Küche verlässt, um mir ins Gewissen zu reden. Ich sehe es an der Art, wie er ihr Rausgehen genau beobachtet, wie er abschätzt, ab wann sie außer Hörweite ist. Ich könnte ihm zuvorkommen, ihn am Sprechen hindern, aber ich glaube, es wird ihm guttun zu predigen. Er hat viel zu verdauen an diesem Tag, er braucht ein bisschen Aufmunterung.

Alex verlässt den Tisch, trägt seinen Teller zum Spülbecken und geht summend in den Flur. Ich höre ihn die Treppe hinaufsummen. Selbst sein Summen klingt wunderschön, er hat eine Stimme, mit der er alles werden könnte.

Heinz dreht sich zu mir, und ich lehne mich zurück, bereit, ein gutes Publikum für ihn zu sein.

»Ich habe gesehen, dass du Helena vorhin mit dem Auto abgeholt hast«, sagt er zur Einleitung.

Natürlich hat er das gesehen, er steht bei jeder Gelegenheit hinter seiner halben Gardine.

»Hatte sie wieder Ärger in der Schule?«

Das ist eine Fangfrage, allein die Formulierung ist suggestiv. Für Heinz bin ich eine rückgratlose Mutter, die auf dubiose Schulmediziner hört, die ihr Geld damit verdienen, unschuldige Kinder mit Medikamenten ruhigzustellen, ohne sich zu schämen. Ich nicke trotzdem, denn ich will ja nett sein und ihn von seinen Sorgen ablenken.

»Du solltest ihr einfach mal Aurelia geben. Nur so, um zu sehen, ob sich etwas verändert«, sagt Heinz. Er spricht über seine Mittel immer so, als gehörte ihr Name und ihre Wirkung zur Allgemeinbildung. Ich weiß nicht, ob das ein plumper Versuch ist, souverän zu wirken, oder ob er inzwischen so sehr in seiner eigenen Welt lebt, dass er vergisst, womit Normalsterbliche sich beschäftigen.

»Das Hauptproblem ist doch, dass Helena so wenig in ihre Umgebung passt und dass ihre Umgebung sie jetzt zwingen will, sich anzupassen. Das ist in unserer Gesellschaft leider gang und gäbe, ganz besonders in unserem Schulsystem. Kinder, die nicht ins Schema passen, werden therapiert und passend gemacht oder für untauglich erklärt. Anstatt dass die Umgebung sich so verändert, dass diese Kinder sein können, wie sie sind. Es wäre doch ebenso denkbar, ein passendes Lernumfeld für Helena zu schaffen, aber nein, das kostet zu viel Geld und macht zu viel Mühe, und überhaupt, wo kämen wir denn da hin.«

Jetzt kommt er in Fahrt. Ich denke darüber nach, ihm und mir einen Kaffee zu kochen, aber ich bleibe lieber still sitzen, um ihn nicht abzulenken. Er steht Koffein ohnehin kritisch gegenüber.

»Du solltest, bevor du dir eine Modekrankheit aufschwatzen lässt, unbedingt die alternativen Wege ausprobieren. Dabei kannst du nur gewinnen. Probier es einfach aus. Wir können natürlich auch gerne mal eine ordentliche Anamnese machen, aber ich bin mir fast sicher, dass ich mit Aurelia bei ihr richtigliege.«

Heinz ist ein großer Freund des Menschenversuchs, auch wenn er das natürlich abstreiten würde.

»Wir alle singen ein Lied, Katja«, sagt er, und das interessiert mich dann doch. Das habe ich von ihm noch nie gehört, er muss ein neues Buch gelesen haben.

»Man muss nur genau hinhören. Je länger ich meine Praxis habe, desto mehr kristallisiert sich eine einzelne Erfahrung heraus. Ich werde demnächst in Kiel darüber einen Vortrag halten.«

Wahrscheinlich bin ich jetzt also sein Probepublikum. Immerhin ist die Veranstaltung für mich kostenlos, wenn man die Tatsache herausrechnet, dass ich die Zeit, die ich hier am Küchentisch mit Heinz verbringe, nutzen könnte, um meine Liste abzuarbeiten.

»Ich sage dir: Wir hier oben sind Küstenpflanzen, wir sind Salzwassermenschen. Jeder, der nicht hierherpasst, bleibt auch nicht lange. Das Klima ist zu rau, zu windig, die Winter sind zu lang und dunkel, nur wer hierhergehört, nur wessen Lied hier oben an die Küste passt, der bleibt. Ich habe in den letzten Jahren auffällig häufig Meeres-Mittel verschrieben. Ein Wunder, dass ich es nicht schon viel früher bemerkt habe. Wir alle hier oben, wir singen Wasser-Lieder, wir sind – homöopathisch gesehen – Meerestiere, Mineralien, Algen und so weiter. Vor sechs Wochen hatte ich eine Patientin, die sang das Lied der Mantelmöwe, ohne Frage.«

Nun folgt eine seiner unglaublichen Erfolgsgeschichten, die ich gerne höre, wie alle Menschen. Es ist einfach zu schön, dass es so simple Heilmethoden gibt, und auch so einfühlsame Ärzte. Wir alle brauchen diese Geschichten, denn die Zeitungen sind voll von Reportagen über das Gegenteil.

»Ich habe mich tagelang in die Thematik reingefuchst, es gibt verdammt viele Möwenarten auf der Welt, aber am Ende war klar: Mantelmöwe. Nur gibt es das noch nicht als Mittel, nicht mal in Indien kann man das bestellen. Und Mantelmöwen sind an der Ostsee selten. Ich habe dann die Leute von der Uni Bremen angeschrieben, die haben sich mit den Ornithologen auf den Nordseeinseln in Verbindung gesetzt, und am Ende haben die mir die Feder einer Mantelmöwe zugeschickt. Ich habe dann mit ein paar Kollegen die Feder zerstoßen. Das ist ein Prozess über Stunden, wir waren alle völlig fertig hinterher. Dann habe ich daraus die Globuli hergestellt. Was soll ich dir sagen – der Frau ging es zwei Tage später so gut, dass ich es selber erst nicht glauben wollte. Vorher hatte sie Abszesse überall, die Haare fielen ihr aus, sie war depressiv und seit Jahren arbeitsunfähig deswegen, aber kaum wirkten die Kügelchen, wurde sie glatt und schier, ihre Haare glänzten, es ging ihr blendend, und sie fühlte sich frei wie ein Vogel. Vielleicht wäre das auch mit Bürgermeistermöwe gegangen oder mit Heringsmöwe, aber ich glaube, meine Recherche hat sich gelohnt. Wenn ein Mittel richtig sitzt, dann sieht man das sofort, und hier war es ein Volltreffer.«

»Wie hört man das Lied, Heinz?«

»Das eben ist die Kunst.«

»Und was ist Aurelia?«

»Die Ohrenqualle«, sagt er feierlich. Vermutlich sollte ich mich nicht wundern, dass jemand beim Anblick meiner Tochter sofort an eine Qualle denkt, aber ich bin trotzdem gekränkt.

»Was ich dich schon eine Ewigkeit fragen wollte«, sage ich, und das ist gelogen, denn ich will ihn das erst seit zwei Wochen fragen. »Würdest du auch richtig schwere Krankheiten mit Globuli behandeln? Knochenbrüche? Psychosen? Oder Krebs?«

Ich sage bewusst nicht: abgetrennte Gliedmaßen.

»Ein Tumor, liebe Katja, ist erst mal nichts weiter als eine Wucherung im zellularen Bereich. Im Grunde ist eine

Schwangerschaft ebenfalls ein Tumor, aber ich sage da gern: Ob er bösartig ist, merkt man erst später.«

Er lacht über seinen Witz, und ich lächle ihm aufmunternd zu.

»In den meisten Fällen sind bösartige Tumore Zeichen ungelöster Konflikte. Wenn man die Sache so betrachtet, ist es sogar eine ausgesprochen gute Idee, homöopathisch zu behandeln. Ungelöste Konflikte sind sozusagen mein Spezialgebiet. Ich helfe dem Körper, sich selbst zu helfen. Die Schulmedizin denkt da viel zu einseitig, da wird ausnahmslos alles mit schwerem Geschütz bombardiert, und wenn man alles plattmacht, ist eben am Ende auch der Feind tot. Das wird dann als Erfolg verbucht. Dabei erzählen Krebszellen in der Leber eine vollkommen andere Geschichte als Krebszellen in der Prostata. Die Leute hören nicht zu. Sie hören nicht, welches Lied die Patienten singen. Stattdessen behandeln sie die Symptome, die doch nichts weiter sind als Botschaften des Körpers. Man erschießt doch auch nicht den Überbringer schlechter Nachrichten und hofft, damit hätte sich die Sache erledigt. Man macht die Botschaft platt und hofft das Beste, das ist heute die Art, Krebs zu behandeln, und der traurige Grund, weshalb die Sache so oft tödlich endet.«

»Und welches Lied singe ich, deiner Meinung nach?«

»Du, Katja, du singst das Lied der Meerjungfrau. Schön und geheimnisvoll wie eine Sirene, dabei eine exzellente Köchin und für jeden armen Seemann, der mutterseelenallein auf dem Meer treibt, ein Trost in der Verzweiflung.«

Er hebt den Zeigefinger, um mir zu bedeuten, still zu sein. Wir horchen, und tatsächlich hört man von draußen Kiesknirschen und Türenschlagen. Theo ist mit einem Taxi zurückgekommen.

*

Welches Lied singe ich? Und was will mir meine linke Brust für eine Botschaft senden? War ich in den letzten Jahren nicht weiblich genug für ihren Geschmack? Habe ich meine Kinder nicht lange genug gestillt? Bin ich zu unemanzipiert, sodass mein Körper meint, es sei gut für mich und meine Entwicklung, in Zukunft wie eine Amazone herumzulaufen? Oder habe ich schlicht zu enge BHs getragen, zu oft Deos mit Aluminiumsalzen verwendet, zu wenig sekundäre Pflanzenstoffe zu mir genommen? Singe ich das gleiche Lied wie meine Mutter und meine Cousine und möglicherweise meine Großmutter? Das Lied des Blasentangs? Welcher ungelöste Konflikt auch immer es ist, dem ich das Etwas verdanke, ich spüre wenig Interesse, mich mit ihm zu beschäftigen oder ihn womöglich mühsam aus der Welt zu schaffen. Ich weiß gerade nicht, was ich schlimmer fände, Chemotherapie oder Konfliktlösung. Für beides bin ich einfach zu erschöpft. Eigentlich wünsche ich mir nur eins: dass das Etwas entweder komplett gutartig ist oder bereits so weit fortgeschritten und metastasierend, dass es schnell und geradlinig in Richtung Sterben geht. Ich bin zu müde für Hoffen und Bangen.

Während Heinz aus der Tür stürzt, um Theo in Empfang zu nehmen, schleiche ich mich in den Flur zu meinem Notizbuch und suche die Seite mit der Überschrift: *Sprüche für meinen Grabstein*. Dort steht:

Katharina Theodoroulakis –

Sie wollte sowieso nicht an die Uni

Das hab ich mir alles ganz anders vorgestellt

Hätte, hätte, Fahrradkette

Ich schreibe dazu: *Sie sang das Lied des Blasentangs.*

Ein Telefon klingelt, diesmal der Festnetzanschluss. Oder vielmehr: Es dudelt. Seit ein paar Jahren schon gibt es keine klingelnden Telefone mehr, und ich vermisse sie schmerzlich. Unser Apparat spielt mit einem fürchterlichen elektronischen Klang die Titelmelodie irgendeiner

Zeichentrickserie, die die Kinder kennen, ich aber nicht. Man sollte meinen, ich müsste in meinem eigenen Haus ein Wörtchen bei der Auswahl des Telefonsignals mitzureden haben, schließlich bin ich die meiste Zeit hier und muss es mir anhören, aber letztlich waren die anderen Dudel-Geräusche, die zur Auswahl standen, keinen Deut besser. So sind wenigstens fünfzig Prozent der Familienmitglieder zufrieden. Costas hat sich bei der Dudel-Abstimmung ohnehin enthalten. Ich frage mich, wie wohl sein Telefon in Berlin klingelt und ob er sich die Melodie ganz alleine aussuchen konnte, und ich ertappe mich bei einem Fünkchen Eifersucht und Neid auf so viel Eigenregie.

Das Display zeigt eine Nummer an, die ich nicht kenne. Ich nehme ab und melde mich, dabei schaue ich an mir herab und stelle fest, dass ich mich als Nächstes wohl besser umziehen sollte. Ich bin nicht nur durchgeschwitzt und ohne Unterhemd, sondern auch blutbefleckt und mit Gemüsesuppentupfern garniert.

»Guten Tag«, sagt eine männliche Stimme am anderen Ende. »Müller hier, der Vater von Lorelei aus Ihrem Kurs.«

Ich seufze, halte dabei aber das Telefon ein Stück weg und hoffe, er hat es nicht gehört.

»Lorelei sagt, sie habe keine Hausaufgaben auf, aber ich denke, es ist besser, deswegen noch mal bei Ihnen nachzufragen. Sie ist so vergesslich in letzter Zeit.«

»Nein, Herr Müller, das ist richtig so«, sage ich. »Bei der musikalischen Früherziehung gibt es noch keine Hausaufgaben.«

Am Anfang hatte ich meinen Gruppen in der Musikschule noch lustige Namen gegeben: Singfröschchen, Musikmäuse, Instrumentenzwerge. Der Zulauf ist allerdings sehr viel besser geworden, seit ich die pädagogisch korrekten Bezeichnungen benutze: musikalische Früherziehung,

Grundkurs Musikverständnis. Zwar sind nicht alle Eltern wie Herr Müller, ich fürchte jedoch, mit meinen Kursen ziehe ich genau diese Spezies an, über die in den Medien so gerne berichtet wird. Ich hätte es mit ganz anderen Eltern zu tun, wenn ich beispielsweise Werken mit Lehm oder Waldpädagogik anbieten würde.

»Ich finde aber, Sie sollten ruhig Hausaufgaben geben«, sagt Herr Müller. »Lorelei weiß gar nicht, was sie bis nächsten Donnerstag üben soll. Sie ist darüber ganz unglücklich.«

»Das ist ja aber nun genau der Sinn der Sache, Herr Müller«, sage ich.

»Dass sie unglücklich ist? Warum denn?«

»Nein, dass sie nichts zum Üben hat. Der Kurs soll Spaß machen und keinen Druck aufbauen. Die Kinder üben im Alltag meist ganz von alleine all die Dinge, die wir gemeinsam im Kurs erarbeitet haben. Sie singen zu Hause die Lieder oder klatschen zur Musik oder bringen ihren Geschwistern die Tanzschritte bei. Und wenn sie das nicht tun, dann ist das auch in Ordnung. Sie sollen das alles in ihrem eigenen Tempo verarbeiten.«

»Das verstehe ich ja«, sagt Herr Müller. »Aber wir haben nicht mal eine Anleitung in der Mappe, auf der man sehen könnte, was sie da eigentlich macht. Meine Frau und ich können ja gar nicht wissen, ob sie die Lieder richtig singt, zum Beispiel.«

»Das sollen Sie auch gar nicht. Jede Art zu singen ist richtig.«

»Ich glaube, wir kommen da nicht zusammen, Frau Theodoroulakis. Ich frage mich, ob Sie überhaupt verstehen, was ich meine.«

»Glauben Sie mir, ich verstehe sehr gut ...«

»Wir haben uns den Kurs ganz anders vorgestellt, ehrlich gesagt.«

»Studien haben aber gezeigt, dass ...«

»Ich denke, ich werde mich erkundigen, ob die Musikschule noch andere Angebote in diesem Bereich hat. Vielen Dank, dass Sie sich die Zeit genommen haben. Ich sehe jetzt klarer, wo das Problem liegt. Haben Sie ein schönes Wochenende.«

»Herr Müller, Sie können sich gerne …«, sage ich, aber er hat bereits aufgelegt.

Ich seufze laut und jetzt ohne Rücksicht. Vielleicht sollte ich ihm die Nummer von Kirsten geben, die hat eine pädagogische Ausbildung und würde sicherlich trotzdem liebend gerne Hausaufgaben aufgeben.

»Was ist los?«, fragt Alex hinter mir.

Ich zucke zusammen, vielleicht quietsche ich auch ein bisschen vor Schreck, das tue ich manchmal, und ich fürchte, es ist der Grund, weshalb Alex nie aufgehört hat, mich mit Hingabe bei jeder sich bietenden Gelegenheit zu erschrecken. Obwohl er inzwischen nicht mehr »Buh« ruft und sich hinter dem Sofa versteckt, sondern es so nebenbei macht, dass ihm niemand Absicht unterstellen würde.

»Wer war das?«

»Ein Musikschulpapa.«

»Von wem?«

»Von Lorelei.«

»Die Arme. Und du Arme, ich kann's mir schon vorstellen«, sagt Alex, und ich frage mich, was ein Familientherapeut dazu sagen würde, dass mein siebzehnjähriger Sohn die Namen meiner Schüler kennt und Anteil nimmt an meinen und ihren emotionalen Verwerfungen.

»Wolltest du was?«, frage ich.

»Nur nach dem Telefon sehen.«

»Erwartest du einen Anruf? Auf dem Festnetz?«

»Mein Handy ist alle«, nuschelt Alex. Normalerweise interessiert ihn Telefonieren überhaupt nicht, man braucht kein Detektiv zu sein, um entsprechende Schlussfolgerungen zu ziehen.

»Erzähl. Wer ist sie?«

»Ein Mädchen halt.«

Er schaut dabei konzentriert auf den Teppich. Es muss etwas Ernstes sein, wenn es ihm vor mir peinlich ist.

»Aus deiner Klasse?«

»Eine drüber.«

»Bist du nur verliebt, oder seid ihr zusammen?«

»Letzteres.«

Dieser Tag ist voller Überraschungen. Ich sollte mich für Alex freuen, aber ich fühle mich gelähmt. Lange ging ich davon aus, mein Sohn sei schwul. Sein Interesse für Mädchen war so erstaunlich moderat und für mich damit schwer nachvollziehbar, weil ich in seinem Alter von einer Liebe zur nächsten stolperte. Für sein Coming-out hätte ich einen passenden Text parat gehabt, aber jetzt weiß ich nichts zu sagen. Erst höre ich, dass meine Tochter zum ersten Mal ihre Periode hat, dann erfahre ich von der ersten festen Freundin meines Sohnes, und beide Male stehe ich bloß daneben und schaue zu.

Man kann seine Eltern auf tausend verschiedene Arten ärgern. Die Naheliegendste ist: herausfinden, was ihnen besonders wichtig ist, und dann genau das Gegenteil davon tun. Auf diese Weise entspringen Künstlerkarrieren in Beamtenhaushalten, und Irokesenschnitte wachsen dort, wo besonders wert auf die öffentliche Meinung gelegt wird. Hätte man mich vor Jahren gefragt, an welcher Stelle ich in dieser Hinsicht am verwundbarsten sei, ich hätte meine hoffnungslose Romantik angeführt. Wäre Alex zu einem Frauenheld der modernen Sorte herangewachsen, einem, der verantwortungslos herumvögelte, weibliche Teenager schwängerte, erotische Videoclips mit sich in der Hauptrolle auf YouTube veröffentlichte, oder einem, der großspurig verkündete, er glaube nicht an die große Liebe und sei überzeugt, der Mensch sei, rein biologisch gesehen, kein monogames Wesen, ich wäre nicht überrascht gewesen. Aber ich habe mich geirrt: Mein empfindlicher Punkt ist in Wirklichkeit die Musik. Und Alex hat ihn mit traumwandlerischer Sicherheit gefunden und verlangt mir inzwischen das Maximum elterlicher Toleranz ab.

Er konnte schon immer recht hübsch singen. Traf die Töne, sang früh auch komplizierte Melodien, es war naheliegend, ihn in der Musikschule anzumelden, wo er mit viel Freude und vollkommen freiwillig zuerst Geigen- und dann Gitarrenunterricht hatte. Zur Gitarre sang er dann in seinem Zimmer, und irgendwann teilte er Costas und mir mit, er wolle nun den Instrumentalunterricht sein lassen und es stattdessen mit Stimmbildung versuchen. Da hätte ich mein Veto einlegen müssen, spätestens da. Er war zwölf Jahre alt, das Ganze konnte nicht gut gehen. Seitdem nimmt er bei einer unfassbar dicken Sängerin mit klimpernden Armbändern und Ohrringen, die ihr bis auf die Schultern hängen, Gesangsunterricht und will Musicalsänger werden. Etwas Schlimmeres kann ich mir kaum vorstellen. *Cats* und *König der Löwen* und *Tarzan*, neuerdings gibt es ein Musical mit Liedern von Udo Jürgens.

»Jedenfalls ist das Telefon jetzt wieder frei. Ich gehe mich mal umziehen. Du kommst klar?«, sage ich.

Es ist eine rhetorische Frage, zumal bei einem Menschen wie Alex, der sogar klarkäme, wenn eine Horde Untoter unsere Kleinstadt belagerte, aber Mütter müssen diese Frage stellen, immer und immer wieder, um nur ja nicht den Moment zu verpassen, in dem die Antwort »Nein« ist. Allein durchs Beobachten wird man aus seinen Kindern nicht schlau.

Im Flur schaue ich kurz nach den Ratten, die in ihrem Käfig rascheln und mich einfach nur erstaunt anblicken, als ich auftauche, als wollten sie sagen: »Ja, bitte?« Ich lasse sie in Ruhe. Sie brauchen mich nicht, und gerade heute ist das ein Grund, sie gern zu haben.

Dann kontrolliere ich mein Mobiltelefon und stelle fest, dass ich eine SMS von Costas bekommen habe, deren akustisches Signal ich überhört haben muss. Er schreibt: *Hier ist es langweilig, ich vermisse euch. Was gab es Leckeres zum Mittag? Bei mir Kantinenessen ohne Nachtisch. Gruß und Kuss, C*

Er ist ein Heuchler, er weiß genau, dass ihm mein Essen genauso wenig geschmeckt hätte wie den anderen. Und die Tatsache, dass er davon ausgeht, dass bei uns überhaupt mittags ein Essen auf dem Tisch steht, trotz offener Ganztagsschulen, abgetrennter Daumen, blutender Nasen und Uteri, unabgearbeiteter To-do-Listen und Wäschebergen, zeigt mir, wie weit er sich auch innerlich schon von unserem Familienalltag entfernt hat.

Ich nehme Ann-Britts Postkarte mit ins Schlafzimmer. Natürlich werde ich mich umziehen, immerhin habe ich Suppe auf meinem Pullover. Aber vor allem werde ich die Ruhe genießen, die ich jetzt und hier habe.

Ich setze mich an meinen Sekretär und klappe den alten Laptop auf, der inzwischen ganz allein mir gehört. Früher war er einmal der Familiencomputer, auf dem die Kinder Lernspiele spielen durften, die *Sendung mit der Maus* online guckten oder ab und zu eine E-Mail an meinen Vater schreiben konnten. Seit sie eigene Smartphones haben, benutze nur noch ich das alte Ding. Costas hat einen teuren Computer mit großem Bildschirm in seinem verwaisten Arbeitszimmer, aber der ist für alle anderen tabu, denn es handelt sich um ein wertvolles Architekten-Arbeitsgerät, das vermutlich durch den Kontakt mit der *Sendung mit der Maus* seine Aura und damit seine inspirierende Wirkung verlieren könnte. Warum mein Mann zu Hause noch ein Arbeitszimmer hat, während ihm seit einem Jahr in Berlin ein eigenes Büro zur Verfügung steht, in dem aller Wahrscheinlichkeit nach ein weiteres teures Architekten-Arbeitsgerät steht, das auch noch niemals mit einer Kindersendung kontaminiert wurde, wohingegen ich mich mit einem verschließbaren Sekretär im gemeinsamen Schlafzimmer und dem alten Familienlaptop begnüge, frage ich lieber nicht. Es gibt Fragen, denen so viele weitere Fragen folgen würden, dass man sie besser beiseiteschiebt. Das Leben ist nun einmal nicht ideal, und bei allem guten Willen zur Gleichberechtigung muss schließlich auch irgendwo die Kraft herkommen, Privilegien einzufordern und auch durchzusetzen. Es war immer ein Irrtum, dass die Emanzipation nur Sache der Frauen sein müsste. Es ist unmöglich zu sagen: Macht es doch einfach genauso, und zu glauben, man müsse dafür nicht ein wenig beiseiterücken. In diesem Leben reicht es mir, dass ich einen Mann gefunden habe, den ich aufrichtig lieben konnte. Sollten mir noch weitere Leben zugesprochen werden, will ich gerne versuchen, meinem zukünftigen Partner und der Gesellschaft ein eigenes Arbeitszimmer aus den Rippen zu leiern.

Ann-Britt würde mich auslachen deswegen, aber sie war noch nie besonders gut darin, sich in die Situationen anderer Leute hineinzuversetzen. Ich glaube, dass ich ihre Freundschaft genau deswegen so schätzen gelernt habe, aber auch die vielen Kilometer, die zwischen uns liegen. Sie führt mir vor, wie ein anderes Leben aussehen könnte, und ich fühle mich wohler mit meinen Entscheidungen, wenn ich feststelle, wie sehr mein Neid sich in Grenzen hält. Ich brauche Ann-Britt, um mein Leben zu mögen. Und ich vermute, es verhält sich andersherum ganz ähnlich.

Ich betrachte eine Weile die Maori-Männer auf der Postkarte, um die Spannung zu steigern. Dann drehe ich die Karte um und lese: *Liebe Katha, hier wird es gerade Sommer, und ich werde meinen Pullover vermissen. Er hält jetzt Sommer-*

schlaf, hinten im Schrank. Ich habe neuerdings Orchideen in den Fenstern, die sehen aus wie aus Plastik und sind sehr pflegeleicht – ich kann sie nur empfehlen. Sie würden zu Dir passen. Wie geht es der Ostsee? Friert sie? Und Du? Hast Du schon Deine Pullover geweckt? Grüße auch von Rob und Leyla, wie immer, Deine Anni.

Ihre Schrift ist akkurat und sehr ausgearbeitet, wie ich es auch bei anderen gesehen habe, die das Schreiben in der ehemaligen DDR gelernt haben. Sie schreibt schrecklich gern und sehr langsam. Sie ist stolz, wenn ihre Texte ein wenig kryptisch daherkommen, und empfindet sie dann als besonders hochwertig. Das war schon immer so, zu den Zeiten, in denen wir uns Nachrichten schrieben und sie vor der Schule in unserem privaten Briefkasten versteckten. Nach der Schule holten wir sie ab und lasen sie, jeden Tag ein Brief, einmal an sie, einmal an mich. Dabei sahen wir uns im Unterricht sowieso und hätten uns alles erzählen können, aber das Schreiben war uns wichtig. Es gab uns das Gefühl, erwachsen zu sein, wir hatten eine Korrespondenz, und es war herrlich, in die Texte Andeutungen und Codeworte einzubauen, die niemand sonst hätte verstehen können. Den Jungen und Männern, in die ich jeweils verliebt war, gab Ann-Britt dumme Spitznamen und machte sie damit lächerlich, so gut sie konnte. Sie hießen »Polokragen« oder »Gelfrisur«, einer hieß »Schlaftablette« und einer »Spargeltarzan«. Ich nahm es ihr nicht übel, ich wusste, sie wollte mich ganz für sich, und keiner dieser Jungen kam mir nahe genug, um wirklich zu einer Gefahr zu werden. Wir schreiben uns heute Postkarten in unregelmäßigen Abständen, etwas häufiger E-Mails. Sie schickt mir Fotos von ihrer Katze Leyla und von ihrem Haus, an dem ständig irgendetwas umgebaut wird. Ich schicke ihr Bilder von den Kindern und mir, auf denen ich stets unscharf wirke, weil ich damit beschäftigt bin, Helli abzulenken, bis das Foto geschossen ist.

Ann-Britt weiß genau, dass Orchideen nicht zu mir passen. Oder sie weiß es nicht, aber nach all den Jahren müsste sie mich doch kennen, es kann gar nicht anders sein. Man kann nicht dreißig Jahre lang an jemandem vorbeischauen, selbst Ann-Britt kann das nicht. Ich nehme an, es ist ironisch gemeint.

Wir kennen uns seit der fünften Klasse, seit meinem Wechsel aufs Gymnasium. Sie war zugezogen, von ganz woandersher – wie es hieß –, erst später erfuhr ich, dass sie mit ihrer Familie aus der DDR ausgereist war. Sie war in allem durchschnittlich, vielleicht abgesehen von ihrem Äußeren. Hübsch war sie, aber das waren wir auf die eine oder andere Art alle, einfach, weil wir jung waren und uns Mühe gaben. Dünn war sie, wie eine Bohnenstange, dabei aber nicht jungenhaft, sondern zerbrechlich und auf nymphenhafte Art weiblich, bis ins Erwachsenenalter hinein. Sie zeichnete gerne, war sportlich und das, was man allgemein als aufgeweckt bezeichnet, wenn man nach einer Beschreibung für jemanden sucht, für den das Wort intelligent zu hoch gegriffen scheint, der aber mit einer schnellen Auffassungsgabe gesegnet ist. Sie war unglaublich gewissenhaft und hatte den Hang, bei jeder Aufgabe übers Ziel hinauszuschießen. Ich belächelte das und wunderte mich über den Ehrgeiz, mit dem sie all die kleinen Schulaufgaben erledigte, ich begriff nicht, welchen Zweck es haben sollte, immer etwas mehr zu machen, als man sollte.

Sie beneidete mich um vieles, und ich fand, sie habe alles Recht dazu. Meine Eltern hatten immerhin ein Reihenhaus mit Garten, während sie in der Wohnung eines Mehrfamilienhauses lebte. Ich hatte ausreichend Taschengeld, sie fing schon früh an, kleinere Jobs zu übernehmen, um sich ihre Mädchenwünsche erfüllen zu können: einen Pullover aus Angorawolle, den man mit der Hand waschen musste, einen kleinen Fernseher für ihr Zimmer, Kinokarten und genug Geld, um danach noch eine Pizza essen zu können. Mir fiel gar nicht auf, dass ich zwar für all das genügend Geld zur Verfügung gehabt hätte, aber abgesehen vom Kinobesuch nichts davon für mich interessant war. Ich aß mit ihr Pizza, bewunderte ihren Pullover, beglückwünschte sie zu ihrem Fernseher und verstand ihren Neid und ertrug ihn mitfühlend.

Dass sie mir auch meine Talente neidete, erzählte sie mir erst später, als wir erwachsen waren und sie mich beruflich so meilenweit überflügelt hatte, dass ich sie auch dann nicht mehr hätte einholen können, wenn ich alle meine Talente auf einmal genutzt hätte. Ich war in einigem begabt, es gab eine Zeit, in der es mir schwerfiel, mich zu entscheiden, welcher meiner Begabungen ich meine Aufmerksamkeit schenken sollte, um sie zu kultivieren. Ich hatte Instrumentalunterricht, seit ich sechs Jahre alt war, zunächst in verschiedenen Blockflöten, dann in Querflöte, später auch in Oboe. Malen und Zeichnen zählten zu meinen aktiven Hobbys, und ich malte die Bilder nur für mich selbst, weil der Vorgang des Malens mit einer tiefen Befriedigung verbunden war, einer inneren Stille, die ich bei keiner anderen Tätigkeit fand. Die Resultate waren ganz beachtlich, das wusste ich auch, aber am liebsten hätte ich keines meiner Bilder je für fertig erklärt und betrachtete sie daher auch nicht als etwas Vorzeigenswertes. Ich glitt von einem Mal- oder Zeichenprojekt zum nächsten und war zufrieden. Sprachbegabt war ich schon immer, mühelos konnte ich mir Hunderte Vokabeln merken, und Grammatik war etwas, das ich begriff, ohne dass man es mir erklären musste. Ich bekam einige Jahre lang klassischen Tanzunterricht und Reitstunden, las jedes Buch, das mir in die Finger kam, und hatte dadurch irgendwann eine recht umfangreiche Allgemeinbildung. Alles, was ich war, hatte sich irgendwie von selbst ergeben, nichts hatte mich besondere Mühe gekostet. Ich bemitleidete Ann-Britt, weil sie abends auf ihrem Bett sitzen und lernen musste, wenn am nächsten Tag eine Schularbeit anstand. Es war mir nicht ganz verständlich, wozu das nützen sollte, denn schließlich war uns doch alles, was wir können mussten, bereits im Unterricht beigebracht worden. Wozu also lernen?

Wenn wir zusammen waren, fand ich es selbstverständlich, dass Ann-Britt entschied, was gemacht wurde. Denn schließlich hatte sie nicht das, was ich hatte, weder Reihenhaus noch Reitunterricht, und wenn es sie glücklich machte, über mich zu bestimmen, dann war das ein geringes Opfer, das ich ihr gerne brachte, denn Freundinnen sind schließlich für so etwas da.

Aber ein Talent hatte Ann-Britt: Sie konnte sich anpassen wie ein Chamäleon. Und sie hatte Pläne. Wenn wir über die Zukunft sprachen, wusste sie genau, was sie wollte. Sie wollte im Ausland leben, ohne Kinder, am besten auch ohne Mann. Sie wollte Kostüme tragen und hochhackige Schuhe, einen wichtigen Job haben, einen, in dem ihr Respekt gezollt würde, sie wollte eine große Wohnung und genügend Geld, um sie genau so einrichten zu können, wie es ihr gefiel. Dazu vielleicht eine Katze.

Was ich wollte, wusste ich nicht genau. Ein Teil von mir wollte reisen und die Welt sehen, ein anderer wünschte sich ewige Ferien auf Saltkrokan. Meistens wollte ich Musikerin werden, ein Bohèmeleben führen, ohne dass ich damals diesen Begriff überhaupt kannte, ein andermal wollte ich Schriftstellerin sein, Sängerin vielleicht, an der Oper, ab und zu dachte ich, ich könnte Schauspielerin werden. Auf jeden Fall wollte ich keine hochhackigen Schuhe und keinen wichtigen Job, sondern etwas erschaffen oder bewirken. Letztlich war es egal, was.

In dem Jahr, als meine Mutter vor sich hin starb, ging Ann-Britt als Austauschschülerin in die USA. Als sie dann wieder zurückkam, war keine von uns mehr das, was sie gewesen war.

Für einen solchen Amerika-Aufenthalt hatte ihre Familie eigentlich nicht genügend Geld, aber Ann-Britt war unbeirrbar. Es war das erste Mal, dass ich ihr besonderes Talent begriff, und wie viel nützlicher es sein würde als alle Begabungen, die mir zugefallen waren. Sie nahm an einem Auswahlverfahren für ein Stipendium der Bundesregierung teil und bereitete sich darauf vor wie auf eine wichtige Prüfung. Mir wäre damals nicht mal in den Sinn gekommen, dass so etwas möglich war, dass man sich auf ein Auswahlverfahren einstellen konnte, dass es Kriterien und Fragen gab, auf die man richtig oder falsch reagieren konnte, und vor allen Dingen wäre ich nie darauf gekommen, dass meine arme, benachteiligte und in so vielem so unheimlich durchschnittliche Freundin genau wusste, welche Seite sie von sich zu zeigen hatte, um der Auswahlkommission den Eindruck zu vermitteln, sie sei besser geeignet als alle anderen. Denn genau das tat sie. Sie ließ alle Mitbewerber hinter sich und bekam als Einzige aus dem ganzen Bundesland das Stipendium. Aus den USA schrieb sie mir Briefe. Sie schien rundherum glücklich und hatte es offenbar mit ihrer Gastfamilie richtig gut getroffen, und endlich hatte sie Haus und Garten und lebte ein Leben, wie es ihr zustand. Ich kämpfte inzwischen mit der Waschmaschine und den Fertiggerichten, die ich für Sissi und mich auf den Tisch brachte – unser Vater aß meistens auf der Arbeit –, mit dem Schweigen und den pubertären Allüren meiner Schwester, die sich gegen das Sterben der Mutter auflehnte und mir damit das Leben noch schwerer machte.

Jahre später kamen Ann-Britts Gasteltern sie in Deutschland besuchen, und zufällig war ich gerade in der Nähe und konnte sie kennenlernen. Sie waren die anstrengendsten Personen, die ich je getroffen hatte, und so war, wie sich herausstellte, auch dort, in den USA, Ann-Britts größter Trumpf ihre Anpassungsfähigkeit gewesen. Sie hatte stets gewusst, was von ihr erwartet wurde, sie konnte, wenn sie wollte, für jeden die perfekte Tochter sein. Ich hingegen weigerte mich weiterhin einzusehen, warum es nicht ausreichen sollte, begabt und motiviert zu sein.

Nach dem Abitur, für das ich so gut wie nichts lernte, während Ann-Britt nach einem systematischen Plan vorging, der mehrere Lernwochen umspannte und mich als ihre persönliche Assistentin vorsah, trennten sich unsere Wege, aber die Postkarten begannen, zwischen uns hin- und herzugehen, und hielten uns gegenseitig auf dem Laufenden. Es gab auch Briefe ab und zu, Telefonate, später E-Mails, aber die Postkarten blieben. Ann-Britt studierte Anglistik und Politik, absolvierte Praktika in London und Kapstadt, fand irgendwann einen Job an einem deutschen Institut in Neuseeland. Sie hatte bald eine schöne Wohnung, trug Kostüme bei der Arbeit, kaufte sich eine Katze. Sie nahm sich einen privaten Lehrer, um Spanisch zu lernen, einfach so, gründete einen Leseclub und flog in ihren Ferienwochen auf eine Mittelmeerinsel zu Aquarellmalerei-und-Kohlezeichnungs-Seminaren. Als ihr ein besserer Job angeboten wurde, für den sie allerdings eine Arbeitserlaubnis vor Ort brauchte, trieb sie kurzerhand einen attraktiven und gebildeten Mann auf, der sie aufrichtig liebte und ihr wie gewünscht einen Heiratsantrag machte, ohne dass er auch nur auf die Idee kam, damit etwas anderes zu tun, als sich seinen eigenen Traum zu erfüllen. Sie bekam Aufenthaltserlaubnis und Job und schrieb mir, dass der Mann zwar in ihrem Lebensentwurf eigentlich nicht vorgesehen gewesen sei, sich aber als echte Bereicherung herausstelle. Ich schrieb zurück, ich säße an meiner Dissertation, sei schon wieder schwanger und freute mich auf die Wochenenden, an denen Costas zu Hause etwas Anständiges für alle koche.

Ich lese die Postkarte noch einmal. Für einen Moment fühle ich mich schwach und denke daran, ihr hier und jetzt sofort eine Karte zurückzuschreiben und ihr von dem Etwas zu erzählen. In Neuseeland erscheint mir diese Information sicher genug aufgehoben. Aber ich lasse es bleiben, denn es würde nichts ändern und das Etwas womöglich nur auf dumme Ideen bringen, weil es sich ernst genommen fühlte.

Ich öffne das Mail-Programm auf dem Laptop, aber da ist keine Nachricht von Ann-Britt im Postfach. Mir muss die Karte für eine Weile reichen. Stattdessen eine Mail von der Leiterin des zweiten Kindergartens, in dem ich wöchentlich unterrichte, die wissen will, ob die Musikgruppe bei der Weihnachtsfeier eine kleine Aufführung plane, und zwei Mails von Musikschuleltern, die jeweils die Frage stellen, weshalb es keine Weihnachtsfeier für die Früherziehungsgruppe gebe. Ich denke an den Feiermarathon, den ich durchlaufen habe, als Alex und Helli kleiner waren, all die krümeligen Plätzchen und süßen Kinderpunsche im Sportverein, im Kindergarten, in der Schule oder einfach nur so in der Gemeinde. Sind diese Eltern denn verrückt geworden? Ich ziehe meinen Terminkalender hervor und schaue, wie viele Musikschulnachmittage es vor Weihnachten noch sind und welcher davon sich für eine Feier eignen könnte. Und ich frage mich, ob ich noch ich selbst sein werde, wenn es so weit ist, oder bereits verstümmelt und angezählt.

Ich klappe den Laptop zu, ohne die E-Mails zu beantworten. Es ist Freitagnachmittag und damit schon beinahe Wochenende, auch die Musikschuleltern können bis Montag warten, und jetzt ist es Zeit, mich wieder in eine gute Mutter zu verwandeln und Helli aus ihrem Zimmer zu treiben. Ann-Britts Postkarte nehme ich mit, ich will sie unten in der Küche mit einem Magneten an den Kühlschrank heften.

Schon lange betrete ich ihr Zimmer nur, wenn es unbedingt nötig ist. Normalerweise bleibe ich vor der Tür stehen, klopfe und regle alles von dort aus, wenn ich etwas von Helli möchte. Alle paar Wochen helfe ich, ein paar Laufwege freizuräumen, damit sie besser vom Bett zum Schrank und zur Tür gelangt, ohne etwas zu zermatschen. Ich nehme dann eine große Mülltüte mit hinein und entsorge schimmelige Essensreste. Für alles andere reicht meine Kraft nicht, außerdem bin ich einfach zu sehr geprägt von der abendländischen Annahme, dass jeder Mensch ein Recht auf Privatsphäre habe. Wer in einer Reihenhaussiedlung aufwächst, dem klingt dieser Begriff für den Rest seines Lebens im Ohr. Für die Vorgespräche zu Hellis Testung habe ich Fotos von ihrem Zimmer mitgenommen, weil ich Sorge hatte, man würde mir nicht glauben, wenn ich das Ausmaß der Angelegenheit lediglich beschriebe.

Ich klopfe, weil es Zeit ist, sich fürs Reiten fertig zu machen. Ein neues Oberteil habe ich mir angezogen, eine Art feminine Version des Holzfällerhemds, tailliert und kurz, aber mit der typischen Karomusterung und aus dem angenehm weichen Flanellstoff, den die Männerwelt bis vor Kurzem noch für sich allein in Anspruch genommen hat. Ich habe es beim Umziehen geschafft, meine Brust nicht zu berühren und an etwas Schönes zu denken. Wenn ich mich umziehe und der Drang, nach dem Etwas zu tasten, übermächtig wird, singe ich das herrliche Terzett aus *Così fan tutte*, meistens die Stimme der Dorabella, und das kostet mich so viel Konzentration, dass das Etwas sich aus meinen Gedanken drängen lässt. Das hat schon vor zwei Wochen in der schrecklich banalen Situation funktioniert, als ich – wie in einer dieser einfallslosen Fernsehserien tatsächlich beim Einseifen unter der Dusche – das Etwas zum ersten Mal zu ertasten glaubte. Ich frage mich, ob Kilian wohl Holzfällerhemden an Frauen in meinem Alter in

Ordnung findet. Ich erinnere mich, dass er sich früher oft über meine Schuhe lustig gemacht hat, weil sie ihm zu praktisch waren. Wahrscheinlich werde ich mich für ihn später noch einmal umziehen.

Ich klopfe weiter, inzwischen sehr energisch, um eventuell Musik aus Kopfhörern zu übertönen. Wir müssen pünktlich sein, und ich habe ziemlich knapp kalkuliert. Wenn wir trödeln, wird es eng. Wir müssen Cindi abholen und außerdem noch genügend Zeit zum Striegeln haben, bevor der Unterricht beginnt. Das Reiten tut Helli gut. Ich habe mich schon öfter gefragt, warum ich nicht früher darauf gekommen bin, sie mit Pferden in Kontakt zu bringen. Die armen, ständig geforderten Schulpferde sind wie sie selbst und verstehen ihre Impulsivität. Manche sind überreizt, andere abgestumpft, keines aber fühlt sich, wie ein Pferd sich fühlen sollte. Womöglich wissen sie gar nicht, wer oder was sie eigentlich sind. Sie behandeln Helli wie ihresgleichen. Was leider auch dazu führt, dass Helli gelegentlich mit gezielten Bissen an ihre Position erinnert wird. Eine Dreiviertelstunde Konzentration bekommt Helli im Übrigen meistens hin, vermutlich weil sie dabei ununterbrochen in Bewegung ist und durchgeschüttelt wird. Vielleicht sollten wir sie für die Hausaufgaben auf einen vibrierenden Stuhl setzen.

Die Reitsachen bewahre ich in der Abstellkammer neben der Garderobe auf. Einerseits, weil sie riechen, und andererseits, weil sie so nicht lange unter Bergen von anderem Zeug gesucht werden müssen. Es hat sich bewährt, dass Helli sich unter meiner Aufsicht anzieht. Ich öffne ihre Zimmertür, sie blickt auf und lächelt. Sie sitzt auf dem Bett, hat tatsächlich Kopfhörer auf den Ohren, vor ihr liegt eine Zeitschrift, in der sie liest, während sie sich die Fingernägel lackiert. Ich mache Schnalzgeräusche mit der Zunge, wippe in den Knien und hebe die Hände, als würde ich Zügel halten. Und tatsächlich steht sie auf und nimmt die Kopfhörer ab. Das Nagellackfläschchen lässt sie geöffnet auf dem Nachttisch stehen, die Zeitschrift fällt zu Boden, mitten in den freien Gang zwischen Bett und Tür, sodass Helli unweigerlich drauftritt, als sie zu mir kommt.

Gemeinsam gehen wir die Treppe hinunter, ich händige ihr Reithose und Stiefel aus. Sie redet ununterbrochen, erzählt mir von Sängerinnen, die ich nicht kenne, und von Schauspielerpaaren, die sich getrennt oder neu gefunden haben, und sie benutzt dabei Wörter, die ich aus dem Mund einer Elfjährigen nur höchst ungern höre. Aber ich habe mich daran gewöhnt; Unflätigkeiten und herabwürdigende Bezeichnungen für die eigenen Geschlechtsgenossinnen gehören heute, wie es scheint, zum guten Ton.

Sie zieht die Jeans aus, Bein für Bein, während sie redet. Dann unterbricht sie sich, weil sie einen Regenschirm im Ständer entdeckt, der ihr nicht bekannt vorkommt. Sie zieht ihn heraus, spannt ihn auf, geht damit auf und ab, fragt:

»Wo ist der denn her? Ist der neu?«

»Reithose!«, sage ich.

Helli seufzt und legt den Schirm beiseite. Ich klappe ihn zu und stelle ihn zurück, während sie sich gehorsam an die Hose macht. Ihre Oberschenkel sind enorm, weiß und weich. Die Reithose hat zwischen den Beinen eine Lederverstärkung, genau dort, wo Hellis Hosen üblicherweise zuerst durchscheuern. Sie ist so eng, dass ihre Beine darin zu kräftigen, wohlgeformten Säulen werden. Helli ist das egal, sie findet sich schön, so oder so. Ich fürchte den Tag, an dem sie ihren kindlichen Blick auf den eigenen Körper ablegt und sich selbst durch die normierte Brille unserer Gesellschaft sieht. Fast alle Kinder finden sich schön. Sie lieben runde Bäuche und weiche Haut und sind stolz auf die bestechende Funktionalität ihrer Ausstattung. Ihre Beine können laufen und springen, ihre Hände können basteln und winken, wie könnte man ihnen da unterstellen, nicht schön zu sein?

Als hätte Helli meine Gedanken gelesen, geht sie zum Spiegel und fängt an, ihre Haare zu einem Pferdeschwanz zusammenzufassen. Sie dreht daran herum, zupft sich Strähnen in die Stirn und begutachtet sich mit zusammengekniffenen Lidern.

»Findest du, ich sollte mir die Haare länger wachsen lassen?«

»Hosenknopf!«, sage ich.

Sie schließt die Hose und macht sich daran, in die Reitstiefel zu steigen. Den ersten schafft sie allein. Dann allerdings findet sie ein Loch in ihrem linken Strumpf, lässt sich auf den Hintern plumpsen und fängt an, interessiert mit dem Zeigefinger darin herumzubohren.

»Stiefel!«, sage ich.

In diesem Moment schlendert Alex ins Bild, kommt die Treppe herunter wie ein träges Raubtier, grinst mir zu und verschwindet im Bad. Mit einem Stiefel am Fuß rappelt Helli sich auf und folgt ihm.

»Nein, Helli, wir müssen uns beeilen«, sage ich.

Aber sie ruft: »Ich muss aufs Klo, du weißt schon.«

Sie ist nicht aufzuhalten, wenn sie ihren Bruder im Badezimmer treffen kann. Den ganzen Tag gehen sich die beiden aus dem Weg, beachten einander kaum, aber sobald einer von ihnen für längere Zeit im Bad ist, muss der andere plötzlich auch. Dann warten sie aufeinander, wenden vermutlich, Diskretion simulierend, das Gesicht ab oder geben vor, etwas im Regal zu suchen, und unterhalten sich über Gott und die Welt.

»Ist das blaue Shirt schon im Trockner?«, ruft Alex durch die geschlossene Tür.

»Nein«, rufe ich zurück.

»Scheiße. Kannst du es mir trocken bügeln oder so was?«

»Nein.«

Die beiden rumoren im Badezimmer herum, ich nutze die Zeit, um meine eigenen Sachen zusammenzusammeln. Mantel, Notizbuch, Handy und Handtasche. Ein Tuch oder einen Schal suche ich in der Kommodenschublade, aber alles, was ich finde, ist ein Nickituch, das Alex als Kleinkind getragen hat. Ich werde meinen Mantelkragen aufstellen müssen, am Hals friere ich immer als Erstes.

Aus dem Badezimmer höre ich Alex deklamieren: »Is this a tampon which I see before me?«

»Was denn sonst?«

Dann rauscht die Spülung, der Wasserhahn wird aufgedreht. Alex singt mit kräftiger Stimme: »Here's the smell of blood still. All the perfumes of Arabia will not sweeten this little hand.«

»Idiot«, sagt Helli.

Manchmal denke ich, Geschwister zu haben ist wichtiger als Eltern. Eltern lieben blind drauflos, aber Geschwister sehen einen, wie man wirklich ist.

Als beide endlich mit ihrer Klokonferenz fertig sind und aus dem Badezimmer kommen, halte ich Helli ihren zweiten Reitstiefel hin. »Gibt es Macbeth auch als Musical?«, frage ich Alex, der mit Raubtierschritten die Treppe hochgeht.

»Nee«, sagt er. »Noch nicht. Wär aber ein super Stoff, oder?«

*

Es ist Viertel nach zwei, als wir endlich im Auto sitzen. Und ich habe noch immer nicht das Gästezimmer hergerichtet.

Unsere Straße ist so ruhig, wie man es sich nur wünschen kann, wenn man Kinder hat. Es gibt alte Bäume in den Vorgärten, gut einsehbare Auffahrten, freundliche, altmodische Straßenlaternen, die nachts beide Bürgersteige beleuchten. An Tagen wie diesem liegt in der ansonsten klaren Frostluft der Geruch von Holzfeuern, die in den gusseisernen dänischen Öfen und gemauerten Kaminstellen der Wohnzimmer brennen, und gibt der ganzen Szenerie einen nostalgischen Anstrich von norddeutscher Gemütlichkeit. Cindi wohnt in einer anderen Art von guter Wohngegend für Familien. Ihr Haus steht in einer ehemaligen Neubausiedlung, in der am Eingang ein Straßenplan aufgestellt wurde, weil es sonst gut möglich wäre, sich als Uneingeweihter zu verirren. Achtzig Prozent der Straßen endet in Wendehammern. Ich weiß genau, wo Cindi wohnt, trotzdem setze ich zwei Mal den Blinker falsch, weil jede Abzweigung gleich aussieht.

Ihr Haus allerdings ist anders als die andern. Das Grundstück ist groß und voller Spielzeug, Gartengeräte, Regentonnen, Kisten, Haufen von Kies, Holz und Sand. Cindis Vater hat ständig irgendein Bauprojekt vor, er optimiert das Haus, mal von außen, mal von innen, aber anders als bei Costas, der die Sache mit dem Perfektionismus des gelernten Architekten anzugehen pflegte und versuchte, das Wohnen so angenehm und elegant wie möglich zu gestalten, handelt es sich bei Cindis Vater meist um eine reine Flucht in den Aktionismus. Jedes Projekt, das er verfolgt, gibt ihm die Möglichkeit, sich von seiner Familie fernzuhalten und dabei auch noch den Anschein zu erwecken, sich großartig um sie zu kümmern.

Cindi wartet schon hinter der Tür und kommt zum Auto, bevor ich es zum Stehen gebracht habe. Ohne mich zu grüßen, lässt sie sich neben Helli auf den Rücksitz fallen und fängt sofort an zu reden: »Echt eine große Show von dir heute. Alle Achtung. Da war ja sogar eine Blutspur bis vors Lehrerzimmer.«

Für eine Sitzerhöhung ist meine Tochter zu groß und zu schwer, Cindi ist bereits zu alt, aber ich kann mich immer noch nicht daran gewöhnen, dass die Kinder so ungeschützt dort hinten mitfahren. Die Gurte wirken, als könnten sie die Mädchen ohne Probleme bei der ersten zu scharfen Bremsung strangulieren. Alex könnte in diesem Jahr seinen Führerschein machen und dann mit Begleitung selber fahren, aber er hat keine Zeit dafür, wie er behauptet. In gut anderthalb Jahren wird er das Abitur machen, und danach wird es ernst. Seine Gesangslehrerin sagt, dies seien die entscheidenden Jahre für seine Stimmbildung. Wenn er es an die Musicalschule schaffen wolle, müsse er sowohl möglichst jung als auch perfekt vorbereitet sein.

Sissi bereitete sich damals in aller Stille auf ihre Aufnahmeprüfung vor. Unser Vater brachte schon lange kein Interesse mehr für sie auf, es sei denn, sie wurde laut und zerstörte Gegenstände. Ich habe diese Form der Auflehnung stets genauso gehasst wie bewundert. Sissi muss mit ihrem Lehrer gesprochen haben, vielleicht mit ein paar anderen aus der Musikschule oder ihrer einen Freundin, die sie von »Jugend musiziert« kannte und mit der sie regelmäßig länger telefonierte. Ich steckte jedenfalls bereits mitten in meinem eigenen Studium und bekam nichts mit, bis sie eines Tages mit ihrem riesigen Cello vor der Tür stand, um mir ihre Stücke vorzuspielen und meine Meinung zu hören. Sie spielte Haydn, die zweite Bachsuite, die Sonate von Chopin, die Klavierbegleitung musste ich mir dazudenken, und es war, als injizierte man die Musik direkt in meine Seele. Schmerzhaft, bitter wie Medizin und zugleich zum Heulen schön. Nie zuvor hatte ich sie so gehört. Und ich hatte den befremdlichen Gedanken, dass der Tod unserer Mutter Sissi als Musikerin eine Möglichkeit eröffnet hatte, die andere Künstler in ihrem Alter nicht bekommen hatten. Angst hatte ich dabei, Angst um sie, die hinter dem Cello so zerbrechlich aussah und die in der Musik eine Empfindsamkeit offenbarte, die mir für ein unversehrtes Leben völlig ungeeignet erschien, Angst, dass sie mit der Entscheidung für die Musik auch eine Entscheidung für die permanente Konfrontation mit einem Trauma getroffen hatte. Wieder und wieder würde sie ihre Gefühle aufwühlen, niemals würde ihre Trauer zur Ruhe kommen und in den Hintergrund treten können. Wer sich entschloss, ernsthaft klassische Musik zu machen, legte immerzu sich selbst in die Waagschale.

Natürlich wurde Sissi an der Musikhochschule genommen, sie spielte nur in Lübeck vor, sodass wir die nächsten Jahre dicht beieinander waren. Sie legte alles von sich hinein in ihr Künstlerdasein, wenn auch nicht in dem Sinne, in dem ich vermutet hatte. Sissi erarbeitete sich mit der Zeit eine tiefe Verachtung für feste Anstellungen und das Dasein als Orchestermusikerin, dafür reinszenierte sie alle Traumata stets und immer wieder, indem sie sich möglichst egozentrischen Männern an den Hals warf.

Der Weg zum Reiterhof ist kurvig und schmal. Die norddeutschen Landstraßen haben ihre eigenen Gesetze, und eines davon besagt, dass gerade Strecken nie länger sein dürfen, als es für ein schnelles Überholmanöver nötig ist. Die Knicks rechts und links der Straße sind vor nicht allzu langer Zeit auf den Stock gesetzt worden, und die abgeschnittenen Büsche liegen noch immer auf den Feldern, romantisch von Reif überzogen, schützen sie schlafende Igel und sind zugleich Zeugnisse der Brutalität, mit der der Mensch hier in die Natur eingreift. Alle zwanzig Meter steht ein Überhälter, ein Bäumchen, das nicht gekappt werden darf, damit der Knick beim erneuten Wachsen eine Orientierung hat. All die eifrigen Büsche, Bäume und Sträucher, die im Frühling wieder wild drauflostreiben werden, unermüdlich, Jahr für Jahr, obwohl sie regelmäßig von einer langsam fahrenden Maschine wieder abrasiert werden. Hier darf niemand wachsen, wie er will. Und doch gibt es wenige Landschaften, die eine ähnlich beruhigende Wirkung auf die menschliche Seele haben wie die schleswig-holsteinische Knickwelt.

Wenn ich Helli allein mit ihrem Smartphone beobachte, bekomme ich den Eindruck, dass verbale Kommunikation für die heutige Jugend eine echte Herausforderung darstellen müsste. Aber die beiden dort auf der Rückbank führen mir vor, dass auch die Mädchen heute – genauso wie früher – ununterbrochen reden und kichern können. Dazu rücken sie hinten so dicht aneinander, wie die Gurte es ihnen erlauben, und beugen sich über Cindis Smartphone. Sie schauen nicht aus dem Fenster. Sie verpassen den Reif und die bestäubten Ackerfurchen, die vereisten Gräben und die tief stehende Wintersonne, die wie hinter Milchglas scheint.

Cindi heißt eigentlich Cinderella. So ein Name ist die beste Tarnung für jemanden, der hochbegabt ist und nichts davon wissen will. Niemand käme auf die Idee, ein Kind namens Cinderella für intelligent zu halten. Vom ersten Tag der Grundschule an gab es in den Köpfen der beflissenen Lehrerinnen für sie die Schublade mit der Aufschrift: *schwierige soziale Verhältnisse.* Das allerdings entspricht überhaupt nicht den Tatsachen. Ihr Eltern sind Vollzeit arbeitende Akademiker mit einem starken ökologischen Gewissen, sie haben vier Kinder, weshalb fast alles, was Cindi besitzt, mehrfach gebraucht ist. Aber da Cindi nicht nur hochbegabt, sondern auch ein gutes Mädchen ist, hat sie sich den Erwartungen flugs angepasst und es sich in jener Schublade bequem gemacht. Ihr Schicksal war besiegelt, als sie sich mit Helli zusammentat, die fast zwei Jahre jünger ist. Ihr zuliebe ist sie in der sechsten Klasse sitzen geblieben, sodass sie endlich auch im Unterricht gemeinsam stören können.

Die beiden amüsieren sich königlich über irgendwelche Fotos, die man ihnen gerade geschickt hat, dann kreischen sie unisono, kurz darauf fotografieren sie sich selbst, indem sie die Köpfe aneinanderlehnen und das Handy am ausgestreckten Arm halten. Das Selfie wird vermutlich sofort an alle Klassenkameradinnen verschickt, oder jedenfalls an fast alle, denn mit Sicherheit gibt es zwei Mädchen, deren Eltern konsequenter sind als ich, die ihrem Kind entweder gar nicht erst ein Smartphone gekauft haben oder sich an die gesetzliche Altersbeschränkung für die entsprechende App halten. Dann gibt es sicherlich noch zwei andere Mädchen, die nicht in der Gruppe sind und auf deren Freundschaftsanfragen niemand antwortet – es kann sogar sein, dass diese Personen wöchentlich wechseln –, und dann gibt es bestimmt auch noch das eine verträumte Mädchen, das ganz freiwillig kein Handy mit sich herumträgt, weil es sich selbst für eine Figur aus *Harry Potter* hält und vollauf damit beschäftigt ist, in dieser Muggelwelt möglichst wenig aufzufallen, und einfach nicht verstehen kann, warum jemand an Fotos von Maurerdekolletés und vollgekotzter Pizza, an unbestätigten Meldungen über die sexuelle Orientierung der Geschichtslehrerin oder an Selfies, die auf der Rückbank eines VWs auf dem Weg zum Reitunterricht geschossen werden, überhaupt Interesse haben könnte.

Wäre ich heute jung, wäre vermutlich ich dieses letzte Mädchen. Bis zum Tod meiner Mutter lebte ich in einer Welt aus Illusionen und war nicht in der Lage, die Zeichen der Realität korrekt zu deuten. In Hellis Alter war ich zum ersten Mal unsterblich verliebt. Es war ein herrliches, verwirrendes Gefühl, das mich abends am Einschlafen hinderte. Der betreffende Junge hieß Dirk, war deutlich älter und wunderschön. Wir sangen einmal die Woche zusammen im Schulchor und standen nebeneinander, dort, wo der zweite Sopran an den Tenor grenzte. Für ihn sang ich besonders schön. Und ich benutzte das Parfüm meiner Mutter, bevor ich mit dem Fahrrad zur Probe fuhr. Für ihn ließ ich auch die Haare offen, die zu dieser Zeit beeindruckend lang und damit auch beeindruckend unpraktisch und üblicherweise nur als Zopf zu ertragen waren. Nie im Leben wäre es mir eingefallen, ihm meine Gefühle zu offenbaren, und noch viel weniger wäre ich darauf gekommen, dass er sie erwidern könnte. Er teilte sein Apfelsaft-Trinkpäckchen mit mir, indem er mich am selben Strohhalm saugen ließ. Er blieb nach der Probe eine Weile neben meinem Fahrrad stehen, um sich mit mir zu unterhalten. Und als er den Chor aufgab, weil sein Basketballtraining sich mit dem wöchentlichen Probentermin überschnitt, versuchte er, mich zu überreden, ebenfalls mit Basketball anzufangen. Ich begriff es einfach nicht. Erst später, als ich aufhörte, in einer Fantasiewelt zu leben, und lernte, wie man Wäsche wäscht und Fischstäbchen brät, kam es mir in den Sinn, dass er auch in mich verliebt gewesen sein könnte. Ich fing damals nicht an, Basketball zu spielen, sondern blieb im Chor und trauerte stumm. Wir begegneten uns so gut wie gar nicht mehr, unsere Schule hatte zwei Höfe, sodass die Schüler der Unterstufe den Größeren nicht über den Weg liefen. Und noch später, im Zeitalter des Internets, gab ich einmal seinen Namen in die Suchmaschine ein und fand heraus, was er geworden war: Schornsteinfeger.

Auf der Rückbank sagt Cindi: »Eigentlich ist Pluto gar kein Planet. Der ist degradiert worden. Stimmt's, Kath?«

Manchmal kommt es mir vor wie aus einer völlig anderen Welt, wenn ich mich daran erinnere, dass ich früher die Eltern meiner Freundinnen selbstverständlich gesiezt habe. Namen hatten damals so viel weniger Gewicht. Man hieß so wie der Ehemann, egal, wie lächerlich der Name war, Vornamen waren für intime Freunde und amtliche Formulare reserviert, und wenn die eigenen Kinder genauso hießen wie alle anderen, bestätigte einen das nur in seiner Geschmackssicherheit. Schon eine veränderte

Schreibweise zeugte von heimlicher Arroganz der Eltern. Und kein Erwachsener musste sich je mit gerunzelter Stirn und gespitzten Ohren den Namen eines Kindes buchstabieren lassen, nachdem er, natürlich ohne sich hinzuhocken, mit Tantenstimme gefragt hatte: Wie heißt du denn, Kleines?

»Vor einigen Jahren schon, glaube ich«, sage ich und beziehe mich auf Pluto und seine Degradierung.

»Hä?«, macht Helli.

Cindi sagt: »Pluto ist jetzt der Hund von Micky Maus.«

»Ach so«, sagt Helli.

Es ist Cindis Technik, alle zu verwirren, wenn sie merkt, dass sie jemanden überfordert. Bestimmt weiß sie nicht nur, dass Pluto kein Planet, sondern auch, dass Pluto der Gott der Unterwelt ist und noch ein paar private Details zu seiner Ehe und Lebenssituation. Aber sie tarnt ihre Hochbegabung, indem sie einfach alles zum Scherz erklärt.

Wir fahren auf den Reithof und halten auf dem Parkplatz. Die Mädchen gehen alleine los, sie kennen sich hier aus; manchmal komme ich noch mit zum Stall, nehme Anteil an Frust und Freude über die zugewiesenen Pferde, atme Strohstaub ein und schlendere über das Gelände. Gelegentlich schaue ich auch bei einer Reitstunde zu, das aber nur ganz selten, um Helli nicht unter Druck zu setzen. Meistens warte ich im Auto, bis die beiden verdreckt, schwitzend und stinkend zurückkommen und bereit sind, nach Hause gefahren zu werden.

Heute bin ich müde, mir ist nicht nach Aussteigen zumute, obwohl ich weiß, dass die Kälte von draußen bald unbarmherzig hereinkriechen wird. Ich habe immer eine Decke im Kofferraum, wenn der Winter anbricht, falls das Auto in diesen unberechenbaren norddeutschen Schneewehen den Geist aufgibt und ich mit den Kindern auf der Rückbank aneinandergeschmiegt auf Hilfe warten muss. Ich habe auch zwei Müsliriegel im Handschuhfach und eine kleine Tüte mit frischer Unterwäsche und Socken für Helli. Es ist ihr früher gelegentlich passiert, dass sie auf der Autofahrt ihre Schuhe von den Füßen gekickt und dann vergessen hat, sie vor dem Aussteigen wieder anzuziehen. Und es ist auch noch nicht allzu lange her, dass sie auf dem Weg zum Klo abgelenkt wurde und ihr eigentliches Vorhaben erst wieder in ihr Bewusstsein sickerte, als die Vorhut bereits in der Unterhose gelandet war. Ich habe Pflaster in meiner Handtasche, buntes und neutrales. Eine kleine Flasche Desinfektionsspray, eine Menge Taschentücher, Rescue-Tropfen, Hustenbonbons und ein Schweizer Taschenmesser. Im Handschuhfach, mit einer Büroklammer an die Fahrzeugpapiere geheftet, liegt außerdem ein Zettel, auf dem gut sichtbar steht: *Im Notfall bitte folgende Nummer anrufen,* darunter die Nummer von Costas' Handy. Ich weiß nicht, ob andere Mütter ähnlich ausgerüstet durch die Gegend fahren oder ob man als Siebzehnjährige zur Halbwaisen werden muss, um so zu sein.

Bald ist es Zeit für meine Telefonkonferenz mit Sissi, auf deren Probleme ich heute nicht besonders neugierig bin. Ich lege das Telefon schon einmal auf den Beifahrersitz, zum abgefahrenen Seitenspiegel, dem blutbeschmierten Taschentuch und meiner Handtasche. Aber noch ist ein bisschen Zeit, und ich stelle die CD von heute Morgen wieder an.

Protschka singt »Am leuchtenden Sommermorgen«, und er singt es so butterweich, als wäre das, was die Blumen flüstern, tatsächlich lieblich und zart und idyllisch, als würden sie banales Blumenzeug von sich geben. Aber das Klavier erzählt mit klaren, rollenden Motiven von der unstillbaren, fortwährenden Seelenpein, die der Dichter auszuhalten hat, die keine Linderung kennt und die von nun an und für immer allem zugrunde liegen wird, sodass selbst die Blumen im Garten nur das eine Thema kennen: Liebeskummer. Weil man hintergangen wurde, betrogen, verlassen, und weil die Liebe noch immer so groß ist, dass so ein mickriges Gefühl wie Wut überhaupt keine Chance hat. Für so einen kann es keine Heilung geben. Er wird verletzt und liebt trotzdem weiter. Daran kann man zugrunde gehen.

Mit geschlossenen Augen, den Kopf gegen die Nackenstütze gelegt, höre ich Protschka singen: »Sei unsrer Schwester nicht böse, du trauriger, blasser Mann.« Mir kommen leider bei manchen Textzeilen automatisch die Tränen. Dazu bekomme ich eine Gänsehaut. Mir ist das peinlich, aber so war es schon immer, und auch die Lebenserfahrung und die damit einhergehende Abgebrühtheit gegen bestimmte Sentimentalitäten haben daran nichts geändert. Früher musste ich weinen, wenn in Kinofilmen Frauen enttäuscht wurden und die Liebe keine Chance bekam. Seit ich Kinder habe, rührt mich dieses Szenario nicht mehr besonders, dafür heule ich wie ein Schlosshund, wenn Filmfamilien sich auf dem Bahnhof voneinander verabschieden. Ich ertrage jede Art von Schießerei, ohne mit der Wimper zu zucken, und kann sogar ein gewisses medizinisches Interesse an verstümmelten Leichen aufbringen. Dafür erzeugt die bloße Erwähnung von Kindesmisshandlung oder Missbrauch bei mir sofort Brechreiz. Witze wie der, bei dem der Verkäufer fragt, ob er dem kleinen Jungen einen runterholen solle, und den Teddy auf dem Regal meint, lassen mich zur Salzsäule erstarren. Allein die Gänsehaut erwischt mich zuverlässig bei immer den gleichen Musikstellen, und jedes Mal bin ich überrascht, beschämt und ein ganz kleines bisschen erfreut, weil es Dinge in meinem Leben zu geben scheint, die gleich bleiben, und vielleicht sogar eine Art inneren Kern meiner selbst, der sich aus alter Zeit erhalten hat und in mir fortlebt. Ich bin nicht in allen Bereichen meines Lebens eine andere geworden. Es gibt mich noch.

Einmal, als wir bei einer Probe des Schulchors die Messe von Dvořák übten, bekam ich mitten im Sommer beim Agnus Dei eine so deutlich sichtbare Gänsehaut, dass mich Ann-Britt anstupste, auf meine nackten Oberarme deutete und flüsterte: »Das gefällt dir, was?« Fortan ging ich nur noch mit langärmeligen Oberteilen zu den Chorproben.

Ich öffne die Augen, suche in meiner Manteltasche das Notizbuch und blättere darin herum, bis ich die Seite finde, auf der steht:

Liste der Musikstücke, die mir zuverlässig eine Gänsehaut bereiten:
- *Schubert Streichquintett, 1. Satz, Geigensequenz*
- *Mozarts Kleine Nachtmusik, 2. Satz, noch immer, auch nach all den langen Abenden, an denen ich es für Helli in Endlosschleife zum Einschlafen gesummt habe*
- *2. Bachsuite, Sarabande, am liebsten von Sissi bei uns im Wohnzimmer mit geschlossenen Augen gespielt*
- *Così fan tutte, Terzett*
- *Chopin, Cellosonate, die Aufnahme spielt keine Rolle, funktioniert selbst beim Hausmusikabend*

Die Liste ist lang, sie geht in dieser Art weiter, bis auf die Hälfte der zweiten Seite.

Ich schreibe dazu:
- *Am leuchtenden Sommermorgen, letzte Textpassage, vermutlich am besten bei Pears/Britten*

Und:
- *Dvořákmesse, Agnus Dei*

Vom Notizbuch aufblickend, sehe ich Helli und Cindi mit gezäumten und gesattelten Pferden aus dem Stall kommen. Jede führt ihr Pferd am Zügel, die Helme lässig unter den Arm geklemmt, sie werden sie erst in allerletzter Minute aufsetzen, bevor sie sich in den Sattel schwingen.

Jetzt, mit elf und dreizehn Jahren, werden Reithelme langsam uncool. Als Neunjährige konnten sie es noch kaum erwarten, sich ihren Kopfschutz aufzusetzen wie echte Reiterinnen. Jetzt wird eine lange Zeit kommen, in der Sicherheit eine Art Übel für sie darstellt, etwas, gegen das man rebelliert, wo immer es geht, und es bleibt mir die Hoffnung, dass die Einsicht spätestens mit dem achtzehnten Geburtstag kommt, wenn sie ab diesem Tag ganz allein entscheiden dürfen, was sie mit ihrem Kopf anstellen und welchen Gefahren sie ihn aussetzen wollen.

Helli führt Aladin neben sich, Cindi hat Scheherazade, deren Namen kaum ein Kind entziffern kann und aussprechen mag. Sie nennen sie »Scherri«, und so gehen dort vorne also Helli, Cindi, Scherri und Aladin. Letzterer ist ein echter Dickkopf von einem Pferd, und Helli und er wirken auf mich immer wie eine besonders explosive Mischung. Die Reitlehrerin sortiert Pferde und Reiter gern nach dem Prinzip »Gleich und Gleich gesellt sich gern«. Die beiden führen ihre Tiere zur Reithalle, aus dem Stall folgen weitere Mädchen, alle mit Helm unter dem Arm.

Ich winke, aber die beiden schauen nicht hin. Sie sind in ein Gespräch vertieft, an Hellis zackigen Bewegungen kann ich erkennen, dass es Ärger gibt. Reflexartig öffne ich die Autotür und steige aus. Es kann sein, dass alles gut geht, aber es kann auch sein, dass jetzt gleich der Vulkan ausbricht, in den meine Tochter sich jederzeit verwandeln kann, und da erscheint es mir besser, in Bereitschaft zu sein. Vielleicht kann ich Schlimmeres verhindern. Aber wie könnte ich das, ich bin viel zu weit weg und viel zu spät dran, wie immer, wie alle Mütter dieser Welt, es reicht nicht, die Gefahr zu bemerken, wenn sie bereits da ist. Man muss sie antizipieren, und das kann man nur, wenn man die Aufmerksamkeit für keine Sekunde schleifen lässt, nicht, wenn man Musik hören oder auch nur irgendwie selber leben möchte.

Mit langen Schritten gehe ich auf die Mädchen und ihre Pferde zu. Rufe Hellis Namen, damit sie abgelenkt ist, zu mir blickt, aber stattdessen höre ich sie plötzlich in Richtung Cindi brüllen:

»Du Zicke, du verfickte Kuh, ich trete dir mit meinem Stiefel ins Gesicht, bis du tot bist.«

Im nächsten Augenblick stellt sie ihren Fuß in den Steigbügel und schwingt sich auf Aladin. Das Ganze geht so schnell, dass ich mich frage, wie sie das alles macht, aber ihr Körper hat eine unglaubliche Energie, wenn sie wütend wird. Ehe ich noch begreife, was sie tut, brüllt sie: »Ich hasse euch alle«, und Aladin erschrickt, wiehert und steigt, die Vorderhufe kurbelnd in der Luft wie ein Pferd im Western, dann rast er los. Cindi hat alle Hände voll zu tun, Scheherazade zu beruhigen, die anderen Mädchen starren mit offenen Mündern, sie und ich sehen, wie Aladin buckelt und schlittert, wie er vor einer Katze scheut, die seelenruhig von links nach rechts schlendert, wie er mit einem Affenzahn auf den Wald zuprescht, und obendrauf sitzt meine Tochter, hüpft unkontrolliert auf und ab, die Steigbügel schlenkern frei herum, und ihre Hände haben die Zügel fahren lassen und klammern sich an den Sattelknauf. Ihr Helm liegt neben Cindi auf dem Boden.

Ein paar Schritte renne ich hinterher, aber das hat natürlich keinen Sinn. Selbst ein gemütlich galoppierendes Pferd wäre schneller. Also kehre ich um, reiße Cindi die Zügel aus der Hand und steige auf Scheherazade. Meine Schenkelhilfe fällt etwas heftiger aus als beabsichtigt, sodass das Pferd mit erhobenem Kopf losstürmt, hinter Helli her, hinein in den Wald.

Im Tarot, mit dem Ann-Britt und ich uns als Teenager eine Zeit lang aus Spaß beschäftigt haben, gibt es eine Karte, den Ritter der Schwerter, die einen Reiter zeigt, der mit gezücktem Schwert auf einem Pferd dahinjagt. Sein Gesichtsausdruck ist verbissen, hinter ihm treiben Wolkenfetzen, weil das Wetter offenbar ebenso gehetzt ist wie er selbst, aber seine Hektik wirkt ziellos, denn es gibt keinen Feind auf dieser Karte. Ich habe die Karte besonders gehasst, weil ich sie ständig bei unseren spirituellen Sitzungen gezogen habe, und jedes Mal hat Ann-Britt gelacht. Und jedes Mal hat sie mir wieder aus dem Anleitungsbuch, das von irgendeinem Bhagwan-Jünger geschrieben worden war und in dem ständig Buddha und Osho erwähnt wurden, die Interpretation vorgelesen: dass der Ritter der Schwerter versuche, alles mit dem Verstand zu lösen, und daher niemals etwas Gutes bewirken könne. Seine analytischen Gedanken seien die Schwerter, die alles zerstörten, was schön und gefühlvoll sei auf dieser Welt. Ich habe mich vor dieser Karte irgendwann gefürchtet und sie heimlich aussortiert. Ann-Britt hat es nie gemerkt.

Als ich hinter Helli herjage, bin ich voller Panik und Ingrimm, ich weiß, dass ich niemanden werde retten können, nicht auf diese Art, dazu bin ich rasend wütend auf die Dummheit meiner Tochter, und irgendwo zwischen diesen Gefühlen versteckt sich ein köstlicher Genuss, eine reine, ungetrübte Lebensfreude, wie ich sie seit Langem nicht verspürt habe. Der Wind peitscht mir eisig ins Gesicht, die Gebäude des Reiterhofs sind nichts als verschwommene Schemen, das Einzige, was ich scharf erkennen kann, ist der Kopf des Pferdes direkt vor mir, und ich möchte brüllen – nicht: Helli, halt an!, wie es angemessen wäre, sondern ein Ochsengebrüll, einen therapeutischen Urschrei, möchte ich loslassen, so wie das Röhren, das aus mir herausbrach, als ich die dicken Köpfe meiner Kinder durch mein schmales Becken pressen musste.

Während ich hier im gestreckten Galopp durch den Wald getragen werde, begreife ich, dass der Bhagwan-Jünger unrecht hatte mit seiner Tarot-Interpretation. Der Ritter der Schwerter will nicht vernichten, er reitet auch nicht wie ein Berserker in die Schlacht. Er ist auf der Flucht nach vorn. Er ist verzweifelt, weiß, dass er keine Chance mehr hat, aber wie ein in die Ecke gedrängtes Tier entschließt er sich zum Ausfall und stürzt vorwärts, in dem aussichtslosen Versuch, sich selber zu retten. Man muss ihn nicht fürchten. Er sollte einem leidtun.

Helli sitzt mitten auf dem Waldweg, der hier so breit ist wie eine Forststraße, und sieht mir entgegen. Aladin steht ein paar Meter weiter, vollkommen verschwitzt und mit bebenden Flanken. Mein Pferd wird von alleine langsamer, sodass ich besser fokussieren kann und die Kontrolle über mich, die Zügel und die Situation zurückgewinne. Sobald Scheherazade Schritt geht, lasse ich mich aus dem Sattel gleiten und stürze zu Helli. Die weint, ganz leise, ganz anders als sonst.

»Bist du verletzt?«, frage ich außer Atem.

»Glaub nicht. Nicht sehr«, sagt sie. Sie zeigt mir ein paar Abschürfungen an Unterarm und Hand, sie hat auch eine Schürfwunde im Gesicht und eine Menge Walderde an der Jacke.

Mir ist warm, meine Wangen glühen, hier zwischen den Bäumen gibt es keinen kalten Wind, der Boden ist matschig, nicht gefroren, den Wald kümmert es nicht, dass Minusgrade herrschen. Die Pferde schlendern auf uns zu, Aladin beschnuppert Hellis Kapuze und schnauft ihr einen kleinen Schauer zerstäubten Pferdeschnodders in den Nacken. Sie sieht zu ihm auf, streichelt ihn zwischen den Nüstern und murmelt: »Alles okay, Alter. War nicht deine Schuld.«

So kenne ich sie gar nicht. Weder das leise, verzweifelte Weinen passt zu ihr noch das freiwillige indirekte Schuldeingeständnis. Normalerweise weint sie wie eine Feuerwehrsirene, und oft genug sind Wut und Traurigkeit bei ihr nicht voneinander zu trennen. Sie reißt dann den Mund weit auf, sodass man bis zu ihren Backenzähnen gucken kann, wirft den Kopf in den Nacken oder krümmt sich auf dem Boden, manchmal reißt sie sich an den Haaren oder boxt gegen die Wand. Wenn ich sie dann trösten soll – was sie früher oder später signalisiert, weil sie bei Trauer keine andere Strategie kennt, sich wieder zu beruhigen –, muss ich sie mit beiden Armen umfangen und festhalten, bis sie sich nicht mehr aufbäumt und ganz schlaff wird. Dann hängt sie irgendwann völlig erschöpft über meiner Schulter oder in meinem Schoß und hickst ab und zu, wenn ein verspäteter Schluchzer ihren Körper schüttelt.

Ist sie wütend oder handelt sich Ärger ein, sind selbstverständlich immer andere schuld. Oft genug sind es Gegenstände, die sich ihr widersetzen, im Weg sind, sich bockig verhalten, manchmal ist es einfach das Schicksal, das es nicht gut mit ihr meint, aber in den meisten Fällen bin ich es, die an ihren Wutanfällen schuld ist. Ich stelle ihr das falsche Glas hin, fülle es mit dem falschen Getränk, lenke sie ab, sodass sie unachtsam wird und gegen die offene Tür rennt, werfe ihr vorwurfsvolle Blicke zu, um ihr absichtlich ein schlechtes Gewissen zu machen wegen des Vorfalls in der Schulcafeteria, von dem ich eigentlich nichts wissen kann, quäle sie mit Aufforderungen, die Hausaufgaben zu erledigen, sich die Haare zu kämmen, sich bei Opa für ein Weihnachtsgeschenk zu bedanken, vergraule ihre Freundinnen, indem ich versuche, peinlichen Small Talk zu machen, und sie nach ihrem Alter, ihrem Vornamen oder ihren Wohnverhältnissen frage, und letztlich läuft es meistens darauf hinaus, dass sie keinen Anlass gehabt hätte, so wütend zu werden, wenn ich ihre Gedanken hätte lesen können.

Es gab einen Tag vor vielen Jahren, als Helli noch im Kindergarten war, da rief ich Costas auf der Arbeit an, um ihn nach Hause zu holen. Helli war morgens um fünf Uhr aufgestanden, hatte sich einen Stuhl vor den Küchentresen geschoben, war auf die Arbeitsfläche geklettert und hatte die Geschirrregale einer Art Inventur unterzogen. Offenbar war ihr Plan, sämtliche Tassen und Teller, die ihr nicht gefielen, auszusortieren. Ich war wach geworden, weil es in der Küche unten mehrmals laut geklirrt hatte. Während ich mich um die Scherben kümmerte, beschloss Helli, ein Bad zu nehmen, und drehte alle Wasserhähne im Badezimmer auf. Ich konnte gerade noch verhindern, dass sie mehr als eine Shampooflasche ausleerte, um ordentlich Schaum zu bekommen. Sie sah nicht ein, dass sie ihr frühmorgendliches Schaumbad nicht bekommen sollte, und trat nach mir und zog mich an den Haaren, während ich mich ins Klo übergab. Ich war in der zwölften Woche mit Berenike schwanger, und mein Magen vertrug es nicht, den Tag so zu beginnen. Als später der Wecker neben meinem Bett klingelte, war Helli zwischen Costas und mir wieder eingeschlafen, und wir schlichen uns aus dem Zimmer. Sie schlief so lange und so tief, dass ich sie im Kindergarten entschuldigte, damit sie sich ausschlafen konnte. In Wahrheit hatte ich vermutlich Angst, sie zu wecken.

Ich erinnere mich nicht an alle Einzelheiten dieses Tages. Ein Wutanfall folgte dem anderen, sobald Helli wach und munter war. Sie bemalte Möbel mit geheimen Botschaften und kletterte wieder und wieder auf den Küchentresen, wenn ich nicht hinschaute. Sie zerriss Bücher und machte aus den Fetzen im Klo eine Art Pappmaché. Sie experimentierte mit ihrem Urin, indem sie versuchte, in verschieden große Behälter zu zielen, später kippte sie alles zusammen und verrührte es mit Haferflocken zu einer Suppe, die sie dem armen Obdachlosen vor dem Supermarkt bringen wollte. Beim Hineinholen der Post musste ich vergessen haben, die Haustür wieder von innen abzuschließen, jedenfalls kam sie mit ihrer Suppe bis zur nächsten großen Kreuzung, ehe ich sie wiederfand. Und sie schlug mich, biss mich, spuckte mich an und kratzte mir die Wange auf. Als ich sie von der Kreuzung zurück nach Hause zu transportieren versuchte, kippte sie die Haferflocken-Urin-Suppe über meine Hose und rannte auf die Straße, während ich damit beschäftigt war, an einen Laternenpfahl zu kotzen.

Am Ende erwog ich Selbstmord. Die einfache Art: vor einen fahrenden Laster laufen, ohne lange Vorbereitung und Planung. Ich erinnere mich nicht mehr an das Gefühl, das ich hatte, aber ich kann mich selbst auf der Bettkante sitzen sehen, während Helli sich vor Wut schreiend auf dem Boden krümmt. Ich kann mein Gesicht sehen, fassungslos und gleichzeitig leer, meine Körperhaltung, gespannt und entschlossen, und ich wundere mich über mich selbst. Wie muss ein Mensch beschaffen sein, dass er unter diesen Umständen an Selbstmord denkt? Alle reden nur immer über Eltern, die ihre Kinder umbringen, sie zu sehr schütteln oder gegen Wände werfen, aber wie viele Fälle pro Jahr mag es geben, in denen Mütter sich vor Lastwagen werfen, stellvertretend für ihre Kinder, die zu schütteln und zu werfen sie sich selbst so effektiv verbieten, dass die Mordlust sich gegen sie selbst richtet?

Ich rief Costas an und teilte ihm mit, er solle sofort nach Hause kommen. Und er tat es. Normalerweise bat ich andere Leute um Hilfe, Heinz zum Beispiel oder eine befreundete Kindergartenmutter. Ich ließ Helli fernsehen und Eis essen und legte mich für eine halbe Stunde aufs Sofa, bis es mir wieder etwas besser ging. Noch nie hatte ich Costas nach Hause geholt. Aber er kam, sofort, und als er mich sah, brauchte er offenbar keine weitere Erklärung. Ich habe ihm nie erzählt, was ich damals dachte, ich habe es niemals irgendjemandem erzählt. Aber ich sehe mich selbst auf der Bettkante sitzen, und ich sehe die Entschlossenheit in meinem Körper, die Leere in meinem Blick, und ich weiß, dass es dort tatsächlich hätte zu Ende sein können, dass ein düsterer, tragischer Teil meiner selbst ganz ironiefrei zu allem bereit gewesen ist.

Ich versuche, einen Arm um Helli zu legen, aber sie schiebt mich sanft weg. Sie schubst nicht, sie schiebt.

»Mama«, sagt sie, und mein Herz krampft sich zusammen, weil es noch jemanden auf der Welt gibt, der mich so nennt. Alex sagt inzwischen »Muttern« zu mir. Und ich bin doch so gerne Hellis Mama, ich wünschte, ich könnte es bleiben, für immer und ewig.

»Ja?«

»Kann ich diese Medikamente kriegen?«

Für einen Moment weiß ich nicht, wovon sie spricht. Die Pferde dampfen, es riecht nach Fell und Wald und ein kleines bisschen nach der Imprägnierung von Hellis Jacke. Für einen Moment kann ich mich nicht erinnern, wie ich hierhergekommen bin. Der Winterwald ist sehr still. Für einen Moment fühle ich mich nicht mehr einsam und verloren.

Eilig durchforste ich mein Gehirn auf der Suche nach unseren letzten Gesprächen, damit ich das passende Stichwort finde. Medikamente?

»Meinst du Schmerzmittel? Tut dir was weh? Beweg mal deine Beine«, sage ich.

Sie bewegt die Beine und sieht sich selbst ganz fasziniert dabei zu. Aladin und Scheherazade fangen an, am Wegrand verbliebene Halme zu zupfen. Grünlicher Schaum bildet sich nach und nach an den Gelenken der Mundstücke ihrer Trensen.

»Nee, die sind in Ordnung«, sagt Helli.

»Bauchschmerzen?«, frage ich und erinnere mich sofort an früher, als der Reitunterricht für mich zur Tortur wurde, wenn ich meine Periode hatte. Die Erschütterungen während des Trabs waren die reinste Qual für meinen Unterleib, mir brannten die Schamlippen, und ich musste nach der Reitstunde zusehen, dass ich so schnell wie möglich ein Klo fand, weil das Blut sonst anfing, mir die Beine hinunterzulaufen. Die ohnehin schon unförmige Damenbinde in meiner Unterhose war zu einer blutigen, verdrehten Wurst geworden, wenn ich aus dem Sattel stieg.

»Warum?«, fragt Helli.

»Du wolltest Medikamente.«

»Ach ja. Ich meine die, von der die Frau gesprochen hat, wo ich die Testung mache. Wegen dem ADH.«

Es ist typisch, dass sie weder den Namen der Ärztin noch den der Diagnose weiß, sie merkt sich nicht, was sie nicht interessiert.

»Wieso willst du die nehmen?«

Aus Hellis Augen stürzen die Tränen, als wäre eine Schleuse geöffnet worden. Sie kann kaum sprechen, so sehr wird sie von Schluchzern geschüttelt.

»Ich weiß gar nicht, was da vorhin los war. Was ist passiert? Plötzlich bin ich im Wald und falle vom Pferd, und alles, woran ich mich erinnere, ist, dass ich auf einmal furchtbar wütend war, weil Cindi so eine Scheiße erzählt hat. Und in der Schule kriege ich nur Ärger, ich weiß auch nicht, warum. Was mache ich denn falsch? Was soll ich denn noch tun? Wie soll ich denn sein?«

»Du sollst einfach Helli sein«, sage ich. Aber sie weint noch mehr.

»Eben nicht. Ich will nicht mehr Helli sein. Hellisein ist scheiße.«

»Und du denkst, ein Medikament könne dir helfen?«

»Keine Ahnung. Aber wenn es macht, dass mein Kopf einfach mal die Fresse hält, bin ich schon zufrieden.«

Ich atme tief durch. Der Frost ist auch hier zwischen den Bäumen als ein Element in der Luft, eine Frische, als wäre mehr Sauerstoff in jedem Kubikmeter, die Pferde strahlen spürbar Wärme ab, und man hört, wie sie Gras rupfen. Hier möchte ich bleiben, mit Helli. Nicht wieder in die

Zivilisation zurück. Hier könnte ich ich sein, und Helli Helli. Hier gibt es keine Medikamente und keine Chemotherapien.

Helli sagt: »Außerdem machen die Medikamente, dass man dünn wird.«

»Wo hast du das denn her?«, frage ich, aber ich weiß die Antwort bereits. Aus dem Internet. Da tauschen sich sogar Bulimikerinnen über die besten Kotzstrategien aus.

Als wir mit den Pferden am Zügel aus dem Wald kommen, eilt uns die Reitlehrerin entgegen. Sie heißt Heike und ist ungefähr so alt wie ich. Eine robuste Person mit Kurzhaarschnitt und einer Stimme, die weit trägt. Wenn es kalt wird, hat sie auf ihrem Stuhl in der Reithalle während des Unterrichts eine Katze auf dem Schoß, die sie wärmt. Sie ist niemals krank, niemals heiser und niemals genervt, aber dafür auch niemals freundlich. Die Mädchen bewundern sie maßlos und halten sie für eine, die alles im Leben erreicht hat.

»Da seid ihr ja«, ruft sie uns entgegen. »Alles in Ordnung?«

Ich winke und nicke heftig, damit sie es aus der Entfernung sieht. Zu Helli sage ich: »Willst du jetzt noch reiten, oder brauchst du Erholung?«

»Reiten«, sagt sie. Aber als wir bei Heike ankommen und diese Scheherazade übernimmt, will sie plötzlich nicht mehr. Sie lässt Aladin einfach stehen, stürzt sich in meine Arme und verbirgt das Gesicht an meiner Schulter. Sie hat mich fast eingeholt mit ihrer Größe. Nicht mehr lange, und ich muss zu ihr aufschauen. Vielleicht ist es ja auf seltsame Art auch ein Segen, wenn man stirbt, bevor die Kinder einen in der Größe überholt haben. Vielleicht kann ich auf diese Weise für immer Hellis Mama bleiben, an deren Schulter man sich ausweinen kann.

»Ich glaube, wir lassen das heute, Heike«, sage ich.

»Wir versorgen jetzt gleich mal Aladin, und dann warten wir im Reiterstübchen auf Cindi. Richtest du ihr das bitte aus?«

*

Das Reiterstübchen ist ein hässlicher Raum mit einer Theke und Barhockern, in dem es nach Moder riecht, aber wenigstens ist es hier warm. Um diese Zeit ist niemand außer uns hier. Ich habe Helli die zwei Müsliriegel aus dem Handschuhfach geholt.

»Kommst du klar mit den Tampons?«, frage ich. Ich möchte Gesprächsbereitschaft signalisieren, und ein anderer Satz, der diesen Zweck erfüllt, fällt mir nicht ein.

»Warum kommt Papa nicht nach Hause?«, fragt sie mit vollem Mund. Ich werde ihr das nicht abgewöhnen können, und das ist eine bittere Erkenntnis in diesem Augenblick. Was ich Helli jetzt noch nicht mit auf den Weg gegeben habe an einfachen Regeln des Zusammenlebens, werde ich ihr auch nicht mehr beibringen können. Der Zeitraum, in dem ich eine erzieherische Autorität für sie dargestellt habe, ist irgendwann in der letzten Zeit sang- und klanglos verstrichen. Vielleicht wird sie eines Tages von sich aus begreifen, dass es für andere nicht angenehm ist, zerkautes Essen im Mund anzusehen und schmatzendem Genuschel zu lauschen, vielleicht wird ein freundlicher Mensch sie in einer Form darauf hinweisen, die ihr einleuchtet, vielleicht muss erst eine Beziehung daran zerbrechen. Vielleicht wird sie es aber auch niemals anders machen als jetzt. Für immer die Klodeckel offen stehen lassen und anderer Leute Sachen anziehen, ohne zu fragen.

»Wieso?«

»Ist doch Wochenende«, sagt sie.

»Das weißt du doch. Er hat eine Betriebsfeier heute Abend. Da muss er hin, das gehört quasi zur Arbeit dazu.«

»Warst du eigentlich mal mit Kilian zusammen?«

»Nein, wir haben nur zusammen gewohnt.«

»Alex hat eine Freundin, wusstest du das?«

»Klar«, sage ich. »Kennst du sie?«

»Das ist so eine richtige Schnecke. Echt, die könnte glatt einen Schnecken-Wettbewerb gewinnen. Hast du noch was anderes zu essen da?«

Ich zögere. Natürlich habe ich noch mehr Notrationen dabei, in meiner Handtasche befinden sich Fruchtschnitten, getrocknete Aprikosen und Schokolade, aber eigentlich würde ich die nicht gerne Helli in ihren unersättlichen Rachen werfen, weil es Dinge sind, die ich für mich gekauft habe, die mir guttun und mir über Kreislaufbeschwerden, Stimmungstiefs und gelegentliche Angstzustände hinweghelfen. Andererseits kann ich einem hungrigen Kind keine Nahrung vorenthalten. Vor allen Dingen, weil ich damit einen Wutanfall riskieren würde, und kein Trockenobst der Welt ist mir das wert.

»Ich hole was«, sage ich. »Warte hier.«

Während ich aufstehe und zur Tür gehe, sagt sie zu meinem Rücken:

»Mama? Ich glaube, wenn es dich nicht gäbe, wüsste ich nicht, was ich tun sollte.«

Neben dem Schaltknüppel im Auto liegt mein Notizbuch, das ich zu Beginn der Helli-Krise einfach beiseitegelegt hatte. Ich nehme es hoch und entdecke darunter mein Telefon.

Ich aktiviere das Display, und da steht es: *acht Anrufe in Abwesenheit.* Dazu eine SMS, die ich mit sehr schlechtem Gewissen lese. Sissi schreibt: *Wenn du nicht reden willst, dann sag es doch einfach.* Was für ein absurder Satz, vor allem in dieser Lage.

Das Notizbuch lege ich auf das Armaturenbrett, den anderen Kram schiebe ich zur Seite, damit ich mich auf den Beifahrersitz setzen kann, während ich Sissi antworte. Im Fußraum liegt noch der Biber. Meine Finger sind seltsam gefühllos, vielleicht weil sie beim Reiten so verkrampft waren. Mit tauben Fingern tippt es sich schlecht auf winzigen Handytasten, aber das werde ich all den Menschen, die mir schon lange ein Smartphone andrehen wollen, niemals verraten. Stattdessen werde ich für den kläglichen Rest meines Lebens an meinem altmodischen kleinen schwarzen Telefon festhalten, niemals wird mich ein Mensch dabei erleben, wie ich auf so einem Ding herumwische, als wäre ich geistesgestört. Manchmal muss man einfach rechtzeitig sterben.

Hallo Sissi. Es tut mir leid. Ein Notfall. Ich erkläre es später und rufe dich an, wenn ich wieder zu Hause bin, versprochen. Deine K

Normalerweise bekomme ich von ihr innerhalb von Minuten eine Antwort, vor allem, wenn das Wort Notfall in meiner Nachricht vorkommt, aber diesmal bleibt es still. Vielleicht ist sie eingeschnappt. Aber viel wahrscheinlicher ist, dass ihr Nachrichtenspeicher voll ist. Voll von mehrdeutigen Botschaften ihres Komponisten, die sie nicht löschen möchte, bis sie ins letzte Detail durchinterpretiert sind.

Sissi heißt eigentlich Elisabeth, sogar Elisabeth Maria. Mein zweiter Name ist Victoria. Keiner meiner Vorfahren ist adelig, es muss ein Spleen meiner Mutter gewesen sein, diese royalen Namen. Sissi ist drei Jahre jünger, und anders als ich, die ich ein stets lachbereites Clownsgesicht habe, sieht sie wahrhaft aristokratisch aus. Sie hat dunkelbraunes, glattes Haar, das sie lang trägt und möglichst offen, und weil sie eine hohe Stirn hat, fällt es ihr nicht über die Augen, und nie gerät es ihr zwischen die Cellosaiten. Von uns beiden ist sie die echte Musikerin, nicht nur, weil sie beruflich ein Instrument spielt, sondern auch, weil sie nicht auf die Idee käme, Kinder zu bekommen, ein

Haus zu renovieren oder sich ehrenamtlich zu engagieren, denn keines dieser Dinge würde sie in musikalischer Hinsicht weiterbringen. Einzig ihr Komponist ist ein Problem, und wäre er ein Bauarbeiter oder ein Zahnarzt, sie hätte das schon längst sehen können. Ein Komponist aber kann in ihren Augen kein Fehler sein.

Sie hat eine feste Orchesterstelle in Nürnberg aufgegeben und ist seinetwegen nach Hamburg gezogen. Von dort aus spielt sie in verschiedenen Orchestern als Aushilfe, beteiligt sich projektweise an Kammermusik-Ensembles und ist die meiste Zeit damit beschäftigt, ihren Freund zu bewundern, der noch weniger Geld verdient als sie und dabei behauptet, das sei ein Zeichen von Kreativität.

Ihr Cellospiel war eine Freude und eine Last für meine Eltern. Eine Freude deshalb, weil ihre Begabung und Leidenschaft für die Musik schon früh deutlich zutage traten und sie bereits als Zehnjährige so wunderschöne Klänge aus ihrem billigen Leihinstrument von der Musikschule hervorlocken konnte, dass unsere Mutter ihren Kopf zur Seite legte und mit geschlossenen Augen lauschte und sogar unser Vater mit einem versonnenen Lächeln im Gesicht herumsaß, das ihn ganz jung und fremd aussehen ließ. Eine Last war es, weil Sissi sich mit zwölf nicht mehr an die vereinbarte eine Stunde Übezeit am Tag halten wollte. Wir lebten schließlich in einem Reihenhaus, rechts und links wohnten Ehepaare, die sich nach Meinung meiner Eltern schon seit Jahren über den zum jeweiligen Alter gehörenden Kinderlärm hätten beschweren sollen. Seit ich denken kann, wurden Sissi und ich ermahnt, Rücksicht auf die Nachbarn zu nehmen, die ansonsten demnächst klingeln und sich beschweren würden, was sie allerdings kein einziges Mal taten. Mehr als eine Stunde Celloüben am Tag mochten meine Eltern der Reihenhaussiedlung nicht zumuten. Sissi stritt sich eine Zeit lang, argumentierte und bettelte, dann schwenkte sie um und übte fortan in der

Musikschule in einem kleinen Raum neben dem Fahrradkeller, zu dem sie einen eigenen Schlüssel bekam.

Ich selbst hatte von Anfang an das leisere Instrument gewählt. Querflöte durfte ich auch länger als eine Stunde am Tag üben, wenn ich wollte, aber ich wollte selten. Musikerin zu werden war ursprünglich meine Idee gewesen, ich war diejenige, die Sissi diesen Floh ins Ohr setzte. Ich spielte im Schulorchester und auf Hausmusikabenden, und am meisten mochte ich den Applaus hinterher. Ich hatte viele Hobbys, aber kein anderes hatte diesen unmittelbaren Effekt auf ein Publikum, der sich so hörbar für alle zeigte.

Allerdings erschien mir Sissis lauteres Instrument irgendwann vielseitiger und ausdrucksstärker, und es passte so gut zu ihr. Ich wollte ebenfalls ein Instrument, das zu mir passte, eines, das zu einer Erweiterung meiner Person wurde, wenn ich es in die Hand nahm, und daher beschloss ich mit sechzehn Jahren, zur Oboe zu wechseln. Von allen Blasinstrumenten war sie das schönste. Wo die Querflöte zischte und hauchte, trällerte und manchmal schrill quietschte, sang, klagte, jubelte und quakte die Oboe mit kraftvoller Stimme, die Aufmerksamkeit auf sich zog. Meine Mutter brachte einmal mehr das Nachbarschaftsargument aufs Tapet, als ich ihr von meinen Plänen erzählte. Was, wenn ich länger als eine Stunde üben wollte? Aber ich hatte vorgesorgt, denn ich für meinen Teil hatte keine Lust, in einem Keller der Musikschule zu verschwinden. Ich hatte ein Papier dabei, von beiden Nachbarparteien unterschrieben, eine Einverständniserklärung zu meinem zukünftigen Oboenüben und die Versicherung, dass auch längeres Musizieren außerhalb der üblichen Ruhezeiten keinerlei Problem für sie darstelle.

Ich war hingegangen, hatte an den Türen geklingelt und gefragt, ob unsere Musik störe. Sissi wäre niemals auf diese Lösung gekommen, ebenso wenig wie meine Eltern.

Ich fand heraus, dass die Nachbarn auf der linken Seite – ein kinderloses Ehepaar namens Dürkopp – tagsüber so gut wie gar nicht zu Hause waren, während die Nachbarin zur Rechten – Frau Hansen – ausdrücklich äußerte, sich über Geräusche aus unserem Haus zu freuen, weil sie jede Art von Lebendigkeit schätze. Seit ihr Mann nicht mehr dort lebte, war es in der Tat auffällig still bei den Hansens geworden. Herr Hansen wohnte nun woanders, wo es besser für ihn war, so hatte unsere Mutter es Sissi und mir erklärt. Am Morgen des Tages, an dem er auszog, hatte ich ihn noch gesehen. Unser Vater pflegte bei trockenem Wetter seine Schuhe über Nacht auf die kleine Terrasse zu stellen, um sie auszulüften. Er behauptete, das helfe gegen Fußpilz. An diesem Tag bat er mich, die Schuhe für ihn zu holen, was ich gerne tat, weil ich es mochte, die völlig unverbrauchte Luft des frühen Morgens zu atmen. Als ich mich mit den Schuhen in der Hand aufrichtete, bemerkte ich Herrn Hansen im Garten nebenan, der, nur mit einem Feinrippunterhemd und sonst gar nichts bekleidet, gegen einen Stachelbeerstrauch urinierte. Ich grüßte, aber er reagierte nicht. Stattdessen wandte er sich um, ging zielstrebig auf die hintere Pforte zu, öffnete sie und verschwand mit langen Schritten Richtung Straße. Drinnen erzählte ich meinem Vater davon. Ich machte mir Sorgen, weil Herr Hansen nackt war und bald der Berufsverkehr losgehen würde, und noch unruhiger wurde ich, als ich aus dem Nachbarhaus Frau Hansens Stimme »Klaus-Dieter« rufen hörte. Aber mein Vater trank seelenruhig seinen Kaffee und sagte:

»Mach dir keine Gedanken, das geht uns nichts an.«

Er hielt viel davon, sich nicht in anderer Leute Angelegenheiten zu mischen, besonders in Reihenhaussiedlungen.

Als ich meiner Mutter triumphierend die unterschriebene Einverständniserklärung vorlegte, spürte ich etwas

Neues in mir. Es war, als entdeckte ich, dass ich eine Persönlichkeit besaß, eine, die eine eigene Art hat, mit Dingen umzugehen, und die für sich selbst sorgen konnte, ohne dabei anderen massiv auf die Füße zu treten oder in einem Fahrradkeller zu verschwinden. So fühlte es sich also an, erwachsen zu werden.

Kurz danach wurde unsere Mutter krank. Es gibt da ganz sicher keinen Zusammenhang. Aber heute, hier und jetzt, frage ich mich doch, ob es sein kann, dass eine Mutter erst dann ein Etwas findet – dass sie sich erst dann überhaupt erlaubt, ein Etwas zu finden –, wenn sie spürt, dass sie sich aus dem Staub machen kann, ohne allzu großen Schaden anzurichten.

Jemand klopft an das Fenster der Fahrertür. Ich blicke auf und bemerke erst durch diese Bewegung, dass ich sehr lange auf meine eigenen Füße geschaut haben muss. Auch habe ich keine Schritte gehört oder sonst ein Geräusch. Meine Sinne sind offenbar nicht auf der Höhe, immerzu werde ich von irgendetwas kalt erwischt dieser Tage.

Das Gesicht am Fenster kenne ich, es gehört in den Kindergarten-Komplex meines Lebens, aber ich kann es nicht genau zuordnen. Ich steige aus, gehe ums Auto herum und reiche artig meine Hand.

»Hallo, ich bin die Mutter von Yonna«, sagt die Frau. »Ich habe damals in deinem Unterricht hospitiert.«

»Ich erinnere mich«, sage ich, weil ich mich jetzt tatsächlich erinnere. »Yonna ist sehr begeistert dabei. Wir machen erst mal den üblichen Weihnachtskram, aber im neuen Jahr plane ich eine Rhythmus-Einheit, das wird ihr sicher gefallen.«

Die Frau vor mir ist angezogen wie für eine Nordpolexpedition. Mütze, Fäustlinge, Schal, eine silberne Steppjacke, die bis zu den Knien reicht, gestrickte Stulpen über den Waden, gefütterte Stiefel. Ihre Wangen sind gerötet, sie sieht in einer Weise gesund und zufrieden aus, die jeden neidisch machen kann, nicht nur mich. Ich erinnere mich tatsächlich an sie, an ihre rotwangige, gesunde Ausstrahlung, als sie während meines Musikkurses häkelnd in der Ecke saß und die Fußspitze wippen ließ, wenn ich mit den Kindern sang. Sie wollte sichergehen, dass ihr Geld gut angelegt war, bevor sie ihre Tochter bei mir anmeldete. Immerhin brauche ich nicht zu befürchten, dass sie jetzt sagt, sie habe sich meinen Kurs ganz anders vorgestellt und ich möge doch bitte Hausaufgaben aufgeben.

»Reitet dein Kind hier?«, fragt sie.

Ich glaube, sie heißt Anja.

»Ja, meine Tochter.«

»Seid ihr zufrieden? Guter Unterricht und so weiter?«

»Sehr zufrieden.«

»Ich bin hier, um mir das alles mal ein bisschen anzugucken. Gleich gibt es Kleinkind-Reiten, da will ich Yonna vielleicht anmelden. Ich habe sie extra nicht mitgenommen, sie würde hier sowieso alles toll finden.«

Das ist ein interessantes Problem. Aber vielleicht ist so ein Vorgehen klug. Man soll Kinder ja angeblich nicht so viel selbst entscheiden lassen, weil es sie überfordert. Nicht, dass ich jemals ein Kind gesehen hätte, auf das diese Theorie zutrifft, nicht einmal auf Helli.

»Auf der Website bekommt der Hof jedenfalls ganz gute Bewertungen«, sagt Anja. »Aber es geht nichts über einen persönlichen Eindruck.«

»Genau«, sage ich.

»Und wie sind die hier pädagogisch so? Haben die was drauf?«

»Heike ist etwas burschikos, aber man gewöhnt sich dran. Mit Pädagogik hat das nicht viel zu tun, glaube ich, aber ich bin ja auch nicht vom Fach.«

»Bist du nicht? Was bist du denn?«

»Musikwissenschaftlerin«, sage ich.

Ich wünschte, meine Berufsbezeichnung würde die Menschen mehr beeindrucken. Anja betrachtet mich lächelnd, jetzt aber etwas misstrauisch.

»Muss man das sein? Eine Freundin von mir bietet Bastelkurse für Kinder an, die hat sich das einfach selbst beigebracht, irgendwie.«

»Das geht vermutlich auch«, sage ich.

Anjas Gesicht verändert sich langsam, während ihr dämmert, dass meine berufliche Karriere ursprünglich anders geplant war.

»Ich hab früher freiberuflich PR gemacht, vor Yonna«, sagt sie und berührt meine Schulter, ganz sanft und beiläufig. »Übrigens, dein Seitenspiegel ist ab, weißt du das?«

Ich nicke und seufze, extra für sie. Sie seufzt zurück und lacht. Vermutlich glaubt sie jetzt, ein rücksichtsloser chauvinistischer Kerl habe mir den Spiegel abgefahren.

»Musst du hier noch lange warten? Du siehst aus, als wäre dir richtig kalt. Vor allem hier oben.« Sie zeigt auf meinen Kragen. »Nimm doch den. Du kannst ihn nächste Woche im Kindergarten einfach in Yonnas Fach legen, okay?« Umständlich windet sie sich aus ihrem langen Schal und legt ihn mir lose um den Hals.

»So«, sagt sie. »Und jetzt geh ich mal los und guck mir die Reithalle an.«

Der Schal ist warm und ein bisschen kratzig. Er riecht fremd. Ich frage mich, ob man mir ansieht, dass mir einer dieser Schwellen-Montage bevorsteht. In meinem Alter fangen manche Menschen noch einmal ganz von vorne an, lernen neue Berufe, trennen sich von ihren Partnern, wandern aus. Sehe ich aus wie jemand, dessen Chancen aufgebraucht sind?

Während Anja in ihrer Nordpolrüstung minus Schal

über den Hof stapft, ohne sich noch einmal nach mir umzudrehen, und ich mir zu vergegenwärtigen versuche, wieso ich hier neben meinem Auto stehe, wo meine Tochter ist und warum ich ein schlechtes Gewissen habe, fällt mir plötzlich ein Satz ein, den ich einmal gehört habe. Während meine Mutter im Sterben lag und ich an ihrem Krankenhausbett saß, kam ein Arzt zur Visite, ein alter, weißhaariger Mann, der wenig mehr tat, als in seine Unterlagen zu schauen und dabei verschiedene Geräusche zu machen. Im Hinausgehen und ohne mich dabei direkt anzusehen sagte er: »Manchmal liegt so etwas in der Familie. Geben Sie gut auf sich acht, junge Frau.« Das Entsetzen, das ich spürte, mochte sowohl von der Erkenntnis herrühren, dass es Sissi und mich ebenfalls würde treffen können, als auch von der Dreistigkeit des Arztes, eine solche Hiobsbotschaft so ganz nebenbei zu verkünden. Aber ich spürte auch für einige Sekunden eine besondere Energie in mir, ein Brennen, und eine Entschlossenheit, das Leben bei den Hörnern zu packen, weil es doch – welch überstrapazierte Phrase – auf die Länge gar nicht ankam. Dann verschwand das Gefühl, und mein Gehirn verstaute die Information des Arztes in irgendeiner finsteren Abstellkammer seines Unterbewusstseins, zusammen mit dem Satz über das Achtgeben. Irgendetwas muss die Tür der Abstellkammer geöffnet haben, womöglich Anjas Schal.

Theo, der irgendwo in Baden-Württemberg sehr religiös aufgewachsen ist, hat mir einmal erzählt, wie das bei ihm mit den Dinosauriern war. Er war damals noch ein kleines Mädchen, und alle Menschen, die ihm lieb und teuer waren und auf deren Rat es hörte, waren der Überzeugung, dass die Welt nur sechstausend Jahre alt und außerdem natürlich innerhalb von sechs Tagen erschaffen worden sei. In der Schule sei es für ihn ziemlich leicht gewesen, um die Sache mit der Evolution herumzukommen. Er betreute in seiner Freizeit kleine Kinder, verdiente sich als Babysitterin etwas dazu, und eines Tages geriet er an einen Fünfjährigen, der ganz vernarrt in Dinosaurier war. Er las ihm geduldig Buch um Buch vor, entzifferte brav all die schwierigen Namen, half beim Sortieren der Arten in passende Abschnitte: Trias, Jura, Kreide. Aber die ganze Zeit über dachte er: Der arme Junge, er glaubt das alles wirklich.

Er musste fast dreißig Jahre alt werden, so erzählte er mir, um zu begreifen, dass er derjenige gewesen war, dem man Märchen erzählt hatte. Wie hatte das geschehen können? Er sagte mir, wenn er zurückblicke, dann falle ihm auf, dass er sein Gehirn entweder einfach abgeschaltet oder sofort an etwas anderes gedacht habe, sobald irgendwo die Rede von Urzeittieren, Neandertalern oder Sauriern gewesen sei. Er nannte es »automatische Denksperre«, und er sei zwar ziemlich verunsichert, aber auch extrem neugierig, herauszufinden, ob sich in seinem Kopf noch weitere solcher Sperren finden ließen.

Geht es um Krankheiten, die in der Familie liegen können, habe ich eine automatische Denksperre. Vielleicht würde Costas es Verantwortungslosigkeit nennen, wenn er sich mit dem Thema überhaupt auseinandersetzen würde. Er glaubt nicht daran, dass die Psyche einen derart austricksen kann, aber auch er hat nie die richtigen Fragen gestellt, weder zu meiner Mutter noch zu mir. Er weiß vermutlich nicht einmal, dass es für Frauen üblich ist, regelmäßig zu Vorsorgeuntersuchungen zu gehen; was wissen Männer schon von dieser Art der Lebenstaktung, der sich die meisten Frauen in Industrieländern unterwerfen: alle sechs Monate zum Gynäkologen, Abstrich vom Gebärmutterhals, Abtasten der Brust, alle sechs Monate eine demütigende, unangenehme, lächerliche Untersuchung, alle sechs Monate Hoffen und Bangen und Daumendrücken, dass immer noch alles in Ordnung ist. Ich glaube nicht, dass Männer sich freiwillig in diese Mühle begeben würden. Ich habe noch keinen getroffen, der einen Termin beim Zahnarzt ausgemacht hätte, bevor er Schmerzen bekam. Für Costas mache ich die halbjährlichen Vorsorgeuntersuchungen mit aus, und wenn er es einrichten kann, geht er artig mit uns hin, um ein gutes Vorbild für die Kinder zu sein. Er hat keine einzige Füllung bisher.

Als meine Cousine Erika erkrankte – sie informierte mich in einer Rundmail über ihren Therapieplan –, nach mehreren Monaten Chemotherapie und ganz viel Durchhalte-Optimismus »wieder auf die Beine kam«, wie sie es nannte, und sich ein Jahr später auf die Nachricht hin, dass der Krebs wiedergekommen sei, vor die Regionalbahn legte, funktionierte meine automatische Denksperre jedenfalls noch einwandfrei. Jetzt, wo sie weg ist, hätte ich sie gerne wieder zurück.

Meine eigene Lieblingsselbstmordfantasie sieht folgendermaßen aus: In einer eiskalten Nacht, wenn die Kinder und Costas schlafen, stehle ich mich aus dem Haus. Ich hinterlasse keine Nachricht, das ist nicht nötig. Ich muss niemanden vor meinem Anblick warnen, denn in dieser Version sterbe ich einigermaßen schön. Ich habe es Hannelore Kohl immer hoch angerechnet, dass sie eine Notiz für die Haushälterin in der Küche deponiert hat, um ihr den Schreck zu ersparen, ohne Vorankündigung eine Leiche im Schlafzimmer zu finden. Denn auch wenn es sicherlich Menschen gibt, die sich umbringen, um andere zu schockieren, so fiele ich nicht in diese Kategorie und würde die Umstände daher für alle anderen so rücksichtsvoll wie möglich gestalten wollen.

Ich gehe also aus dem Haus, immer geradeaus, bis ich ans Meer komme, das am Rand gefroren ist. Aus meiner Handtasche hole ich eine Flasche Wasser und nehme einige Schlaftabletten ein. Auf dem Eis, irgendwo, wo es dick genug ist, um eine Zeit lang meiner Körperwärme standzuhalten, lege ich mich dann hin. Einfach so, auf den Rücken, damit ich in den Himmel schauen kann, der in dieser kalten Nacht voller Sterne ist. Natürlich werde ich spüren, wie die Kälte in mich hineinkriecht, wie mein Hinterkopf, meine Finger, meine Schenkel auf dem Eis liegen, aber alles kann man eben nicht haben. Die Tabletten werden mir helfen. Nach ein paar Stunden bin ich erfroren. Passanten werden mich finden, wenn es Tag wird, wahrscheinlich jemand, der mit seinem Hund Gassi geht. Da ich schon von Weitem zu sehen bin, jage ich niemandem einen Schrecken ein.

Zurzeit wäre dafür ideales Wetter. Üblicherweise sind die Kältewellen, die die Ostsee gefrieren lassen, sehr selten, und so würde ich wohl im Zweifelsfall eher zur Virginia-Woolf-Methode greifen müssen, die weniger romantisch ist, dafür aber schneller geht: mit Steinen in den Manteltaschen ins Meer waten. Wenn es tief genug ist, sich sinken lassen, eine Zeit lang die Panik bekämpfen (auch hier könnten Schlaftabletten helfen). Leider aber ist diese Variante ungleich viel rücksichtsloser gegen den armen Gassi gehenden Passanten, der es statt mit einer bläulichblassen Eiskönigin mit einer angespülten Wasserleiche zu tun bekommt, die in der Brandung rollt. In diesem Fall wäre eine kleine Notiz auf der Flurkommode eventuell angebracht, damit die Kinder und Costas nicht womöglich tagelang hoffen und bangen müssten, falls die Brandung wegen der Steine in den Manteltaschen länger brauchen sollte, um mich wieder ans Tageslicht zu bringen.

Dann sehe ich Helli über den Hof kommen. Es ist gut, dass sie zu mir kommt, statt das Reiterstübchen aus Langeweile in seine Einzelteile zu zerlegen, ich wäre selber schuld gewesen, da ich sie so lange ohne Beschäftigung allein gelassen habe.

»Ich habe Hunger«, ruft sie. Die Beifahrertür steht noch offen, sie beugt sich einfach hinein, und ehe ich es verhindern kann, greift sie wie selbstverständlich nach meinem Notizbuch und fängt an, darin zu blättern.

»Gib das sofort wieder her.« Ich mache einen Hechtsprung, will es ihr entreißen, aber sie tanzt einfach zur Seite, und ich fasse ins Leere. Sie rennt ein Stück, verschafft sich einen Vorsprung, dabei liest sie laut vor, während ich ihr fluchend nachrenne.

»›Bücher, die ich dringend einmal lesen sollte und die tatsächlich bei mir im Regal stehen: *Die Schatzinsel*, *Der Report der Magd*, *Zeiten des Aufruhrs*, *Madame Bovary*, irgendwas von Dostojewski …‹«

Ich kann es nicht fassen, dass sie im Laufen »Dostojewski« vorlesen kann, und ich kann es nicht fassen, dass ich meine eigene Tochter über einen matschigen Pferdehof verfolge und dabei mit den Armen fuchtele. In einem Spielfilm würde ich über diese Szene lachen. Als ich Helli endlich erwische – wer beim Laufen liest, ist langsamer –, muss ich sehr an mich halten, ihr keine Affekt-Ohrfeige zu geben.

Ich habe es geschafft, meine Kinder nie zu schlagen. Den Impuls aber kenne ich leider sehr gut. Er taucht nicht dort auf, wo man ihn vermuten würde, als Machtdemonstration der überlegenen Partei, die den vermeintlich aufmüpfigen Untertan an seinen Platz erinnern soll, sondern stets da, wo mein inneres Selbst sich existenziell bedroht sieht. Und nicht Erschöpfung oder Überforderung sind die Auslöser, sondern die massive Überschreitung einer Grenze, deren Vorhandensein ich erst in dem Moment begreife. Manchmal kommt es mir so vor, als hätte ich durch mein Muttersein eine Art Amöbenstruktur entwickelt, wäre eine anpassungsfähige Masse geworden, die zurückweichen kann, wo immer jemand anderes Platz braucht, die um Hindernisse herum existiert und keine eigene Form hat. Ich bin so daran gewöhnt, eine Masse zu sein, dass es mich fürchterlich überrascht, wenn ich irgendwo anstoße. Meine spontane Reaktion ist dann Selbstverteidigung, und wer mein Notizbuch klaut und auch noch darin liest, der lebt gefährlich. Aber ich schlage Helli auch diesmal nicht. Mit diesem Etwas in der Brust und den daraus resultierenden Konsequenzen habe ich also gute Chancen, demnächst tatsächlich sagen zu können, in meinem ganzen Leben niemanden verhauen zu haben.

Da ich nicht daran glaube, in den Himmel zu kommen, kann ich nicht darauf hoffen, dass mir posthum jemand für meine Beherrschung auf die Schulter klopfen wird. Ich muss es selber tun, und je konsequenter ich mich lobe, desto geduldiger und kontrollierter kann ich sein. Zu diesem Zweck enthält mein Notizbuch auch eine Reihe von Eigenlob-Listen, die Helli bei ihrem Amoklauf Gott sei Dank nicht entdeckt hat. Eine davon heißt: *Was ich heute Gutes getan habe – Pfadfinderliste Nr. 5.*

Dort steht:

- *Sissi über eine Stunde lang zugehört, ohne sie zu unterbrechen. Hinterher war sie glücklich (und ich erschöpft).*
- *Joelina mithilfe einer Rassel zum Mitmachen bewegt (als Begleitung zum Seeschlangensong).*
- *Frisches Basilikum besorgt (aus dem Baumarkt), damit Costas richtig kochen kann – er redet schon seit Wochen von italienischen Kräutern.*
- *Geburtstagsaufmerksamkeit für Alex' unsägliche Gesangslehrerin gekauft. Wird ihn glücklich machen. Wird ihm zeigen, dass ich auf seiner Seite bin, was immer er auch macht. Hoffe, sie mag Kitsch. (Quatsch: Natürlich liebt sie Kitsch!)*
- *Plätzchenausstecher in Notenform bestellt. Jetzt schon an die vorweihnachtliche Backzeit im Kindergarten gedacht. Bin genial.*
- *Vaters E-Mail beantwortet, sogar einigermaßen herzlich. Versprochen, ihm Fotos von uns zu schicken (das wird aller-*

dings schwierig – es scheint zurzeit unmöglich zu sein, uns alle für fünf Minuten in einen Raum zu bekommen).

Ich muss mit meinem Notizbuch vorsichtiger sein. Jetzt, wo Helli es entdeckt hat, wird sie keine Ruhe mehr geben. Sie darf es nie wieder in die Finger kriegen, es beherbergt auch heikle Seiten. Vielleicht habe ich nachher Zeit, eine neue Liste zu machen: *Gegenstände, die ich verbrennen sollte, bevor ich in die Ostsee gehe.*

*

Im Auto klingelt mein Telefon. Wahrscheinlich ist es Sissi, die zum neunten Mal versucht, mich zu erreichen. Ich bin zu weit weg, um überhaupt eine Chance zu haben, den Anruf anzunehmen, es sei denn, ich renne noch einmal wie ein Hirsch.

Das Klingeln hat Helli abgelenkt. Während ich schwer atmend im Matsch stehe, mein Notizbuch in der Hand, und mich bemühe, alle Gewaltimpulse zu kontrollieren, lässt sie mich einfach stehen und geht Richtung Stall. Aus der Reithalle kommen jetzt in einer Reihe die Mädchen – es ist tatsächlich kein einziger Junge dabei – mit ihren Pferden, führen sie am Zügel über den Vorplatz in den Stall, um sie dort abzusatteln und ihnen auf die Hälse zu klopfen, ehe sie selbst stinkend in die Autos ihrer Eltern steigen, um sich nach Hause kutschieren zu lassen. Einige Autos kurven in diesem Moment auf den Parkplatz. Es ist mir ein Rätsel, was Eltern während der etwa anderthalb Stunden tun, die ihr Kind hier beschäftigt ist. Zum Einkaufen ist die Zeit eher knapp, die Anfahrt zu irgendeiner Einrichtung, Tankstelle oder auch nur einem Kiosk zu lang, als dass es sich lohnen würde. Vielleicht fahren sie alle hinter einen der zahlreichen Knicks an einem der zahlreichen Feldwege, finden sich paarweise zusammen und nutzen die Gelegenheit für Auto-Sex.

Helli verschwindet im Stall, ich setze mich in den Wagen, stecke mein Notizbuch tief in die Manteltasche und fange an, getrocknete Aprikosen zu essen. Ich merke, dass mir schwindelig ist, vermutlich vor Hunger. Ohne unterbrochen zu werden schaffe ich die ganze Tüte. Auch das Handy bleibt still, und in mir breitet sich ein wunderbares Gefühl aus, ein tiefer Frieden, wie er nur entstehen kann, wenn vorher große Unruhe herrschte, ein Zustand post Hunger-Angst-Aufregung, ich kann förmlich spüren, wie mein Blutzucker steigt. Dann sehe ich Helli und Cindi über den Hof kommen, und die Art, wie sie durch den Matsch stapfen, verheißt nichts Gutes. Ihre Mienen sind finster, ihre Beutel mit den Striegelbürsten und Hufkratzern und Mähnenkämmen hängen auf halbmast. Ohne ihre verdreckten Stiefel, an denen Matsch mit Stroh klebt, auch nur auszuschütteln, klettern sie auf die Rückbank, und Helli lässt sich mit einer solchen Wucht in den Sitz fallen, dass das Auto wackelt.

»Ist irgendwas los? Seid ihr immer noch sauer aufeinander?«, frage ich.

»Sauer?«, fragt Helli.

»Nö«, sagt Cindi.

»Worum ging es denn?«, frage ich. »Bei eurem Streit?«

Helli macht ein Gesicht, als hätte ich sie auf Arabisch angesprochen, ich sehe es im Rückspiegel. Sie weiß offenbar nicht, welchen Streit ich meine.

Cindi übersetzt für sie: »Vorhin, als du so ausgetickt bist. Bevor du in die Wälder galoppiert bist, um dein Glück zu finden.«

»Hä?«, macht Helli. Mein Herz krampft sich für einen Moment zusammen. Außer ihr kenne ich keinen Menschen, der so absolut unfähig ist, nachtragend zu sein, einfach weil ihr Gehirn positive wie negative Erlebnisse gleichermaßen innerhalb kürzester Zeit auf Nimmerwiedersehen verschwinden lässt. Auch wenn mich das im Alltag den letzten Nerv kostet, so verbirgt sich in dieser Lebenshaltung doch ein winziges Stück vom Paradies.

»Ihr habt euch doch gestritten oder jedenfalls diskutiert. Du warst furchtbar wütend und hast gesagt, dass du alle hasst. Weißt du nicht mehr?«, sage ich.

»Ach so.« Im Rückspiegel sehe ich Helli grübelnd die Stirn runzeln.

»Es ging um Berlihin ...«, singt Cindi.

»Mama«, sagt Helli und beugt sich weit vor, damit sie näher an meinem Ohr ist. »Du musst nach Berlin fahren. Du musst zu dieser Party heute Abend.«

»Erstens ist das keine Party, sondern eine Feier. Zweitens kann ich nicht einfach mal so eben nach Berlin. Und drittens habe ich gar keine Lust dazu.«

»Aber du musst dich da sehen lassen.« Hellis Stimme hat einen schrillen Unterton, und ich begreife, dass ich jetzt besser genau zuhören sollte.

»Wieso?«

Sie schweigt. Ich finde es schwer, auf dem Fahrersitz halb nach hinten gedreht meiner Tochter aufmerksam zuzuhören, wenn sie hinter mir so schweigt. Aber das ist wohl ein verbreitetes Dilemma und der Grund, weshalb Therapeuten ihren Patienten auf Stühlen gegenübersitzen.

Ich versuche es mit der guten alten Methode des aktiven Zuhörens, wie sie alle modernen Ratgeber empfehlen. Einfach den Satz des Kindes als Frage zurückgeben, statt sich eigene Fragen einfallen zu lassen.

»Du meinst, ich soll mich dort zeigen? Den Leuten zeigen, dass es mich gibt?«

»Genau.«

»Warum?«

Sie schweigt wieder. Jede Kommunikation, die diese Ratgeber vorschlagen, ist lebensfern. Wie soll ich nach Meinung der Autoren denn jetzt weitermachen? Aber als ich Hellis Gesichtsausdruck sehe, verzweifelt und ratlos und seltsam panisch, alles zugleich, verstehe ich, dass ihr einfach die passenden Wörter fehlen. Cindi sagt nichts. Sie könnte helfen, vermute ich, aber sie hat ein Faible für familiäre Konfliktsituationen und hofft immer auf eine sehenswerte Auseinandersetzung. Vermutlich wird man so mit vielen älteren Geschwistern.

Ich versuche, für Helli zu formulieren: »Die Leute sollen sehen, dass Papa verheiratet ist, ja?«

»So ungefähr.«

»Weil du denkst, dass sie das vielleicht nicht wissen?«

»Na ja.«

»Oder weil sie vielleicht meinen, dass er zwar noch verheiratet ist, aber nicht mehr so richtig? Nicht mehr genug, sozusagen?«

»Ja. Nicht mehr genug.«

»Nicht mehr genug, um andere Frauen auf Abstand zu halten?«

Helli atmet aus und sackt in sich zusammen. Das Rätsel ist geknackt, sie kann aufhören, sich zu konzentrieren.

»Darum ging es bei eurem Streit? Dass Papa eine Affäre in Berlin haben könnte?«

»Cindi hat das gesagt, nicht ich«, sagt Helli. »Und die anderen haben gemeint, dass es bestimmt wahr ist. Weil er die ganze Woche allein da ist und so.«

»Ich bin auch die ganze Woche allein und so, und ich habe trotzdem keine Affäre.«

»Du bist ja auch kein Mann«, sagt Cindi.

»Ach ja, stimmt, das hatte ich ganz vergessen. Männer können ja keine fünf Tage ohne Sex aushalten. Und jetzt bleibt Papa auch noch übers Wochenende. Da braucht man nur eins und eins zusammenzuzählen, nicht wahr? Auch auf die Gefahr hin, dass ich euch eure unschuldigen Illusionen bezüglich gängiger Geschlechterklischees raube, versichere ich euch, dass das ziemlicher Unsinn ist.«

»Bei dir ist das anders, weil du schon so lange verheiratet bist, nicht?«, fragt Cindi.

»Hä?«, macht Helli.

Ich lache, starte den Wagen und lasse ihn langsam über den Hof rollen. Es ist Zeit, nach Hause zu kommen. Während ich über den Matsch fahre, der an manchen Stellen zu Schwellen, Rutschbahnen, Spurrillen gefroren ist, höre ich Cindi zu Helli sagen: »Also mein Vater hatte gerade eine Affäre mit unserer Putzfrau.«

Helli: »Ihr habt eine Putzfrau?«

Cindi: »Jetzt nicht mehr.«

Gerade fahre ich im Schneckentempo an der Reithalle vorbei, als Heike heraustritt und sich uns kurz entschlossen vor den Kühler wirft. Ich bremse und schiebe sie noch ein Stück rückwärts, bevor der Wagen zum Stehen kommt. Die Mädchen auf der Rückbank verleihen ihrer Überraschung mithilfe einiger obszöner Ausrufe Ausdruck. Ich steige aus und rufe: »Heike, ist alles in Ordnung mit dir?«

Sie klopft sich die Oberschenkel ihrer Reithose ab, kommt auf mich zu und lächelt mich an, als hielte sie diese Art der Begegnung für völlig normal. Und wer weiß, womöglich ist es für einen Teil der Bevölkerung tatsächlich Alltag, Fahrzeuge mit ihrem Körper zu stoppen, statt vom Rand aus zu winken und zu rufen. Vielleicht teilt sich die Menschheit in Aktivstopper und Winker. Keine Frage, zu welchem Typus ich gehöre.

»Ich wollte noch kurz mit dir sprechen«, sagt Heike. »Das war eine schlechte Idee vorhin. Von euch beiden.«

»Schon klar«, sage ich. »Wenn was passiert wäre, hätte die Versicherung nicht gezahlt und so weiter.«

»Würdest du Helena klarmachen, dass sie sich keinen Fehler mehr erlauben darf, wenn sie hier noch weiter reiten möchte? Nicht den klitzekleinsten? Gelbe Karte, sozusagen.«

»Ja, natürlich, verstehe«, sage ich. »Ich werde mit ihr

reden. Ihr den Ernst der Lage klarmachen.« Die Sätze kommen wie auswendig gelernt aus meinem Mund. Ich führe dieses Gespräch nicht zum ersten Mal.

»Und für dich auch«, sagt Heike, als sie sich zum Gehen wendet. Sie klopft mit der flachen Hand auf die Motorhaube zum Abschied. »Für dich gibt es auch eine Gelbe Karte, klar?«

Ich weiß, was das heißt: Gelbe Karte. Es heißt, dass wir uns bald ein anderes Hobby für Helli suchen können. Früher oder später findet sie noch immer irgendein frei stehendes Fettnäpfchen oder erklärt irgendeine vernünftige Regel zu einem Verstoß gegen ihre ureigenen Rechte, weshalb sie es geradezu als Pflicht ansieht, sie zu ignorieren. Es ist nur eine Frage der Zeit. Seit ihrem Kindergartenalter haben wir eine lange Reihe von Hobbys durchprobiert, und kein einziges hat sie freiwillig aufgegeben: Beim Mutter-Kind-Turnen legte man uns nahe zu gehen, weil die anderen Mütter sich geschlossen bei der Turnlehrerin über meine Tochter beschwert hatten. Dabei war ich eigentlich stolz gewesen, dass alles so gut klappte, und Helli machte ihre Sache auch sehr gut. Aber es reichte, zweimal jemanden zu beißen, schon hatten sich alle Mütter zusammengerottet. Beim Judo flog Helli bereits nach der sechsten Stunde raus, auch hier hatte es die berühmte letzte Verwarnung gegeben, weil sie die Zweikämpfe, in denen sie einfache Griffe üben sollten, ernst nahm und sich allzu eifrig wehrte. In der Kindertanzgruppe störte sie so lange jeden Versuch, eine ordentliche Formation hinzubekommen, weil sie damit überfordert war, sich alle Schrittfolgen zu merken und gleichzeitig die Kinder um sich herum wahrzunehmen, bis der Lehrerin der Kragen platzte und sie Helli dermaßen zusammenstauchte, dass wir sie vom Unterricht abmeldeten, bevor noch Schlimmeres passierte. Beim Einradfahren gab es einen rätselhaften Unfall, der sich nie recht aufklären ließ, aber weil Helli sich weigerte, sich bei einem der anderen Mädchen wegen ihrer mutmaßlichen Beteiligung zu entschuldigen, gab es zunächst eine letzte, dann eine allerletzte Verwarnung und schließlich einen Brief an mich, in dem mir dargelegt wurde, dass Helli mit ihrer Weigerung die Autorität des Gruppenleiters derartig untergrabe, dass sie mich inständig bäten, sie aus der Gruppe zu entfernen, da sich inzwischen eine ungute Dynamik abzeichne und sie nur diesen einen Lehrer hätten, der das Einradfahren beherrsche. Beim Tennis schlug sie zuerst das Netz kaputt und trat dann ihrer Lehrerin vors Schienbein. Bei den Pfadfindern ging sie mehrmals auf Wanderungen verloren, nahm Gegenstände, die dem Verein gehörten, unerlaubterweise mit nach Hause und muss sich während des mehrtägigen Pfadfinderlagers so danebenbenommen haben, dass sie mich, als ich sie vorzeitig abholte, bat, sie einfach ohne Fragen nach Hause zu fahren, nur so viel: Sie solle sich dort nicht mehr blicken lassen. Beim Fußball sind sie immerhin subtiler vorgegangen. Dort wurde sie nach ein paar kleineren Zwischenfällen in der Umkleidekabine einfach so lange bei den Punktspielen auf der Bank sitzen gelassen, bis sie selber begriff, dass man sie nicht haben wollte in der Mannschaft. Aber das Reiten war nun schon so lange gut gelaufen, und ich hatte innerlich bereits aufgeatmet.

Wieder hinter dem Steuer, lächle ich einmal tapfer in die Luft und nicke mir selber Mut zu, dann manövriere ich den Wagen bis zur asphaltierten Auffahrt.

»Kann ich heute bei Cindi übernachten?«, fragt Helli und rülpst laut. Cindi lacht.

»Das müssen Cindis Eltern entscheiden, ob denen das heute passt«, sage ich. Der Innenraum des Autos wird langsam warm und riecht nach Pferdemist. Mein Mobiltelefon piept und vibriert.

»Denen passt das«, sagt Cindi und rülpst ebenfalls. Helli lacht so sehr, dass sie Schluckauf bekommt. Aus Cindi bricht das Lachen in Schwallen hervor, immer dann, wenn Helli hickst.

»Wir müssen sie trotzdem fragen«, rufe ich dazwischen.

»Ehrlich, das ist okay. Meine Mutter sagt, ab vier Kindern ist es egal, wie viele noch dazukommen. Für sie macht das keinen Unterschied«, sagt Cindi und lacht zum nächsten Hickser.

Solche Sätze würde ich auch gerne sagen können. Für mich macht viel zu viel einen Unterschied.

»Außerdem kannst du dann heute Abend ganz bequem nach Berlin fahren«, sagt Helli. Und ich begreife, dass die beiden mein Leben geplant haben, während ich ein skurriles Gespräch mit ihrer Reitlehrerin geführt habe.

Helli macht sich umsonst Sorgen, wenn sie an der Treue ihres Vaters zweifelt, denn die ist längst dahin. Im Übrigen ist Treue überbewertet. Sie ist ein nicht zu erreichendes Ideal, das an allen Ecken und Enden verraten wird. Wer auf Treue hofft, kann nur enttäuscht werden. Costas und ich jedenfalls kommen inzwischen schon länger ohne sie aus. Er ist sich selbst längst untreu geworden, indem er den Hurenjob in Berlin angenommen hat, er ist mir untreu geworden, indem er mir nicht erzählt, was in ihm vorgeht, obwohl dies, und nur dies in all der Zeit die Basis unserer Beziehung war, die stumme Übereinkunft, einander niemals auszuschließen. Was machte es da, wenn er auch noch mit anderen Frauen ins Bett ginge? Schlimmer jedenfalls wäre es nicht, und auch nicht gefährlicher für unsere Ehe. Die eigentliche Gefahr besteht in der Entfernung voneinander, und in dieser Hinsicht habe ich wirklich Anlass zur Angst. Im Grunde genommen haben wir in diesem letzten Jahr beide nur im Streit Sätze gefunden, die wahr sind. Wir haben nur im Zorn durchblicken lassen, wer wir wirklich sind.

Unsere Ehe hält jetzt schon siebzehn Jahre, und das ist eine ganz schön lange Zeit. Wir hatten es gerade noch geschafft zu heiraten, bevor Alex auf die Welt kam. Eigentlich war mir das nie wichtig gewesen. Wir brauchten keinen Trauschein, um gemeinsam ein Kind großzuziehen, und überhaupt, was hatte der Staat mit unserer Beziehung zu tun. Wir brauchten uns nichts zu versprechen und nirgends zu unterschreiben und die Nachnamen anzugleichen, das alles würde doch nur unsere freiwillig getroffene Entscheidung füreinander bagatellisieren. Aber ich hatte die Wirkung der Hormone während der Schwangerschaft unterschätzt. Der Nestbautrieb setzte mit solcher Vehemenz ein, dass ich nicht nur sämtliche Schubladen unserer Wohnung auskippte und neu einräumte, sondern auch von einer monströsen Unruhe ergriffen wurde, sobald ich an meine eheringlose Zukunft dachte. Schließlich nötigte ich Costas im neunten Monat doch noch ins Standesamt. Bekleidet mit der einzigen Umstandshose, die mir passte, und einem von Costas' weißen Hemden, steckte ich ihm einen Ring auf und bekam im gleichen Moment vor Erleichterung Ohrensausen und weiche Knie, kippte um und riss Costas im Fallen mit. Ich kam zu mir, noch bevor er sich von mir befreit hatte, und ich sah sein Gesicht ganz nah an meinem, sah die Bartstoppeln am Kinn und die Furche in seiner Unterlippe, roch sein Aftershave und seinen stets wahrnehmbaren Brötchenduft und hoffte in diesem Moment, dass ich eines Tages vor ihm sterben würde.

Damals arbeitete er schon als Architekt, er hatte seine erste Anstellung in einem Büro, der Zweigstelle einer Hamburger Firma, bei der er ein Praktikum während der Semesterferien gemacht hatte. Er hatte sämtliche Semesterferien durchgearbeitet, ein Praktikum nach dem anderen absolviert, einerseits, weil das im Studium so vorgesehen war, andererseits, weil er seine Chancen auf eine Stelle verbessern wollte, die wirklich zu ihm passte. Auf keinen Fall wollte er bloß irgendwo arbeiten und irgendwas machen. Ungern überließ er die Dinge dem Zufall, wenn er glaubte, dass er etwas dazu beitragen konnte, ihnen eine gute Wendung zu geben. Zupackend, vorwärtsblickend und ausgesprochen idealistisch, so war mein Mann.

Nach drei Jahren wechselte er als gleichberechtigter Partner in ein Büro, das ein ehemaliger Studienkollege in Lübeck gerade neu gegründet hatte. Es lief gut für sie, zwölf Jahre lang lief es gut. Dann kam die Konjunkturkrise, die viele kleine Unternehmen angeschlagen zurückließ, das Architekturbüro schloss sich einem Branchenriesen an, um zu überleben, und im Zuge der angeblich nötigen Umstrukturierungen verlor Costas seinen Job. Er war Partner gewesen, er hatte seine Arbeit gründlich gemacht, er hatte mit allem gerechnet, nur nicht damit.

Es stellte sich heraus, dass er nicht so gut darin war, mit veränderten Situationen umzugehen. Im Laufe der Jahre habe ich mich als die Anpassungsfähigere erwiesen, und mein naiver Wunsch, ich möge vor ihm sterben, hat sich ins Gegenteil verkehrt.

»Iih, guck mal, ist das eine Mumie?«, fragt Helli auf der Rückbank.

»Guck mal, Katha, eine Mumie«, sagt Cindi und hält mir ihr Smartphone nach vorne. Gehorsam werfe ich einen schnellen Seitenblick darauf und nicke zum Zeichen, dass ich gesehen habe, was sie mir zeigen wollte. Tatsächlich habe ich so gut wie nichts erkennen können.

»Neulich war in einem Anhang ein Foto von einer Wasserleiche, das war richtig eklig«, sagt Cindi.

»Hast du das noch?«, fragt Helli aufgeregt.

»Ich such's dir«, sagt Cindi.

»Mama, weißt du was? Gestern im Fernsehen haben sie von einem Mann erzählt, der hat die Haustür nicht mehr aufgemacht, weil er so alt war, und da haben die Nachbarn die Feuerwehr gerufen, damit die die Tür aufbricht. Und da haben sie in seinem Bett seine Frau gefunden, aber die war schon seit zwei Jahren tot. Krass, oder? Das ist doch mal echt krank.«

»Nee«, sagt Cindi. »Das ist nicht krank. Der hat die eben so geliebt.«

»Aber doch nicht in verwest.«

»Einfach immer, egal, wie sie aussieht. Ah, hier ist die Wasserleiche. Bist du bereit?« Cindi hält Helli das Telefon hin, und ich werfe einen Blick in den Rückspiegel, um ihren Gesichtsausdruck nicht zu verpassen. Er ähnelt dem Ausdruck, den sie machte, als sie sich als kleines Kind voller Erwartung zum ersten Mal einen Rosenkohl in den Mund stopfte.

Am Tag, als Costas seine Kündigung erhielt, war ihm nichts anzumerken. In den verbleibenden Wochen, in denen er noch arbeitete, verhielt er sich nach und nach immer untypischer. Er kam früh nach Hause, ohne die üblichen Überstunden zu machen, er saß an den Wochenenden herum und wusste nichts mit sich anzufangen, obwohl draußen die Verandatreppe knarrte und die Gartenmöbel erst zur Hälfte abgeschliffen waren. Er kochte nicht mehr für uns alle, und am Abend sah er fern. Als dann die Kündigung wirksam wurde, meldete er sich brav beim Amt, um Arbeitslosengeld zu beantragen, und das war so ziemlich das Letzte, was er ohne zwingenden Grund außer Haus tat. Von da an verbrachte er seine Tage im Arbeitszimmer.

Ein ganzes Jahr dauerte dieser Zustand an. Es war das Jahr, in dem Helli beinahe der neuen Schule verwiesen wurde, weil sie ausprobiert hatte, ob Gardinen besser brannten, wenn man sie zuvor in irgendwelche Chemikalien tunkte, die sie offenbar aus dem schuleigenen Fotolabor hatte mitgehen lassen. Es war das Jahr, in dem Alex bei einem Musicalprojekt für Jugendliche mitmachte, das zweimal die Woche in Neumünster probte, wohin ich ihn jedes Mal fahren musste, weil er es irgendwie geschafft hatte, mir glaubhaft zu versichern, seine Zukunft und all sein Glück hingen davon ab. Es war das Jahr, in dem die Ratten starben und ersetzt wurden. Es war das Jahr, in dem die Kindergärten der Umgebung plötzlich entdeckten, dass musikalische Früherziehung die Eltern froh machte und wenig Aufwand und Mehrkosten verursachte, sodass sie alle Kurse anbieten wollten. Es gab wenig Konkurrenz in unserer Gegend, sie kamen schnell auf mich. Bald hatte ich zwei volle Gruppen an der Musikschule und fuhr an drei Vormittagen in der Woche zwischen diversen Kindergärten hin und her, weil ich mich nicht traute, irgendeine Möglichkeit abzulehnen, Geld zu verdienen. Es war das Jahr, in dem ich mir eigentlich meine Dissertation wieder hatte vornehmen wollen. Nach Berenikes Geburt hatte ich endgültig die Dozentur in Lübeck für mich abgeschrieben, hatte mich aber mit dem Plan getröstet, jetzt wenigstens die Doktorarbeit weiter voranzubringen, die seit Ewigkeiten in der Schublade meines Sekretärs lagerte, und tatsächlich hatte ich es geschafft, ein wenig weiterzuschreiben und mir einen anständigen Arbeitsplan zu machen, bevor ich aufgeben musste. Es war das Jahr, in dem ich vollends zur Kindergartentante mutierte und aufhörte, mich selbst zu belügen über die Hoffnung, ich könnte tatsächlich einmal etwas zustande bringen, das über Rhythmenklatschen und Bongotrommeln hinausging.

Was tat Costas in seinem Zimmer? Nicht ein einziges Mal lief er, wenn es klingelte, zur Tür in dieser Zeit. Er ging auch nicht ans Telefon. Zu den Mahlzeiten zeigte er sich und aß wenig. Auf unsere Gespräche am Tisch reagierte er mit einem entsetzlichen abwesenden Lächeln, das mich in den ersten Wochen tief innen schmerzte, mir danach furchtbar auf die Nerven ging und mich am Ende beinahe zur Weißglut trieb.

Als das schreckliche Jahr sich dem Ende zuneigte, kam Costas aus seinem Zimmer, um mit mir zu reden. Er erklärte, er habe beschlossen, für seine Familie da zu sein und Verantwortung zu tragen, weshalb er ein Jobangebot in Berlin annehmen werde, das zwar nicht ganz seine Kragenweite sei, aber es werde schon gehen.

Ich war so froh, dass er mit mir sprach, dass er mich in Kenntnis setzte und wieder teilhaben ließ an seinen Gedanken, dass ich einen Teufel tat, ihm zu widersprechen. Die Angst, er könnte wieder in Schweigen verfallen, war größer als meine Zweifel an seinem seltsamen Entschluss. Kurz bevor das Arbeitslosengeld auslief, packte er seinen Koffer zum ersten Mal und verschwand für fünf Tage die Woche nach Berlin. Das war vor über einem Jahr. Und es ist, als wäre er seitdem nie wieder wirklich aufrichtig zu mir gewesen. Allein die Tatsache, dass wir so oft miteinander streiten wie nie zuvor, lässt mich noch hoffen, denn in seiner Wut wird Costas so leidenschaftlich und zupackend und lebendig, wie ich ihn in Erinnerung habe. Solange er über seine Situation wütend sein kann, ist nicht alles verloren. Erst in letzter Zeit hat er angefangen, besser über seinen Job zu sprechen. Im zurückliegenden Jahr ist er nie auf die Idee gekommen, dass seine Anwesenheit bei einer Betriebsfeier so dringend notwendig sei, dass er nicht übers Wochenende nach Hause kommen könne. Vielleicht liegt es ja wirklich an irgendeiner hübschen Kollegin. Vielleicht liegt es aber auch daran, dass er aufhört, der Mensch zu sein, den ich kenne.

Erst als ich ihn sicher in Berlin wusste, traute ich mich, sein Arbeitszimmer zu betreten. Ich fürchtete mich vor dem, was ich dort finden würde. Eine Armee aus Knetfiguren vielleicht, wirre Notizen, einen misslungenen oder sogar geglückten Romananfang, selbst gedichtete Schlagertexte oder Zeitungsausschnitte, die auf codierte Nachrichten hin untersucht worden waren. Vielleicht nur Papierfetzen oder Berge von Origami-Kranichen. Womöglich auch einfach gar nichts, und das wäre besonders schwer zu ertragen gewesen, weil es bedeutet hätte, dass er Tag für Tag an seinem Tisch gesessen und vor sich hingestarrt haben musste.

Zuerst stand ich einfach nur da, inmitten der zwölf Quadratmeter, die früher einmal eine Art Abstellkammer gewesen waren, bevor wir das Haus kauften und den Raum zum Arbeitszimmer ernannten. Dass hier monatelang nicht geputzt worden war, sah man kaum. Nichts Seltsames lag oder stand auf dem Schreibtisch herum, lediglich Stapel von Zeichenpapier, die wirkten, als hätte man die einzelnen Blätter wieder und wieder zur Hand genommen und erneut abgelegt, ohne hinterher die Kanten aneinander auszurichten. Ich setzte mich auf seinen Stuhl und versuchte, mir auszumalen, wie es wäre, dort täglich zu sitzen. Dann streckte ich die Hand aus, nahm Blatt für Blatt von einem der Stapel und sah mir an, was darauf war. Nein, Costas war nicht untätig gewesen in der Zeit seiner Arbeitslosigkeit. Nicht nur hatte er offenbar in das gesamte Bundesgebiet seine Bewerbungen geschickt, er hatte tatsächlich auch wie ein Besessener gezeichnet. Er war vom alten Schlag, er zeichnete am liebsten mit der Hand und nutzte den Computer nur, wenn es für den Arbeitsprozess nötig wurde. Gebäude um Gebäude hatte er entworfen, und ich brauchte eine Weile, bis ich verstand, dass ich nicht Neues vor mir hatte, sondern Metamorphosen alter Gebäude, architektonisches Upcycling. Eine Grundschule erkannte ich, an der ich einmal eine Projektwoche geleitet hatte, ein asbestverseuchter Siebzigerjahrebau mit flachem Kiesdach. Ein öffentliches Schwimmbad, ein Bürogebäude, ein Kaufhaus, eine Bank. Plattenbauten und Raiffeisen-Silotürme. Ihnen allen hatte Costas neue Gesichter aufgezeichnet, hatte ihren Umbau geplant und konstruiert, bis sie am Ende alles Trostlose, Abgehalfterte verloren hatten und geschmeidiger und praktischer aussahen.

Ich wusste nicht, ob ich lachen oder weinen sollte. Lachen, weil Costas in all diesen furchtbaren Monaten hinter der Tür seines Arbeitszimmers immer noch er selbst gewesen war. Weinen, weil er offenbar aufgegeben und sich in sein Berliner Schicksal gefügt hatte, um uns – seine Familie – nicht im Stich zu lassen. Weinen, weil wir es waren, die ihn davon abhielten, der zu sein, der er sein wollte. Weinen, weil es so vieles gab, das er mir nicht erzählen wollte oder konnte. Ich entschied mich fürs Lachen und saß in seinem Schreibtischstuhl und lachte heiser. Ich erinnere mich, dass es klang wie Husten.

Trotz der bewundernswerten Einstellung von Cindis Mutter bestehe ich darauf, dass Helli erst einen Erwachsenen fragt, ob sie über Nacht bleiben kann, während ich im Auto warte. Ich fische mein Notizbuch aus der Tasche, sobald sie außer Sichtweite ist, um eine neue To-do-Liste für den verbleibenden Tag anzulegen: Staubsaugen, Wäsche, Kilian, Sissi. Durch Hellis Aktion auf dem Reiterhof ist das Lesebändchen rausgerutscht, auf der Suche nach der nächsten freien Seite blättere ich durch das Buch und lese:

Themen, die mir den Schlaf rauben:
– *Frauenhandel*
– *Kindersoldaten*
– *Schadstoffe in der Nahrung*
– *Pädophilen-Organisationen*
– *Atomenergie*
– *Klimawandel*
– *NATO-Bündnisfall*

Direkt darunter steht:
Themen, die mir den Schlaf rauben sollten, es aber nicht tun:
– *Arbeitslosigkeit*
– *Altersarmut*
– *Schwere Krankheiten*
Ich schreibe noch rasch dazu: *Scheidung.*

Helli steht in der Haustür, als ich aufblicke, und winkt mir zu. Wie lange sie da schon steht und winkt, weiß ich nicht, es sieht ihr ähnlich, nicht die paar Schritte zum Auto zu gehen und an die Scheibe zu klopfen. Plötzlich weiß ich nicht, ob ich diese ganze Übernachtungsgeschichte für eine gute Idee halten soll. Heute Morgen hatte sie Nasenbluten, dessen Ursache nicht ärztlich abgeklärt und damit auch nicht erwiesenermaßen harmlos ist, vorhin ist sie vom Pferd gefallen, nachdem sie offenbar einen Totalausfall des gesunden Menschenverstandes hatte. Eine bessere Mutter als ich würde sie vermutlich in den nächsten vierundzwanzig Stunden nicht aus den Augen lassen.

Ich kurbele das Fenster herunter – diese Art Auto habe ich, aber immerhin verschafft so etwas einer alten Frau Bewegung –, und sie ruft: »Kannst du mir nachher meine Sachen bringen?«

Ich habe ein schlechtes Muttergewissen und freue mich über die Möglichkeit, etwas dagegen zu tun.

»Klar«, rufe ich zurück. Schließlich muss ich später sowieso noch einmal mit dem Auto los, um Kilian inklusive Verstärker und Basskoffer vom Bahnhof abzuholen. Was macht es da aus, einen Schlenker zu fahren und Helli ihren Schlafanzug und eine Handvoll Tampons zu bringen?

Sie dreht sich um und geht ins Haus. Sie trägt noch immer ihre Reithose und die dreckigen Stiefel. Dass ihr Haar am Hinterkopf verschwitzt und verfilzt ist, kann ich von hier aus erkennen, obwohl es bereits so dunkel ist, dass die Straßenbeleuchtung sich einschaltet. Es wird früh dunkel im norddeutschen Winter. Hoffentlich kann jemand Helli heute Abend noch zu einer Dusche oder einem Bad überreden. Ich stelle sie mir zusammen mit Cindi in der Badewanne vor – ob man in ihrem Alter so etwas noch tut, gemeinsam baden? Ich sehe sie vor mir: Helli mit ihren Speckröllchen am Bauch, Cindi mit ihren noch kleinen, aber unübersehbaren Brüsten, plantschend und lachend, zwei Kinder, deren Körper entschieden haben, dass jetzt Zeit für einen Wandel ist, und niemand kann etwas daran ändern.

Der Vorgarten sieht verwahrlost aus. Ich möchte nicht losfahren und Helli dort lassen, wo ein Kind mehr oder weniger keinen Unterschied macht. Mir fällt auf, dass ich nicht einmal weiß, ob sie wirklich einen Elternteil angetroffen und um Erlaubnis gefragt hat. Und gleichzeitig will ich nichts wie weg.

Ich kurbele das Fenster hoch, lasse den Motor an, drücke auf den Startknopf der Stereoanlage und schaue gleichzeitig auf meinem Telefon nach der SMS. Protschka singt von Träumen, Märchenwelten und Wunschdenken. Auf meinem Display steht: *Wann kommst du? In deinem Wohnzimmer sitzt eine Barbie-Puppe und trinkt Kamillentee. Heinz*

*

Und Heinz hat nicht gelogen. Das, was da auf unserem Sofa sitzt und bewundernd zu meinem Sohn aufschaut, der gerade eine Tasse Tee einschenkt, gleicht tatsächlich eher einer Puppe als einem Menschen. Diese Art Mädchen kenne ich aus Katalogen und habe immer angenommen, dass sie erst mithilfe von Photoshop entsteht, aber dieses Exemplar bewegt sich und atmet und beweist, es geht auch ganz ohne Computer.

Heinz und Theo haben es sich in den beiden Sesseln bequem gemacht, sie wissen, wo bei uns im Haus die gemütlichen Sitzgelegenheiten sind, und haben keine Hemmungen, sie für sich selbst in Anspruch zu nehmen. Unser Sofa sieht schön aus, es ist aber unmöglich, darauf einigermaßen entspannt zu sitzen. Costas bezeichnet es als Sex-Sofa. Nicht, dass wir es irgendwann einmal auf diese Art von Tauglichkeit getestet hätten. Zu groß ist die Gefahr, dass ein Kind auf dem Weg zum Kühlschrank vorbeikommt, egal zu welcher Tages- und Nachtzeit. Heinz und Theo trinken jeweils ein Bier, sie müssen es sich von zu Hause mitgebracht haben, denn bei uns gibt es nur Saft – und für heute Abend Martini. Aus der Kanne, die Alex wieder auf dem Tisch abstellt, hängt ein Teebeutel, der mir nicht bekannt vorkommt. Ob Barbie tatsächlich ihren eigenen Kamillentee dabeihatte?

Eine Erfahrung, die ich mit schönen Menschen gemacht habe, ist, dass ihre Stimmen fürchterlich klingen. Sie sprechen gepresst, piepsig, kehlig oder schrill, sie klingen wie Miss Piggy oder eine Zeichentrickfigur. Vielleicht ist das der Preis, den sie für ihr Gesicht zahlen müssen. Ich wappne mich, bevor ich Barbie anspreche, damit man mir nichts ansieht, falls das Stimmproblem auftreten sollte. Ich kann Entsetzen üblicherweise schlecht verbergen.

»Hallo«, sage ich und reiche ihr meine Hand. »Ich bin Katharina, Alex' Mutter.«

Barbie nimmt meine Hand, drückt sie angenehm sanft und sagt: »Schön, dich endlich kennenzulernen. Ich bin Leonie.«

Ihre Stimme ist freundlich, melodisch, in einer Mezzo-Stimmlage, in der die tieferen Klangfarben mitschwingen. Eine Stimme, um darin zu versinken, um sich erotische Hörbücher vorlesen zu lassen, eine Stimme, die verspricht, in der Verzweiflung Trost zu spenden. Ich weiß nicht, was für ein Gesicht ich mache, aber ich vermute, man sieht mir meine Überraschung leider doch an.

Sie wirkt erleichtert, dass ich da bin. Alex ebenso. Er

nickt mir zu, setzt sich neben seine Barbie und legt den starken Arm um sie.

Ich verstehe, warum sie sich freuen, mich zu sehen, als Heinz sagt: »Wir wollten nur vorbeischauen und uns für deinen Rettungseinsatz bedanken. Und Theos Verband vorzeigen.« Er beugt sich zu Theo hinüber, greift nach dessen Arm und hebt ihn hoch. »Wir haben geklingelt, aber du warst noch unterwegs. Alex hat uns reingelassen, wir haben Bier mitgebracht, und dann kam Leonie, um ihn abzuholen. Aber die beiden waren zu höflich, um uns rauszuschmeißen. Stattdessen leisten sie uns Gesellschaft und trinken Kamillentee, bis das Bier alle ist oder du als Gastgeberin übernehmen kannst.«

»Ihr wollt weg?«, frage ich Alex.

»Heute ist doch Freitag«, sagt Barbie, als wäre damit alles klar. Und vielleicht ist es das auch. Vielleicht ist in ihrer Welt alles ganz einfach und geregelt. Freitags geht man aus. An allen anderen Abenden geht man früh ins Bett, denn man braucht seinen Schönheitsschlaf, und am nächsten Tag ist Schule. Es muss auch in meinem Leben eine Zeit gegeben haben, in der es so war. Ich kann nicht sagen, dass ich daraus Kraft schöpfe. Es ist eher wie die unbewusste Erinnerung an das Dasein im Mutterleib: Es klebt als unstillbare Sehnsucht an jeder Stunde des Tages und vermiest einem als Referenzfolie selbst die weniger chaotischen Zeiten.

Ich setze mich auf den Fußboden, auf eines der Meditationskissen, die noch aus der Epoche stammen, in der Costas und ich oft Gäste hatten und nie genügend Stühle. Leonie nippt an ihrem Tee, pustet über die Oberfläche, lächelt mir ein bisschen schüchtern zu, und ich blicke zu Heinz und Theo, die grinsend und Bier trinkend in ihren Sesseln sitzen und uns zusehen, als wären wir eine Vorabendserie. Es ist an mir, ein Gespräch anzufangen. Es ist wie mit dem Du-Anbieten: Die Ältere fängt an.

Leonies Haare sind lang und honigblond, von einem Farbton, dessen Echtheit unanzweifelbar ist. Ihre Haut ist makellos, das Make-up perfekt und dezent. Die Nägel an ihren Händen sind – wie bei fast allen Mädchen heutzutage – offensichtlich einer Maniküre unterzogen worden, jeder Nagel hat die gleiche relative Länge, die Oberfläche ist glatt und glänzend, und unwillkürlich muss ich auf meine eigenen Hände schauen. Abgesehen von der trockenen Haut an den Knöcheln, habe ich auf vielen Nägeln weiße Verfärbungen, die angeblich auf irgendeinen Vitaminmangel hinweisen, mit dem mich auseinanderzusetzen ich einfach keine Zeit habe. Zwei der Nägel sehen aus, als hätte ich sie mit dem Stemmeisen bearbeitet, sie sind gerade dabei, wieder nachzuwachsen, nachdem ein größerer Teil einfach abgefallen war, als Folge der legendären Hand-Mund-Fuß-Krankheit, mit der ich mich im Oktober im Kindergarten infiziert hatte. Meine Nägel halte ich kurz, seit ich Kinder habe, trotzdem haben sie Dreckränder. Wenn ich mir im Sommer die Fußnägel lackiere, schaffe ich es nie, lange genug sitzen zu bleiben, damit der Lack trocknen kann, und so habe ich wahlweise Sockenmuster oder festgepappte Pflanzenteilchen auf dem Lack. Ich frage mich, woher Mädchen wie dieses hier die Zeit nehmen, sich neben allem anderen auch noch um die Nägel zu kümmern. Haare und Haut verlangen doch schon genug Aufmerksamkeit. Dann muss man auch noch Augenbrauen zupfen, Hornhaut raspeln, Ellbogen cremen. Und schließlich rasiert man sich an allen möglichen Stellen oder bestreicht sich mit Zuckerpaste, die mit einem Ruck abgezogen wird, damit man im Intimbereich für immer wie ein Kind aussieht. Cindi wird es Helli beizeiten beibringen, nehme ich an. So oder so erscheint es mir unglaublich zeitraubend, heute jung zu sein.

Mir wird bewusst, dass ich wahrscheinlich nach Pferd rieche. Gerne würde ich allen erzählen, dass ich heute geritten bin, dass ich eine Tarotkarte verstanden habe, dass es im Wald wärmer ist als draußen, aber ich bin nicht dran mit Erzählen. Die Geschichten meiner Mutter haben mich auch nie interessiert, und jetzt, da ich sie gern hören würde, ist sie nicht mehr da.

»Kennt ihr euch aus der Schule, Alex und du?«, frage ich.

Es ist sicher besser, ich tue gar nicht erst so, als hätte Alex mir von ihr erzählt.

»Aus dem Chor. Ich bin im Jahrgang über ihm.«

Es versetzt mir einen Stich. Als hätte ich als Einzige ein Anrecht auf die Schulchorromantik.

»Singst du Alt?«, frage ich.

Alex runzelt die Stirn. Ich stelle nicht die richtigen Fragen.

»Normalerweise ja. Aber wenn es einen zweiten Sopran gibt, übernehme ich das.«

»Ich habe immer Alt gesungen«, sagt Heinz versonnen. »Tiefer Alt. Ich hatte richtiggehend einen Stimmbruch mit vierzehn. Was ist mit dir, Theo? Ich wette, du warst Sopran. Schon aus Prinzip, du braves Kind.«

»Ich habe gar nicht gesungen, wenn es sich vermeiden ließ«, sagt Theo. Er nimmt seine Bierflasche und schaut hinein. »Aber ich habe Ballett gemacht. Mit Tütü und Haarspray im Dutt.«

Barbie sieht verwirrt aus. Man kann förmlich sehen, wie es hinter ihrer Stirn arbeitet. Nicht, dass ich sie für dumm halte, Heinz und Theo geben jedem, der durchschnittlich behütet aufgewachsen ist, erst einmal Rätsel auf.

»Dann machst du im kommenden Jahr Abitur?«, frage ich.

»Ja, genau«, sagt sie und stellt ihre Tasse ab. Sie dreht den Kopf ein wenig, gerade so viel, dass sie Alex' Reaktion mitbekommt, ohne mir gegenüber unhöflich zu sein.

»Was willst du danach machen?«, frage ich.

»Medizin«, sagt sie. Heinz und Theo geben unisono ein Geräusch von sich, das irgendwo zwischen genervtem Stöhnen und gequältem Lachen liegt.

»Das klingt doch gut«, sage ich und blicke besonders Heinz streng an.

Jetzt mischt sich endlich Alex ein: »Ja, das tut es. Für Leonie war es sicher interessant, was du über deine Arbeit erzählt hast, Heinz. Und über Theos Unfall. Aber jetzt müssen wir wirklich los. Trink deinen Tee aus, Leonie.«

Wahrscheinlich sitzen die beiden hier schon viel zu lange und hören sich aus purer Höflichkeit eine Patientengeschichte nach der anderen an, eine scheinbar hoffnungsloser als die nächste, aber alle mit Aussicht auf Besserung dank Heinz und seiner heilenden Zuckerkügelchen, die genau auf das Lied passen, das jeder von ihnen unbewusst singt. Natürlich hat Alex es eilig, endlich wegzukommen. Trotzdem stört mich etwas an seinem Tonfall. In diesem letzten Satz, den er an seine Freundin gerichtet hat, scheint die ganze veraltete, traurige Rollenverteilung zu liegen, gegen die sich zu entscheiden diese Generation zum ersten Mal wirklich die Möglichkeit hätte.

Und an der Art, wie sie hastig austrinkt, erkenne ich, dass ich mich nicht geirrt habe. Als sie aufsteht und sich neben Alex stellt, beinahe genauso groß wie er, schmal und blond, sehen sie für einen Moment wirklich aus wie Barbie und Ken.

Als ich Anfang zwanzig war, sagte Costas einmal zu mir, ich sähe so niedlich aus, wenn ich morgens aufwachte. Strubbelig und zerknautscht und einfach süß. Von da an gab ich mir Mühe, morgens möglichst strubbelig auszusehen, weil ich ihm gefallen wollte. Ich machte das nicht bewusst, es stand keine Berechnung dahinter, es fiel mir nur eines Tages auf. Beispielsweise hatte ich mir angewöhnt, mir morgens mit den Fäusten die Augen zu reiben, wie ein kleines Kind. Das hatte ich früher nie getan, und es war auch nicht besonders effektiv. Oft setzte ich mich nach dem Aufwachen direkt auf und blieb ein paar Sekunden lang orientierungslos sitzen. Ich streckte mich gähnend und verwuschelte dabei meine Haare. Offensichtlich hatte ein Teil von mir beschlossen, Costas eine gute Show zu liefern, wenn er es gern niedlich hatte.

Sobald ich mich durchschaut hatte, hörte ich damit auf. Nicht nur, weil ich mir dumm vorkam, sondern auch, weil mir klar war, dass ich diese Niedlichkeitsnummer nie und nimmer auf lange Sicht würde durchhalten können. Was mit Anfang zwanzig süß aussah, würde mit Anfang vierzig lächerlich sein. Von allem, was Costas an mir schätzte, wäre Niedlichkeit vermutlich eine der ersten Eigenschaften, die über Bord gingen.

Ich hatte nie schön sein wollen, es erschien mir zu kompliziert. Sissi ist schön, am allerschönsten hinter ihrem Cello, mit geschlossenen Augen, ganz in die Musik vertieft, die langen, schlanken Finger auf dem Griffbrett, das ausladende Instrument zwischen den Schenkeln, das den Blick auf ihre Fußgelenke leitet, und Sissis Fußgelenke sind etwas, über das man Gedichte schreiben könnte. Möglicherweise hat ihr das in der einen oder anderen Situation Vorteile gebracht, darüber kann ich nur spekulieren. Dass sie mit Neid zu kämpfen hat, weiß ich hingegen mit Sicherheit. Da nützt es nichts, dass die erste Runde der Probe-Vorspiele für freie Orchesterstellen hinter einem Vorhang stattfindet oder dass in Jurys genauso viele Frauen wie Männer vertreten sind, getuschelt wurde stets und überall, wenn sie einen Wettbewerb gewann, eine gute Note bekam, eine Stelle ergatterte. Dass sie auf der anderen Seite von vielen Leuten nicht ernst genommen wird, weiß ich ebenfalls. Von ihr erwartet niemand geistreiche Ideen oder tiefschürfende Gedanken. Sobald sie Kleidung trägt, die ihre Schönheit betont, hört niemand ihr mehr richtig zu.

Von Anmachen und sexueller Belästigung in den unglaublichsten Situationen kann sie ein Lied singen, aber das Schlimmste ist – so hat sie mir jedenfalls einmal anvertraut –, dass sie keiner Liebe traut, der sie begegnet. Wie ein reicher Mensch nie sicher sein kann, ob er um seiner selbst willen geliebt wird, so gilt das auch für schöne Menschen. Mit meiner Schwester kann man sich schmücken, sich aufwerten, man kann sie sich in die Wohnung stellen wie ein wertvolles Kunstobjekt. Sie unterteilt ihre Freunde auch tatsächlich in Jäger und Sammler: Die einen wollen sie vorzeigen wie eine Trophäe, die anderen wollen sie für sich allein behalten und immer wieder betrachten. Ihr Komponist, dem sie nun schon so lange die Treue hält, ist ein Sammler, das kann sogar ich erkennen.

Und genau wie Niedlichkeit ist Schönheit etwas, das vergeht. Es ist keine Eigenschaft, für die man geliebt werden möchte, denn man kann sich nicht sicher sein, ob die Liebe hält, wenn die Eigenschaft abhandenkommt. Da bin ich mit meinem Clownsgesicht und den straßenköterblonden Haaren besser dran. Nicht, dass ich gänzlich unattraktiv wäre, aber es gibt hoffentlich noch mehr Gründe, weshalb Costas sich seinerzeit in mich verliebt hat, und ich hatte immer das gute Gefühl, meine Ehe könnte auch dann halten, wenn ich einen kleinen Unfall mit dem Gasgrill hätte.

Ich stelle es mir jedenfalls sehr kräftezehrend vor als Ärztin, die wie ein Mädchenspielzeug aussieht. Für einen Musicalsänger hingegen kann es nur von Vorteil sein.

Alex war ein wunderbares Kind, verschmitzt und schlau, offen und freundlich. Er ließ sich auf alles und jeden ein, man konnte mit ihm verreisen, ihn bei den Großeltern abgeben und ihn mit gutem Gewissen bei Freunden übernachten lassen. Er hielt sich geradezu ans Lehrbuch in der Entwicklung, bekam die Zähne in der richtigen Reihenfolge und zum erwarteten Zeitpunkt, lernte laufen, sprechen und auf die Toilette zu gehen, genau dann, wenn ich anfing, damit zu rechnen. Er war ausgesprochen höflich, schon als kleiner Junge, fand bei Gleichaltrigen schnell Anschluss, machte alles, was er machte, gut und problemlos. Die Schule fiel ihm leicht, wie es zu erwarten war. Im Nachhinein verkläre ich sicherlich vieles, und natürlich hatten wir auch anstrengende Phasen miteinander, Trotzanfälle und Streit, Enttäuschungen auf allen Seiten – aber alles in allem war Alex ein Kind, das stets so funktionierte, wie man es sich wünschte.

Zu Beginn der Pubertät sah er eine Zeit lang etwas seltsam aus. Die Arme schienen zu lang zu sein, die Nase war zu groß für sein Gesicht, er bekam Pickel auf der Stirn, und seine Bewegungen erinnerten von Weitem an einen Gibbon. Mit knapp sechzehn wuchs sich alles zurecht, und das Ergebnis der Metamorphose vom süßen Kind zum jungen Mann ist mehr als ansehnlich.

Costas und ich waren froh über die Mühelosigkeit, mit der er sich lenken ließ, und nutzten sie weidlich aus. Er hörte auf unseren Rat, wir gaben ihm gerne Tipps. Er hielt sich an Regeln, und wir machten es uns damit bequem. Er diskutierte selten, lehnte sich nicht auf, sondern suchte den positiven Aspekt in jeder Situation und schien keinen Sinn in irgendeiner Form von Widerstand zu erkennen. So ist er bis heute. Und eigentlich sollte ich froh darüber sein. Er wird seinen Weg gehen, Musicals singen, immer eine Blondine an seiner Seite, die ihn bewundert und ihren Tee austrinkt, wenn er meint, dass es Zeit dafür ist. Er wird sich an die Regeln halten und das Leben, das sich vor ihm ausrollt wie ein Teppich, nicht hinterfragen. Und wahrscheinlich wird er dabei nicht einmal Langeweile empfinden.

Ich frage mich in diesem Moment, in dem er als Ken vor mir steht, ob ich ihn nicht siebzehn Jahre lang in genau den falschen Dingen bestärkt habe. Ob es, statt gut zu funktionieren, nicht viel wichtiger ist, eine Persönlichkeit zu entwickeln.

Wo wollt ihr hin, möchte ich fragen. Was macht ihr dort? Wie lange bleibt ihr weg? Aber ich reiße mich zusammen, bin eine gute Mutter und sage: »Viel Spaß.«

»Kann sein, dass ich heute bei Leonie übernachte«, sagt Alex, der brave Sohn.

Ich möchte sagen: Dann verpasst du Kilian. Ich möchte sagen: Benutzt ein Kondom. Aber ich sage:

»Kein Problem. Kilian bleibt bis nach dem Frühstück. Wenn du willst, kannst du dann ja kommen und mal mit ihm reden, so von Musiker zu Musiker.«

Ich gelte in dieser Familie nicht als eine.

»Klar, Mama. Kilian. Ich weiß schon. Hört sich an, als sollte ich dir auch viel Spaß wünschen.«

Alex klopft mir auf die Schulter, nickt Heinz und Theo zu, nimmt Leonies Hand und verschwindet mit ihr im Flur. Sie ruft einen Gruß, sie weiß, was sich gehört, aber ihre Aufmerksamkeit ist bereits vollkommen bei Alex, wie ein Hund, dem sein Spiel sofort egal wird, wenn seine Hauptbezugsperson sich bewegt. Sie muss schon achtzehn sein, in der Einfahrt steht ein nagelneuer schwarzer Nissan Micra.

»Hast du die Ratten gefüttert?«, rufe ich noch.

»Na klar.«

Wir sind still, alle drei, bis die Haustür ins Schloss fällt. Dann sagt Theo:

»Das war ja mal ein echtes Prestigeobjekt. Hut ab. Da werden die anderen Jungs aber neidisch sein.«

»Steinkoralle«, sagt Heinz. »Ist jetzt nur eine Vermutung, aber ich bin mir fast sicher, dass ich mit Steinkoralle richtigläge. Wunderschön, diese Dinger, wenn man sie schleift, aber man kann sich schlimm dran verletzen. Ich hatte mal einen Patienten, der hat mir eine geschickt, von den Galapagosinseln. Also eigentlich war nicht er der

Patient, sondern sein Hund. War wirklich am Ende, das arme Tier. Er hatte ihn irgendwo in Spanien aufgegabelt, einer von diesen Streunern, und er hatte alles versucht: Tierärzte, Tierpsychologen, Hundetrainer jeder Couleur, aber der Hund hat immer wieder Aussetzer gehabt, hat keuchend in der Ecke gelegen und ausgesehen, als hätte er einen Herzinfarkt, obwohl körperlich alles in Ordnung schien. Posttraumatische Belastungsstörung vermutlich, aber an so was denkt erst mal keiner. Ich hab dem Hund Belladonna gegeben. Ein Allerweltsmittel, sagt ihr jetzt sicher, aber tatsächlich waren seine Symptome, wenn er diese Anfälle hatte, haargenau wie bei einer Vergiftung. Der Mann konnte mir keine Auslöser nennen, aber ich bin sicher, ich hätte da noch viel genauer zielen können mit einem Mittel, wenn ich die Möglichkeit gehabt hätte, die Sache länger zu beobachten. Auch Tiere singen schließlich ein Lied. Wie auch immer, der Hund bekam eine fürchterliche Erstverschlimmerung, es sah so aus, als würde er den Löffel abgeben, drei Tage lang kroch er nur herum und soff Wasser wie ein Tollwütiger, aber dann war auf einmal alles vorbei, und die Anfälle kamen nie wieder. Der Mann – so ein angeranzter Globetrotter, der selbst gemachten Schmuck verkauft und den auch selber trägt – war inzwischen längst wieder in der Weltgeschichte unterwegs, aber er schrieb mir. Er hatte überhaupt kein Geld übrig, er legte mir original zwanzig Euro auf den Tisch für die Behandlung, inklusive Anamnese, aber ich sagte, er solle mich einfach mit etwas Schönem bezahlen, das er da draußen in der Welt findet. Und eines Tages kam ein Päckchen von den Galapagosinseln mit einem großen Stück Koralle darin und einem Brief. Theo kennt die Geschichte.«

Theo nickt. Ich bin immer wieder überrascht, dass es Patientengeschichten gibt, die selbst mir noch unbekannt sind. Manchmal habe ich den Verdacht, dass Heinz und ich nicht der gleichen Meinung wären in Bezug auf das, was man gemeinhin die Wahrheit nennt.

»Auf die Galapagosinseln würde ich auch sofort reisen«, sage ich. Ich überlege, ob ich das nachher auf meine Liste der Dinge, die ich gerne noch erleben/unternehmen würde, schreiben soll, aber es erscheint mir zu wahllos. Galapagos oder Lanzarote, Namibia oder die Mongolei. Wie soll man sich für eines entscheiden?

»Ich nicht«, sagt Heinz. Theo schweigt und lächelt. Er kennt auch diese Geschichte schon. »Mich kriegen keine zehn Pferde in ein Flugzeug oder auf ein Schiff. Die weiteste Reise, die ich in meinem Leben gemacht habe, war bis in den Schwarzwald, und das Klima dort ist mir überhaupt nicht bekommen. Es klingt lächerlich, aber ich habe dort Symptome von Höhenkrankheit gezeigt. Ich bin und bleibe eine Küstenpflanze, hier hab ich meine Wurzeln, hier bleib ich, und wenn ich kein Salz in der Luft riechen kann, geh ich ein.«

»Queller«, sage ich. »Du singst das Lied des Quellers.«

»Nicht schlecht«, sagt Heinz und zeigt mit dem Finger auf mich, als hätte ich in einer Quizshow im Regionalfernsehen die richtige Antwort gegeben.

Ich kann nur schwer nachvollziehen, dass es Menschen gibt, die sich nicht wenigstens ab und zu an andere Orte sehnen, aber ich nehme an, die Reise zwischen den Geschlechtern ist lang und beschwerlich genug für ein Leben, was sollten einen andere Kulturen noch interessieren, wenn man buchstäblich am eigenen Leib zu spüren bekommt, wie wenig die menschengemachten Kategorien auf einen zutreffen.

Wie es aussieht, muss ich die beiden hinauswerfen, von alleine gehen sie nicht. Natürlich nehme ich mir Zeit, Theos Verband zu bewundern. Der ist so dick und knubbelig, dass man noch keine Vorstellung davon bekommt, wie seine Hand ohne Daumen aussehen wird. Inzwischen liegt Theo auf dem Sofa, ihm ist schwindelig, weil er auf die Schmerzmittel Alkohol getrunken hat. Ich kann ihn nicht nach Hause schicken, solange es ihm nicht gut geht. Aber die Zeit wird knapp. In einer guten halben Stunde muss ich Kilian vom Zug abholen, davor Sissi zurückrufen, und währenddessen kann ich vielleicht mit einer Hand Hellis Sachen packen. Gut wäre es, wenn ich mich noch umziehen könnte, die Pferdeklamotten loswerden, und auch wenn Kilian – vorausgesetzt, er hat sich nicht völlig verändert – niemand ist, der Körperpflege allzu viel Bedeutung beimisst, merke ich doch, dass ich das Bedürfnis habe, auf ihn wenigstens äußerlich möglichst präsentabel zu wirken. Wenn ich es schon nicht geschafft habe, das Gästezimmer herzurichten, kann ich ihn vielleicht mit meiner eigenen überraschenden Attraktivität davon ablenken. Immerhin haben wir uns viele Jahre nicht gesehen. Und was habe ich sonst zu bieten, das ihn beeindrucken könnte? Wenn das, was man erreicht hat, so weit von dem abweicht, was man sich vorgenommen hat, kann man sich unangenehme Nachfragen und pseudomitfühlende Psychogespräche nur ersparen, indem man mit Nachdruck wie jemand wirkt, der zufrieden mit seinem Leben ist. Und ich habe Kleidung im Schrank, die mir bei diesem Vorhaben helfen kann.

Niemals hätte ich mir träumen lassen, dass ich einmal jenen Abschnitt des Lebens, auf den es ankommt, wenn man Karriere machen möchte oder überhaupt einen Fuß in der Tür haben will in der Branche seiner Wahl, als Hausfrau und Mutter bestreiten würde. Allerdings war mir immer bewusst, dass meine Branche gar keine ist, dass jeder, der sich mit einer Ausbildung wie meiner in den Dschungel des Arbeitsmarktes wagte, auf sich allein gestellt sein würde. Mein Plan war es, einen Job zu finden, der mich erfüllen und herausfordern würde, und nebenher an etwas zu arbeiten, das von Dauer sein könnte. Ein Werk zu hinterlassen erschien mir das Erstrebenswerteste, das es gab.

Mein erster Kontakt mit dem Berufsleben bestand in einem Praktikum am Theater im Bereich Musikdramaturgie. Eine überraschend öde Tätigkeit, die viel Kaffeekochen und Kopieren beinhaltete. Meine Mentorin, eine Enddreißigerin, die alle zwei Jahre die Stadt und das Theater wechselte, machte jeden Tag zu spät Mittagspause. Ich war nichts weiter als die Hospitantin, also passte ich mich an, was bedeutete, dass ich sie zum Mittagessen begleitete, und wenn wir endlich in die Kantine kamen, rief sie schon beim Eintreten: »Harald, ist die Fritteuse noch an?«, denn normales Essen gab es nicht mehr. Ich ernährte mich schlecht, schlief zu wenig und arbeitete die Tage durch, um dann abends noch in ein Konzert oder eine Opernvorstellung zu gehen, aber die Theaterluft gefiel mir. Ich setzte eine Tätigkeit am Theater auf meine innere Liste der beruflichen Möglichkeiten, die ich für mich selber sah.

Während des Studiums jobbte ich außerdem im Buddenbrookhaus an der Kasse. Eine meiner Aufgaben war es, abends, nachdem ich die Abrechnung erledigt hatte, durch die Ausstellungsräume zu gehen und das Licht auszuknipsen. Dabei kam ich mir vor wie ein Engel des Todes, der die Dunkelheit hinter sich herzog. Eine Zeit lang stand ich an der Theatergarderobe und hängte Mäntel auf, ein paar Wochen lang putzte ich verwaiste Büros. Das war so eintönig, dass ich anfing, die Dekorationen auf den Schreibtischen zu verrücken, all die Figürchen aus Überraschungseiern und die Schlümpfe, die Topfpflänzchen und die Familienfotos arrangierte ich neu und hoffte, die Angestellten würden sich am nächsten Tag darüber freuen. Tatsächlich standen sie immer wieder genau am alten Platz und in der üblichen Ordnung, wenn ich am folgenden

Abend zum Putzen kam. Mich frustrierte das so sehr, dass ich kündigte. Ein weiteres Praktikum, das mir ein berufliches Feld erschließen sollte, absolvierte ich beim Norddeutschen Rundfunk in der Musikredaktion. Dort fühlte ich mich sofort unwohl, war umgeben von Männern, die sich bei keiner Gelegenheit zu schade waren, darauf hinzuweisen, dass ich mir bloß keine Chancen auf einen festen Job ausrechnen solle, da kein Personaler so dumm sei, Frauen unter dreißig einzustellen, die sofort schwanger werden und ausfallen würden. Frauen über dreißig seien andererseits noch riskanter – sie sagten wirklich »riskanter« –, da sie entweder noch keine Kinder hätten, sodass ihre biologische Uhr besonders laut ticke, oder sie hätten bereits Familie und seien dadurch im Grunde überhaupt nicht mehr verlässlich einsetzbar.

So beschloss ich am Ende des Studiums, mich zunächst auf meine Dissertation zu konzentrieren, auch in der Hoffnung, mit einem Titel ernster genommen zu werden. Ein Doktor vor meinem Namen würde den Herren schon zeigen, dass ich in ihrer Liga mitspielen konnte. Das war natürlich völlig absurd. Keiner in der Musikredaktion hatte einen Doktortitel, aber es schien mir damals logisch, dass ich mehr zu bieten haben müsste, wenn ich irgendwo ankommen wollte.

Als Alex drei Jahre alt war, fühlte ich mich bereit, wieder in meinen Beruf einzusteigen. Nur hatte ich die Dissertation nicht beendet, es war nicht einmal etwas da, an das ich hätte anknüpfen können. Nicht nur waren auf einmal viele Jahre vergangen, ich hatte auch keinerlei Berufserfahrung, abgesehen von den mickrigen Praktika. Ich musste bei null anfangen, und jetzt war ich eine von den Frauen mit Kind, die man per se für unzuverlässig hielt. Und in der Tat war es inzwischen unmöglich geworden, einen solchen Arbeitstag zu bestreiten, wie ich es am Theater getan hatte.

Als Alex' Lehrerin in der Musikschule über einen längeren Zeitraum hinweg ausfiel, vertrat ich sie spontan und unbürokratisch. Irgendwann hatte ich den ersten eigenen Kurs. Aber all das sollte nur ein Übergang sein, im Grunde eher eine Gefälligkeit gegenüber der Musikschule. Ein Beruf war es in meinen Augen jedenfalls nicht.

Helli kam in den Kindergarten, und es wurde offensichtlich, dass ich in der Falle saß. Jeder geregelte Nine-to-five-Job wäre von ihr torpediert worden. Alle paar Tage bekam ich einen Anruf, weil sie vom Klettergerüst gefallen war, sich eine Brechbohne in die Nase gesteckt oder bei dem Versuch, von einer Klokabine zur nächsten zu klettern, fast das Ohr abgerissen hatte.

Irgendwann schien es besser mit ihr zu werden, und ich nahm mir fest vor, nach ihrer Einschulung endlich einen beruflichen Neuanfang zu wagen. Ich machte Pläne, kontaktierte ehemalige Studienkolleginnen, ließ Bewerbungsfotos machen und schickte eine Anfrage an meine alte Hochschule, weil ich mir gut vorstellen konnte, dort zu unterrichten. Ich war begierig darauf, mir selbst zu beweisen, dass es mein altes Ich noch gab, die Katharina, die ich einmal zu sein glaubte, diese motivierte, anpassungsfähige, kompetente Frau. Aber dann kam Berenike, und als ich danach endlich wieder genügend Elan für das Leben aufbrachte, verlor Costas seinen Job, und statt dass ich nun übernehmen und die Familie ernähren konnte, wurde ich endgültig zur Musiktante mit integriertem Kinder-Fahrdienst.

Inzwischen bin ich mürbe. Ich bin froh, immerhin etwas zu machen, das mit meiner Ausbildung zu tun hat. Ich unterrichte im Kindergarten, in der Musikschule und auf diversen Projektwochen der Grundschulen. Es ist nicht erfüllend, es ist nicht intellektuell fordernd, es hinterlässt keine sichtbaren Spuren, es kommen kaum genügend Stunden zusammen, dass sich das Ganze als Job bezeichnen ließe, aber es macht Spaß und ist besser als gar nichts. An guten Tagen kann ich mich selbst überzeugen, dass ich wichtige Basisarbeit leiste. Dass es ein viel größerer Beitrag zur Verbesserung unserer Gesellschaft ist, mit kleinen Kindern »Hoch am Himmel, tief auf der Erde« zu singen und Orff'sche Instrumente zu traktieren, als Artikel und Aufsätze zu wissenschaftlichen Themen zu verfassen und desinteressierten Studenten noch mehr Informationen ins Hirn zu stopfen. An schlechten Tagen wird mir übel bei dem Gedanken, worauf ich, im Sterbebett liegend, werde zurückblicken können.

*

»Theo kann hier auf dem Sofa bleiben, bis es ihm besser geht«, sage ich. »Aber ich muss jetzt unhöflich sein und euch allein lassen. In einer knappen halben Stunde muss ich beim Bahnhof sein.«

Heinz sitzt im Sessel und guckt Theo dabei zu, wie er mit geschlossenen Augen und einem Handrücken auf der Stirn das unpässliche Fräulein mimt. Ich trinke rasch einen Schluck Tee aus Barbies Tasse und gehe hoch ins Schlafzimmer. Während ich mich ausziehe, überlege ich, ob ich es doch noch schaffe, das Gästebett zu beziehen. Aber dann müsste ich Sissi erneut enttäuschen, und sie wäre tief gekränkt, wenn sie erführe, dass ich sie wegen einer Bettdecke versetzte. Es ist erst halb sechs, der Abend ist noch lang, das Bett kann warten.

In Unterwäsche eile ich ins Bad und mache eine Katzenwäsche, während ich das Terzett aus *Così fan tutte* singe. Ich sprühe reichlich Deodorant auf. Aus dem Regal hole ich mein Parfüm, das ich inzwischen sehr selten benutze, es heißt Zen und ist von einer japanischen Firma, die es wahrscheinlich schon längst nicht mehr herstellt, so alt ist es. Das spielt auch keine Rolle für mich, denn vermutlich werde ich in diesem Leben kein weiteres Flakon mehr brauchen. Ich gebe Parfüm in meinen Nacken, und dann auch noch etwas auf meine Unterhose, auf Höhe der Schamhaare, die stachelig durch den Stoff pieken. Das ist eine Angewohnheit aus längst vergangenen Zeiten und hat nichts mit Kilian zu tun. Prüfend betrachte ich mein Gesicht im Spiegel, fahre mir mit den Händen durch die Haare und fletsche die Zähne, um zu schauen, ob die Zahnzwischenräume sauber sind. Ich habe Kilian seit einer Ewigkeit nicht mehr gesehen. Er war mein Mitbewohner während des Studiums, aber vor allen Dingen ein Freund, wenn ich ihn damals auch nicht so bezeichnet hätte, weil mir die Lebenserfahrung fehlte, um zu beurteilen, was Freundschaft ausmacht. Als ich Costas kennenlernte, ging unsere Ära zu Ende. Dann gab es eine lange Zeit ohne Kontakt. Vor sechs Jahren dann meldete sich Kilian per E-Mail bei mir, im Zuge einer sentimentalen Phase, in der er offenbar viel Zeit damit verbracht hatte, ehemalige Kommilitonen und Schulfreunde zu googeln. Ich bin online leicht zu finden – mein Name steht neben einem Foto auf der Homepage der Musikschule. Seitdem schreiben wir uns hin und wieder. Unsere Mails beginnen rituell mit einer ausführlichen Entschuldigung, weshalb die Antwort hat so lange auf sich warten lassen. Vor zwei Jahren wollten wir uns in Hamburg treffen, er hatte dort ein Konzert, aber Helli lief an dem betreffenden Tag nach einem Streit mit der Lehrerin aus der Schule fort und blieb vier Stunden lang verschwunden, und so musste ich das Treffen absagen. Jetzt führt ihn endlich einmal sein Weg nach Lübeck, wo er einen Auftritt hat, und er legt extra einen nächtlichen Zwischenstopp bei uns ein. Vermutlich spart er so auch Hotelkosten. Plötzlich ist es mir peinlich, dass ich Martini gekauft habe.

Es ist mir immer schwergefallen, Praktisches und Romantisches auseinanderzuhalten. Das Teilen eines Trinkpäckchens kann schließlich beides sein, und ich fürchte, ich habe in meinem Leben in den meisten Fällen die Zeichen falsch gedeutet. Ich habe Freundschaft nicht erkannt, und ich habe Liebe nicht erkannt, wenn sie mir begegnete. Costas aber umwarb mich, auf eine seltsame, planvolle Art. Wir lernten uns bei einer Party kennen, auf der er lange mit einem Glas Rotwein auskam, während ich – wie alle anderen – möglichst viel und möglichst alles durcheinandertrank. Während der Studienzeit ging ich auf viele Partys. Studieren und Feiern schienen als Tätigkeiten alle Lebensbereiche und Grundbedürfnisse abzudecken: Bildung, soziale Kontakte, Essen und Trinken, mehr brauchte man nicht. Dass ich mich in einer der schönsten Städte der Bundesrepublik bewegte, wo bei Ostwind die Luft nach Meer riecht und der Himmel mit den unglaublichsten Wolkenformationen aufwartet, war mir nicht einmal bewusst. Meine letzten Jahre zu Hause waren von der aufdringlichen Abwesenheit meiner Mutter geprägt gewesen, und von einer Atmosphäre, in der die Traurigkeit und Verlassenheit meiner Schwester und meines Vaters wie ein Nebel standen, durch den ich mich täglich hindurchmanövrierte. Kaum war ich in Lübeck angekommen und hatte mein Studentenzimmer in einer Wohngemeinschaft bezogen, fiel mir auf, wie intensiv die Farben waren, wie leicht es sich atmen ließ, wie klar meine Stimme klang, und das gefiel mir so, dass ich mir angewöhnte, lauter als die anderen zu lachen, wenn ich etwas lustig fand. Ich stellte fest, dass ich schallend lachen konnte, und entließ mein Lachen jederzeit und an jedem Ort, ich öffnete meinen Mund und ließ es einfach heraussprudeln. Auf Partys konnte ich meinem eigenen Lachen zuhören, das über dem Gemurmel der anderen und der Musik aus den Lautsprechern hing wie eine Leuchtrakete. Ich trank viel, weil es alles, was ohnehin schon leicht war, noch leichter machte.

Später erzählte mir Costas, dass es das Lachen war, das ihn angelockt habe. Er hörte es und folgte ihm, und dann unterhielten wir uns, bis ich zum Klo rennen musste, um mich zu übergeben. Danach war er verschwunden, und es war unwahrscheinlich, dass wir uns in absehbarer Zeit wiederbegegnen würden, denn Architekten und Musiker mischten sich selten. Costas aber nahm die Sache in die Hand, auf seine übliche Art: zielstrebig, aber unaufdringlich und dafür umso nachhaltiger. Er hatte mich von Anfang an durchschaut.

Eines Dienstagmorgens saß er auf einer Bank, an der ich auf meinem Weg zur Hochschule vorbeikam. Wir grüßten uns, und ich freute mich, ihn wiederzusehen, hatte es aber eilig und wusste nicht, wie ich ein Gespräch hätte beginnen können, nachdem unsere letzte Begegnung so abrupt und wenig appetitlich geendet hatte. Aber am nächsten Dienstag saß er wieder dort. Und am übernächsten auch. Beim zweiten Mal hatte er einen Regenschirm dabei, um nicht nass zu werden, und las in einem Buch. Wir grüßten uns, lächelten uns zu, wechselten ein paar Worte. Am vierten Dienstag setzte ich mich zu ihm, um ein wenig länger reden zu können. Aber ich wollte nicht aufdringlich sein. Vielleicht saß er gar nicht meinetwegen dort. Vielleicht roch es bei ihm zu Hause schlecht, und er verbrachte daher jeden Vormittag der Woche auf einer anderen Bank. Vielleicht kam nach mir die Frau, auf die er eigentlich wartete. Vielleicht hatte er einfach seine Angewohnheiten.

Meine Vorfreude auf unsere Begegnungen wurde von Mal zu Mal größer, und die Angst, er könnte nicht dort sitzen, ebenfalls. Aber Costas ließ sich Zeit. Er hatte schon damals begriffen, was ich offenbar niemals lernen werde, dass gut Ding Weile haben will. Andererseits hatte er nicht erfahren müssen, dass einem manchmal einfach die Zeit davonrennt und die Menschen sich aus dem Staub machen, obwohl sie versprochen haben, bis Weihnachten durchzuhalten.

Das Anziehen erledige ich so schnell wie möglich. Die Versuchung, das Etwas zu überprüfen, ist sonst zu groß. Ich würde ja doch nur wieder das feststellen, was ich immer feststelle: vorhanden, gleich groß, unempfindlich und fest sitzend – die schlechteren Eigenschaften, wenn man auf eine harmlose Diagnose hofft. Ich habe keine Ahnung, woher ich das weiß, ich nehme an, aus der Apothekenzeitschrift. Meine Gedankensperre muss in den letzten Jahren ihre schwachen Momente gehabt haben. Ich entscheide mich für ein schwarzes T-Shirt, darüber eine schwarze Wollwalkjacke, darin sieht man keine Schweißflecken, es macht schlank, hält warm und passt zu jedem Anlass. Es ist meine Uniform für Situationen, die ein gewisses Maß an Selbstbewusstsein erfordern. In schwarzem Wollwalk macht sich keine Frau Anfang vierzig lächerlich, nirgendwo in Deutschland. Vor dem Spiegel am Schrank verharre ich einen Moment, beuge mich vor und betrachte prüfend mein Gesicht, mein gutes altes Lachgesicht, das aussieht wie immer, mit den hohen gewölbten Augenbrauen, die meinen Blick immer erstaunt wirken lassen, den etwas zu weichen, vorgewölbten Lippen, die bei Kälte riffelig werden und bläuliche Ränder bekommen. Ich lächle, ziehe die Nase hoch, und dabei bemerke ich, wie schief sie ist. Ich werde ernst, lächle dann noch einmal – wieder ist die Nase schief. Während ich den Kopf drehe und wende, um die Nase aus verschiedenen Winkeln zu betrachten, entsteht in mir eine tragische Mischung aus Begeisterung und Verzweiflung. Es lässt sich nicht leugnen: Meine Nase ist asymmetrisch. Wunderbar finde ich das, markant, und überhaupt, war das schon immer so, oder ist das in den letzten Jahren entstanden? Was hat es zu bedeuten? Zwar habe ich bislang nie Sehnsucht nach einer markanten, asymmetrischen Nase verspürt, aber jetzt, da ich sie entdeckt habe, freue ich mich über sie. An anderen Menschen mag ich gerade das etwas Krumme, Verzogene, Unglatte. Costas, der noch immer aussieht wie einem Katalog für Herrenmode entstiegen, hat seine Unebenheiten gut versteckt, im Laufe der Jahre aber habe ich sie alle gefunden und trage das Wissen um sie wie ein Geheimnis mit mir herum. Eine schiefe Nase verleiht meinem freundlichen, harmlosen Gesicht etwas Verwegenes. Gleichzeitig fühlt es sich so an, als schrie jemand in mir, laut und mit sehr langem Atem. Ich will es nicht, aber ich höre es trotzdem, wie einen Tinnitus. Zu spät, schreit es. Zu spät. Hättest du deine Nase doch rechtzeitig entdeckt, jetzt ist es zu spät. Bald wird diese verwegene Nase nur noch Würmerfutter sein.

Auf dem Weg zum Festnetztelefon schaue ich bei den Herren im Wohnzimmer vorbei. Ich kann nicht anders, es ist wie ein Zwang. Diese Leute haben sich selbst eingeladen und ihr eigenes Getränk mitgebracht, niemand verlangt unter diesen Umständen von mir, eine exzellente Gastgeberin zu sein. Theo sitzt inzwischen wieder aufrecht und unterhält sich mit Heinz. Sie haben jeder eine Tasse Tee in der Hand, die Kanne war ja noch fast voll, Heinz muss ihnen Tassen geholt haben, denn der Barbie-Becher steht unbenutzt auf dem Tisch. Ich winke ihnen zu, mache ein Zeichen, indem ich Daumen und kleinen Finger abspreize und mir ans Ohr halte wie einen Telefonhörer. Mit dem Telefon in der Hand komme ich wieder am Wohnzimmer vorbei, winke abermals und zeige geradeaus, um anzudeuten, dass ich da entlanggehen werde. Als wäre ich Teil einer Comedynummer: Frau läuft an Türöffnung vorbei und macht Gesten. Währenddessen lasse ich das Telefon die eingespeicherte Mobilnummer meiner Schwester wählen. Ich werfe einen Blick auf das Rattengehege unter der Treppe, wo alles ruhig und friedlich ist, und gehe ins Bad, um Hellis Sachen zu packen. Ihr Zimmer brauche ich dafür überhaupt nicht zu betreten, ich kann die Wäsche einfach aus dem Trockner nehmen.

»Na endlich«, sagt Sissi.

Ich habe nicht das Herz, ihr gleich zu Beginn zu sagen, dass wir nur ungefähr zehn Minuten Zeit für unser Gespräch haben. Draußen im Flur höre ich das Piepen meines Handys auf der Kommode. Sissi erzählt, und ich laufe hin und her und sammle die Sachen für Helli zusammen. Im Kopf gehe ich die ideale morgendliche Routine eines angehenden Teenagers durch, um nichts zu vergessen: Zahnbürste, Zahnpasta, Shampoo, Duschgel, Deo, Schaumfestiger, Haarbürste, Anti-Pickel-Creme, Abdeckstift, Parfüm. Helli benutzt ein fürchterliches Zeug mit einem Duft, der mir Kopfschmerzen macht. Aber es ist billig und in jeder Drogerie zu haben. Ich habe in ihrem Alter nur tröpfchenweise Uraltlavendel von meiner Mutter gemopst.

Sissi sagt: »Ich weiß nicht, wie lange ich es noch aushalte mit Richard. Wirklich. Ich glaube, ich werde mich von ihm trennen. Kann ich dann zu dir kommen, für ein paar Wochen vielleicht? Bis ich was Eigenes gefunden habe?«

Ihr Komponist heißt eigentlich gar nicht Richard. Er hat sich selbst als Achtzehnjähriger umbenannt, nach Richard Wagner. Wenn Sissi ausnahmsweise ihre gemeinen fünf Minuten hat, erzählt sie, dass er sich nach Richard Clayderman benannt habe, aber das tut sie nur, wenn er nicht dabei ist. Sie würde ihn nie mit Absicht provozieren. Und trennen würde sie sich von ihm auch nicht, so dachte ich bisher, aber heute klingt es ernster als sonst, immerhin fragt sie nach einer Übergangsbleibe. Was also, wenn es diesmal nicht nur so dahingesagt ist? Was, wenn hier demnächst zu allem Überfluss auch noch meine Schwester mit einzieht? Etwas Eigenes hat sie im Übrigen schon längst, eine Einzimmerwohnung in Hamburg-Barmbek, allerdings wird die seit Jahren von einer Freundin für Schäferstündchen mit deren verheiratetem Geliebten genutzt und steht daher nicht rund um die Uhr zur Verfügung. Wenn ich es richtig verstanden habe, verbringt ihre Freundin dort sogar einen Großteil ihrer Zeit, sodass Sissi sie wohl erst einmal rauswerfen müsste. Sissi hat dort noch einige ihrer Sachen, fährt gelegentlich hin und wäscht und wechselt Kleidung. Cello übt sie, dank eines besonderen Verhältnisses zu irgendeinem Pförtner, in den Katakomben der Oper. Offiziell wohnt sie jedenfalls nicht bei Richard. Er braucht seinen Freiraum, und sei er auch nur symbolisch.

»Du kannst immer bei uns wohnen«, sage ich und denke, ich sollte besser zwei Unterhosen einpacken, wer weiß, wie gut die Tampons halten, ob Helli daran denkt, sie rechtzeitig zu wechseln, wie viel Blut sie im Schlaf verliert. Die Waschmaschine ist durchgelaufen, der Trockner auch, mit einer Hand zerre ich die trockene Wäsche heraus und auf den Boden, stopfe die nasse Wäsche in den Trockner, ohne sie zu sortieren, stelle das Programm auf *schranktrocken*, weil ich das Wort so mag und finde, es klingt, als könnte man damit nichts falsch machen. Ich wähle fast immer *schranktrocken*. In dem Haufen am Boden wühle ich nach Hellis Unterhosen.

»Er ist ein Egozentriker«, sagt Sissi. »Er allein entscheidet, und ich kann sehen, wo ich bleibe. Ich glaube inzwischen, es ist ihm egal, ob ich da bin oder nicht. Für ihn bin ich bloß so was wie ein Mantel.«

Das halte ich für einen guten Vergleich. Denn ein Mantel ist ja ziemlich nützlich, aber lebensnotwendig ist er nicht. Andererseits stellt sich die Frage, ob es wirklich Menschen gibt, die für andere lebensnotwendig sind.

»Letzten Samstag stehen wir vor dem Kino«, sagt Sissi, »Sabine, Frank, Michaela, die ganzen Leute eben, und wir müssen ein paar Minuten anstehen, weil es eben Samstag ist, mein Gott. Das gehört einfach dazu, wenn man ins Kino geht an so einem Tag. Wir sind alle gut drauf, und Sabine und Frank zeigen uns Kinderfotos auf dem Handy, und plötzlich sagt Richard mitten ins Gespräch hinein: ›Ich gehe nach Hause, macht euch einen schönen Abend.‹ Alle reden auf ihn ein, aber da ist nichts zu machen. Er ist nicht mal dramatisch oder so, will einfach nach Hause, hat sich umentschieden, will lieber eine Partitur studieren als Tarantino gucken, was weiß ich. Das war's dann auch für mich. Ich hätte den Film keine Minute lang genießen können, wenn ich dageblieben wäre. So was bedenkt er einfach nicht. Nach all der Zeit begreift er immer noch nicht, wie ich ticke. Auf dem Weg nach Hause frage ich, was denn in ihn gefahren ist, dass er alle so einfach stehen lässt, sind doch unsere Freunde und so weiter, und da sagt er allen Ernstes, er habe beschlossen, besser auf sich selber zu achten. Ihm sei in letzter Zeit klar geworden, dass er sich zu sehr anpasst und viel zu häufig Sachen macht, die er gar nicht will, nur weil man sie von ihm erwartet. Ab jetzt wolle er viel stärker auf sich hören und auf Konventionen scheißen, und dazu gehöre eben auch, Freunde einfach mal stehen zu lassen, wenn man merke, dass man eigentlich gar keine Lust habe, mit ihnen zusammen zu sein. Ich sage: ›Was ist mit Höflichkeit? Mit Verabredungen, Verlässlichkeit und so weiter? Sollen wir ab jetzt immer nur mit Vorbehalt planen, weil es ja sein kann, dass dir plötzlich einfällt, dass du auf irgendeine Aktion doch keine Lust hast und lieber nach Hause willst?‹ Und er sagt: ›Ja.‹ Er sagt einfach: Ja. Ich bin ganz von den Socken, obwohl ich im Grunde verstehe, was er meint, und er hat ja auch recht, dass man erst mal herausfinden muss, was man eigentlich will und so weiter. Ich frage: ›Und was ist mit mir?‹ Und er: ›Du hättest doch ins Kino gehen können. Es geht doch gar nicht um dich.‹ Verstehst du, Kathi? Er hat es wortwörtlich so gesagt: Es geht doch gar nicht um dich.«

»Mhm«, mache ich und ziehe den Reißverschluss von Hellis Kulturtasche mit den Zähnen zu.

»Ich meine, ich weiß schon, was mit ihm los ist. Er hat immer gemacht, was er sollte, hat immer funktioniert und sich angepasst und das getan, was andere von ihm erwarten. Das ist wie eine verspätete Pubertät. Er muss jetzt erst mal rausfinden, was er eigentlich selber will, was er mag und was nicht, was zu ihm passt und was nicht. Und da ist man am Anfang etwas extrem, waren wir ja auch, als wir jünger waren. Er holt das jetzt eben nach. Aber ich weiß einfach nicht, ob ich ihn dabei begleiten kann. Was, wenn er nächste Woche, weil er beim Inder am Bahnhof mal auf sein vegetarisches Curry eine Minute warten muss und er dabei Zeit zum Nachdenken hat, darauf kommt, dass er gerade doch keine Lust auf mich hat und dass er einfach nur mit mir zusammenlebt, weil alle es so machen oder weil ich mich aufgedrängt habe oder weil er bisher nur zu träge war, sich zu trennen?«

Das ist ihre eigentliche Angst. Schon immer. Das hat nicht einmal etwas mit Richards spätpubertären Anwandlungen zu tun.

»Sissi«, sage ich und hole tief Luft. Hellis Sachen sind alle zusammengetragen und liegen auf einem Häufchen am Boden. Ich muss sie nur noch in eine Tasche packen, danach die zwei Herren rauswerfen und dann wie der Teufel zum Bahnhof rasen, ich bin jedenfalls schon zu spät dran, um es pünktlich zu schaffen und lächelnd und winkend am Bahnsteig den ankommenden Zug zu begrüßen. »Ich muss los. Kilian steht am Bahnhof.«

»Ach, so ist das«, sagt sie. Dann Schweigen. Ich lege nicht auf, das bringe ich nicht fertig.

Richard ist nun seit bald sechs Jahren Sissis Komponist. Sie hatte das Pech, sich genau dann in ihn zu verlieben, als ihre biologische Uhr mit dem berühmten Ticken begann. Leider signalisierte der Komponist ihr, dass er sich eine Familie zwar durchaus vorstellen könne, er möge Kinder, sie seien ihm nur zu anstrengend, auf lange Sicht. Ich habe ihm einmal erklärt, dass es einen Unterschied zwischen fremden und eigenen Kindern gibt, weil ich hoffte, er würde weich werden. Wenn man fremde Kinder zu Besuch hat, verausgabt man sich schnell, weil man ihnen eine Freude machen und auf ihre Bedürfnisse eingehen möchte. Mit eigenen Kindern bekommt man rasch eine bessere Kondition, außerdem muss man nicht ständig alle Sinne voll hochgefahren haben, um ihnen die angemessene Aufmerksamkeit zukommen zu lassen. Es ist so ähnlich wie mit dem Erlernen einer Fremdsprache. Man übersetzt im Kopf Wort für Wort, baut sorgsam Sätze zusammen, hadert mit der Grammatik, aber nach und nach, mit den Monaten und Jahren, wird es leichter, flüssiger, man hat Satzstücke parat, schließlich einen ganzen Fundus, auf den man zurückgreifen kann, weil man aufhört, immer die eigene Sprache mitzudenken. Aber wer keine eigenen Kinder hat oder nicht viel Zeit mit ihnen verbringt, der verbleibt im anstrengenden Baustein-Modus und muss immer viel Energie investieren, um sie nehmen zu können, wie sie sind. Richard will seine Energie am liebsten komplett ins Komponieren stecken, sein ganzer Alltag ist darauf ausgerichtet, entweder Energie zu sparen oder sie zu vergrößern, alles im Dienste der Komposition. Er übt jeden Tag Klavier und liest Partituren, Stunde um Stunde. Er macht Yoga, geht spazieren, ernährt sich fantasielos, nahezu monoton, aber gesund. Er versucht, auf ausreichend Schlaf zu kommen, und gibt sich viel Mühe mit seiner Frisur. Leider ist der Beruf des Komponisten nicht ganz so einfach, die Auftragslage ist mager, da ist es natürlich praktisch, dass seine eintönige Lebensweise gleichzeitig so billig ist. Seit Jahren hält er sich irgendwie über Wasser, und ganz sicher geht es ihm besser, seit Sissi bei ihm wohnt und sich für das Füllen des Kühlschranks mitverantwortlich fühlt.

Sie verehrt ihn. Wenn ich sie mir mit ihm zusammen vorstelle, dann sehe ich sie zu seinen Füßen schmachten, auf einem Seidenkissen. Sie ist der Typ für solche Arrangements, sie kann ein derartig hingebungsvolles Gesicht machen, dass man misstrauisch werden könnte. Währenddessen sitzt Richard mit geschlossenen Augen am Klavier, die Hände in einer Position erhoben, die ihm sogleich das Anspielen eines herrlichen Akkordes erlaubt. Im Hintergrund an der Wand ein Foto von Franz Liszt in seinen späten Jahren, auf dem er aussieht wie der weise Häuptling der Sioux.

Sissi wird sich nie von Richard trennen. Ich muss mir also keine Sorgen machen, dass sie demnächst hier einzieht. Meine Schwester hat sich auch von keinem ihrer anderen Künstler getrennt, egal, wie oft sie es angekündigt hat. Trennungen kann sie einfach nicht. Vermutlich singt sie das Lied der Seepocke.

Sie ist noch am Telefon, aber sie schweigt.

»Sissi«, sage ich. »Nicht schmollen. Soll ich dich nachher noch mal anrufen? In einer Stunde oder so?«

»Schon gut«, sagt sie. »Nein, wirklich. Ist schon gut.«

»Hier riecht es komisch«, sage ich.

»Wo bist du denn gerade?«

»Im Bad. Es riecht angebrannt, irgendwie.«

»Im Bad? Angebrannt?«

»Ich glaube, es ist der Trockner.« Ich beuge mich vor, um am Gerät zu schnuppern.

»Hast du den Auflauf im Trockner vergessen?«, fragt Sissi, sie klingt jetzt amüsiert.

Ich beuge mich noch etwas weiter vor. Dann rufe ich

ins Telefon: »Ich muss Schluss machen, ich glaube, der Trockner brennt.«

Während ich zuerst den Stecker ziehe und dann zum Waschbecken laufe und Wasser in das einzige Gefäß fülle, das ich in diesem Augenblick finde – den altmodischen Inhalator mit dem Logo einer Pharmafirma drauf –, rufe ich laut nach Heinz und Theo. Ich gieße Wasser auf die kleinen Flammen, die aus der Rückwand des Trockners züngeln, laufe erneut zum Waschbecken, gieße wieder, es zischt theatralisch, es raucht, in der Badezimmertür erscheinen die beiden Nachbarn und betrachten fasziniert die Szene.

Ihre weitere Hilfe besteht aus guten Ratschlägen. Ein nasses Handtuch halten sie für aussichtsreich. Einen empörten Anruf bei der Herstellerfirma für unumgänglich. Sie machen sich lustig über den Inhalator, loben meine Geistesgegenwart, erst den Stecker gezogen zu haben, ohne dabei besonders überzeugend zu sein, legen prüfend die flache Hand auf den gelöschten Trockner und verkünden, aufgrund der Wärme des Geräts hielten sie einen unentdeckten Schwelbrand für mehr oder weniger möglich. Sie hätten einmal einen Vortrag bei der Feuerwehr zu diesem Thema gehört. Ich klaube die feuchte Wäsche aus dem Gerät. Mit vereinten Kräften heben Heinz und ich den Trockner an, Theo, der erstaunlich aufgekratzt wirkt, nachdem er gerade noch mit seinem verstörend großen Verband wie ein angeschossenes Reh auf dem Sofa gelegen hat, dirigiert uns durch den Flur. Keuchend tragen wir den Trockner in den Garten, lassen ihn ins gefrorene Gras fallen und drücken unsere Handflächen im Bereich der Lendenwirbelsäule gegen den Rücken. Kilian steht sicherlich inzwischen am Bahnhof und schaut jeder Frau, die in seine Richtung eilt, prüfend ins Gesicht.

»Wir sollten das Ding hinten aufmachen«, sagt Theo. »Hast du mal ein Brecheisen?«

Das ist der Moment, in dem ich anfangen muss zu lachen. Ich möchte es nicht, es passt auch gar nicht, denn eigentlich möchte ich weinen, in die Dunkelheit hinausheulen wie ein Wolf, brüllen und um mich schlagen. Ich möchte diesen Trockner mit einem Baseballschläger bearbeiten und die beiden unpraktischen Männer in meinem Garten kräftig vor die Schienbeine treten. Stattdessen lache ich laut und quiekend, ich biege mich durch, weil ich keine Luft mehr bekomme, Tränen schießen mir in die Augen, ich grunze wie ein Schwein, kreische und hickse abwechselnd, bis ich wie ein Sack Kartoffeln auf meinen Hintern plumpse, unfähig, mich noch länger auf den Beinen zu halten. Theo und Heinz haben längst mit eingestimmt, für sie ist Mitlachen Ehrensache. Hätte ich mich zum Heulen durchringen können, sie hätten selbstverständlich mitgeheult. Die beiden wissen, was sich gehört.

Am Ende sitze ich mit angezogenen Beinen im knisternden Gras, Heinz hängt über das Gerät drapiert, Theo hockt mit dem Rücken dagegen, beide Hände vor dem Gesicht, eine davon mit dem Verband, der in der tiefen winterlichen Dunkelheit unnatürlich hell leuchtet.

»Ich weiß nicht, ob wir ein Brecheisen haben«, sage ich mühsam. »Aber ich werde nachsehen.«

Im Haus durchsuche ich die infrage kommenden Schubladen. Im Schuppen gibt es echtes Werkzeug, aber ich hoffe, etwas Passendes zu finden, ohne dorthin gehen zu müssen. Der Schuppen ist Costas' Ort, ich vermeide es, da herumzuwühlen. Vielleicht habe ich Angst, etwas zu finden, was ich nicht finden will. Mit einem Schraubenzieher, einer Grillzange, einem Fleischklopfer, einem kleinen Schraubenschlüssel und einem Tortenmesser kehre ich in den Garten zurück. Zwischendurch halte ich kurz im Flur, um einen Blick auf mein Handy zu werfen. Noch keine besorgte Nachricht von Kilian. Die SMS, deren Signal ich vorhin im Badezimmer während meines Telefonats mit Sissi gehört habe, ist von Costas. Ich spüre einen Krampf im Bauch, der höchstens eine Sekunde andauert, und schwöre stumm, dass ich die SMS lesen werde, sobald der potenzielle Schwelbrand gelöscht ist. Costas' Anwesenheit in diesem Moment hätte absolut nichts genützt, aber alles verändert. Ich hätte niemals zustimmen dürfen, dass er den Hurenjob in Berlin annimmt.

Heinz freut sich am meisten über den Schraubenzieher. Aber auch das Tortenmesser erweist sich als nützlich, als die Rückwand des Trockners sich nicht sofort an den Klebestellen lösen will. Es ist stockdunkel, das bisschen Licht, mit dem wir arbeiten, kommt aus den Fenstern des Hauses. Zu dritt beugen wir uns über die Rückseite des Trockners und blicken gespannt in seine Eingeweide. Keiner von uns weiß, wie ein Schwelbrand aussieht. Heinz kippt das Gerät leicht nach vorn, um besser hineinsehen zu können. Mit dem Fleischklopfer hämmert er innen herum, eröffnet Blicke auf geheime Gänge und Verstecke, in denen das heimtückische Feuer sich für einen späteren Auftritt verborgen halten könnte, aber es ist nichts zu finden. Um sicherzugehen, schleppe ich einen Zehnlitereimer Wasser aus der Küche, und Heinz übernimmt es, ihn sorgfältig von oben in die ausgeweidete Maschine zu leeren.

Die beiden Herren sind bester Stimmung. Glücklich trollen sie sich nach nebenan, und ich freue mich, dass ich ihnen diesen miesen Tag doch noch irgendwie versüßen konnte, auch wenn ich dazu ein teures Haushaltsgerät opfern musste. Ich packe Hellis Sachen zusammen, schaufle die nasse Wäsche vom Badezimmerboden in einen Korb, hole meinen Mantel und setze mich ins Auto, um endlich, endlich Kilian abzuholen.

*

Die Straßenlaternen beleuchten die überfrorenen Büsche rechts und links der Straße. Es ist eisig, ich kann nicht so zügig fahren, wie ich gern möchte. Im Labyrinth des Neubaugebietes, in dem Cindis Elternhaus steht, fällt mir plötzlich wieder Costas' SMS ein, und ich fahre rechts ran, um sie zu lesen. Er schreibt: *Leerlauf. Zu müde zum Arbeiten, zu hungrig, um aufs Büfett zu warten. Mit dem Zug wärst Du in drei Stunden hier – überleg es Dir. Heinz kann doch nach den Kindern gucken. Ich sterbe vor Langeweile ohne Dich heute Abend. C*

Ich fühle mich matt und gleichzeitig furchtbar gehetzt. Was soll ich ihm antworten? Offenbar hat er vergessen, dass ich heute Besuch bekomme. Ich tippe: *Mit dem Zug wärst DU in drei Stunden hier. Deine Kollegin kann doch nach dem Büfett gucken. K*

Tief drinnen bin ich gerührt, dass er das Du in seinen SMS mit einem großen D schreibt. Ich fühle mich dadurch ernst genommen, und es evoziert zärtliche Gefühle in mir. Mein Costas, der sich in Kleinigkeiten genauso viel Mühe gibt wie im Großen. Ich stelle die CD an und fahre weiter, um Helli ihre Tasche zu bringen.

Kilian steht jetzt am Bahnhof. Joseph Protschka singt »Die alten bösen Lieder«, und ich merke zu spät, dass ich die Augen geschlossen habe, und fahre mit dem rechten Reifen über den Kantstein. Es ist das letzte Lied des Zyklus, und der Text hat eine Art, traurig zu sein, die mich nicht zum Heulen bringt, das schätze ich sehr. Das Klaviernachspiel ist anders, es kriecht mir direkt in die Seele und verbreitet dort eine eisige Kälte. Heine wusste genau, was er tat, und Schumann wusste es auch. Ich lausche dem Gesang und stelle die CD ab, bevor das hinterhältige Klavier mit seinem Alleingang anfängt und die trotzige Entschlossenheit des Sängers, seinen Schmerz zu bewältigen, mit Hoffnungslosigkeit kommentiert, indem es das Motiv des zwölften Liedes anklingen lässt. Vielleicht sollte auf meinem Grabstein kein Spruch stehen, der auf mich gemünzt ist, sondern einer an Costas adressiert: *Sei unsrer Schwester nicht böse, du trauriger, blasser Mann.*

Vor Cindis Haus steht eine einzelne Laterne und flackert unregelmäßig. Ich stelle das Auto direkt darunter ab und gehe mit Hellis Tasche in der Hand in diesem Geflacker zur Tür. Auf mein Klingeln reagiert zunächst niemand, aber beim zweiten Versuch öffnet sich die Tür. Vor mir steht ein mir völlig unbekannter junger Mann, dessen Gesichtsausdruck meine Überraschung spiegelt.

»Nanu«, sagt er. »Wen haben wir denn hier?«

Ich kann hören, dass er nicht mehr nüchtern ist. Er hält sich am Türrahmen fest und schaut mich auf eine Weise ernst und geradeaus an, die zeigt, dass er sich alle Mühe gibt, keinesfalls unfokussiert zu wirken. Gedämpft wummern die Bässe der Musik, die hinter ihm im Haus voll aufgedreht ist.

»Hier haben wir Hellis Mutter«, sage ich. »Mit der Zahnbürste.« Ich hebe die Tasche etwas an, damit er sie sehen kann, ohne seinen Blick allzu sehr senken zu müssen. Hinter ihm taucht Helli auf, schiebt ihn zur Seite auf eine beinahe mütterliche Art, nicht zu grob, aber bestimmt und fest genug, dass er Würde und Gleichgewicht bewahren kann. Sie ist atemlos und hat rote Wangen. Bevor sie die Tür hinter sich bis auf einen kleinen Spalt zuzieht, erhasche ich noch einen Blick auf den Raum jenseits der Garderobe. Er scheint gut bevölkert zu sein. Helli erfasst sofort, was ich denke. Immer wieder macht mich ihre Fähigkeit, mich wie ein offenes Buch zu lesen, sprachlos. Müsste jemand, der etwas hat, das das Wort Aufmerksamkeitsdefizit im Namen trägt, nicht eher Schwierigkeiten haben, die Gefühle anderer Leute zu erraten? Aber Mütter sind keine normalen Leute, nichts, was für andere gilt, muss auch für sie gelten. Womöglich sind alle Mütter offene Bücher für ihre Kinder, aber die meisten Kinder sind einfach zu höflich, es sie spüren zu lassen. Kannte ich meine eigene Mutter in dieser Weise? Mir kommt es eher vor, als sei ich vollkommen blind gewesen, was sie anging.

Helli jedenfalls setzt augenblicklich zu einer Tirade der Mutter-Beruhigung an, die ihre Wirkung nicht verfehlt: »Das ist nur eine kleine Feier, mehr nicht. Roland hat irgendeine Prüfung bestanden und ein paar Leute eingeladen. Die bleiben gar nicht lange. Das ist ganz spontan entstanden. Cindi und ich dürfen ein bisschen mit dabei sein, aber das ist ja Rolands Feier, wir gehen nachher sowieso in Cindis Zimmer und gucken einen Film. Wir wollen noch für alle Pizza bestellen, und das war's auch schon. Cindi und ich haben damit gar nichts weiter zu tun. Der eben an der Tür, Hauke, der spinnt ein bisschen, den darfst du nicht ernst nehmen, aber der ist harmlos, echt, der checkt nur einfach nie was.«

»Auf mich wirkte er ziemlich angetrunken«, sage ich.

»Das kann sein. Der hat bestimmt vorher schon getankt, ich sag ja, der ist komisch. Wir anderen hören nur Musik und so und feiern ein bisschen, weil Roland diese Prüfung bestanden hat.«

»Was für eine Prüfung?«

»Keine Ahnung. Die haben doch ständig Prüfungen in der Oberstufe. Frag doch Alex. Oder warte mal, ich glaube, es war Karate. Lila Gürtel. Oder braun. Ist mir auch egal, Hauptsache, wir bestellen Pizza.«

»Wie viele Leute sind denn da drinnen?«

»Ein paar. Eine Handvoll oder so.«

»Und wo sind Cindis Eltern, sind die dabei?«

»Weiß nicht«, sagt Helli. Sie dreht sich um, öffnet die Tür ein wenig weiter und brüllt ins Haus: »Cindi! Sind deine Eltern da?«

Aus dem Haus ertönt Cindis Stimme, es klingt, als hätte sie den Mund voll: »Gerade nicht. Aber später. Sag das deiner Mutter. Die kommen nachher noch auf jeden Fall.«

»Gerade nicht«, sagt Helli zu mir und zieht die Tür wieder fast ganz zu. »Aber sie kommen nachher noch auf jeden Fall.«

Das Handy klingelt in meiner Manteltasche, das ist ganz sicher Kilian, der sich wundert, warum er allein bei Frost auf einem dunklen, verlassenen Bahnsteig stehen muss. Ich drücke Helli das Gepäck in die Hand und versuche, sie einzufangen, um sie auf den Kopf zu küssen. Ich erwische ihr Ohr, aber sie ist schon auf dem Weg ins Haus und hat mich in der Sekunde vergessen, in der sie sich von mir abgewandt hat.

Ich hole das Telefon aus der Tasche, drücke die Taste mit dem kleinen grünen Hörer darauf und melde mich: »Katharina Theodoroulakis.« Aber der Anrufer hat bereits aufgegeben. Ich eile zum Auto. Aus reiner Gewohnheit winke ich aus dem Autofenster in Richtung Haustür, während ich starte, aber es sieht mich keiner.

Helli ist erst elf, sage ich mir. Sie ist noch ein Kind. Natürlich findet sie Partys interessant. Vielleicht auch ältere Jungs. Möglicherweise auch Alkohol. Für alles, was über bloßes Interesse hinausgeht, ist es noch zu früh. Aber ich weiß, dass das nicht stimmt, dass ich mich selber belüge. Ich habe das gedacht, ja, bis gestern. Seit heute müsste mir eigentlich klar sein, dass ich den Anschluss verpasst habe an das, was Helli tut oder lässt, und wo sie gerade genau steht auf ihrer Lebensleiter. Irgendwann in der letzten Zeit muss die große Veränderung eingesetzt haben, ohne dass ich sie bemerkt habe, eine Schwelle ist überschritten, und ich habe es nicht gesehen. Mag sein, dass Helli noch immer zwischen den Welten wandert, dass sie sich in dem verwirrenden Niemandsland zwischen Kindheit und Pubertät befindet, ein Zwitterwesen, weder Fisch noch Fleisch. Aber ist nicht gerade diese Zeit besonders gefährlich? Die Zeit, in der das Kind, das sie noch ist, verletzt werden kann, womöglich für immer beschädigt und traumatisiert, weil es Erfahrungen machen muss, die für Jugendliche gedacht sind, die – und das ist das Schlimmste daran – Helli sich selber einbrockt, weil der bereits pubertierende Teil von ihr vorprescht? Ich versuche angestrengt, mich an mich selbst zu erinnern, und das einzige Lebensgefühl, das ich, abgesehen von meiner romantischen Schwärmerei für Dirk aus dem Schulchor, für diese Zeit finde, manifestiert sich in der Angst vor Kotzanfällen und dem Gefühl, einsam auf dem Klo sterben zu müssen. In meiner Übergangszeit zwischen Kindheit und Pubertät gab es keine Partys, nicht für mich.

Der Tag, an dem ich bemerkte, dass ich die Grenze zur Erwachsenenwelt überschritten hatte, war kein schrecklicher Tag. Es war vielmehr so, als hätte ich lange nicht scharf sehen können und endlich eine Brille aufgesetzt. An einem Herbsttag blieb ich länger im Reitstall, weil es windig und kühl war. Ich hatte keine Lust, mit dem Fahrrad nach Hause zu fahren, obwohl die Reitstunde längst zu Ende war. Ich trieb mich in der Sattelkammer herum und lockte die Stallkatzen. Ich stromerte durch die Boxengassen und streichelte Pferde. Fegte ein bisschen in den Gängen, träumte, überlegte, welches der Pferde ich kaufen würde, wenn ich viel Geld hätte. Eine Stute stand in einem der Gänge und wurde für ein Turnier hergerichtet. Die Besitzerin flocht den Schweif ein, lackierte die Hufe, ich schaute eine Weile zu. Irgendwann ging die Stalltür auf, und einer der Zuchthengste wurde hereingeführt. Er trug den Namen Florenz, weil in diesem Stall alle für die Zucht relevanten Tiere nach Städten benannt waren – eine Tatsache, die mir als jungem Mädchen in keiner Weise seltsam vorkam. Florenz wurde einmal durch den ganzen Stall geführt, er war sehr groß, dazu nervös und schreckhaft, ein junger Mann führte ihn am Strick und redete beruhigend auf ihn ein. Florenz stand üblicherweise in einem anderen Stallgebäude, getrennt von den Schul- und Privatpferden und den niederen Schichten des Zuchtbetriebs. Vermutlich machte ihn die ungewohnte Umgebung so unruhig. Aber dann erspähte er die Stute, die im Gang stand. Abrupt blieb er stehen und fing an, wie eine Dampflock zu schnaufen. Der Mann versuchte, ihn weiterzuziehen, aber es war nichts zu machen. Florenz stand auffällig breitbeinig, schnaufte mit bebenden Flanken, und wie in Zeitlupe fuhr er seinen gigantischen Penis aus, der ihm unter dem Bauch hing wie ein Rohr.

Ich starrte ihn an.

»Jetzt nimm doch endlich die Stute da weg«, sagte der Mann genervt.

Eilig band die Besitzerin ihr Pferd los und führte es in eine Box, während Florenz bebte und schnaufte und mit dem Huf aufstampfte, als bereitete er sich mental auf einen Stierkampf vor. Der Lack auf den Hufen der Stute war noch nicht getrocknet, das Stroh in der Box würde daran kleben bleiben. Auch der Schweif musste vermutlich noch einmal neu geflochten werden, der kunstvolle Zopf löste sich mit jeder Bewegung weiter auf. Der Mann zog Florenz vorwärts, klapste ihn auf den Po, zerrte, schob und drückte, bis der Hengst endlich an der Box mit der Stute vorbeigedrängt war.

Der Mann drehte sich kurz um und rief der Frau zu: »Rossige Stuten gehören in die Box, das weißt du doch.«

»Kann ja keiner ahnen, dass gerade jetzt zwei notgeile Typen hier durchmüssen«, rief die Frau zurück.

Und da kapierte ich es. Ich sah, dass alles ganz anders war, als ich bisher gedacht hatte. Das, worüber die Erwachsenen redeten, das, was die Werbung erzählte, das, was die Natur bewegte, die Tiere, die Pflanzen, die ganze Evolution: Alles war Sex, einfach alles.

Ich fuhr nach Hause und rief Ann-Britt an, um mit ihr darüber zu reden, aber ich merkte bald, dass sie mich nicht verstand. Für sie war immer noch alles ganz normal, ganz einfach und eindimensional. Die Dinge waren die Dinge, sie hatten keinen doppelten Boden, keine zweite Ebene. Es dauerte noch über ein Jahr, bis auch sie ihren Blick verändert hatte und mit mir gemeinsam über die neue Bedeutung der Worte lachen konnte. Denn zum Lachen war es. Würstchen, Telefonkabel, Äste und Blasinstrumente waren auf einmal so aufdringlich, dass nur noch lachen half. Handtaschen, Feuchttücher, Schraubenzieher, Kaninchen, Tankstellen, Eierlikör, Reitstall – warum hatte ich das vorher nicht gesehen? Dazu die Gespräche der Erwachsenen, ihre Blicke, ihr Lächeln, über die Köpfe der Kinder hinweg, die nichts begriffen. Jetzt gehörte ich dazu, jetzt konnte ich selber wissend kichern. Ich verstand den Sinn von Kleidung, von Mode, und ich konnte auf einmal hören, dass die Schimpfwörter, die ich bis dahin nur danach sortiert hatte, wie heftig die Reaktion der Erwachsenen ausfiel, ihre geheime Hierarchie des Abstoßens aus einer ganz anderen Quelle bezogen, als ich bisher angenommen hatte. Es war gar nicht so, dass »Wichser« deshalb ein schlimmeres Wort war als »Schwein«, weil es schlimmer war, ein Wichser zu sein als ein Schwein. Es war viel einfacher. Je mehr ein Wort mit Sex zu tun hatte, desto schlimmer war es.

Es fühlte sich an wie früher in der Schule, als ich von einem Tag auf den anderen lesen gelernt hatte. Vorher hatte ich alles mühsam entziffern müssen, Buchstabe für Buchstabe hatte ich die Laute zusammengesetzt, aber auf einmal – wie durch Zauberei, als hätte ein Schalter sich umgelegt – ergab das, was ich las, einen Sinn, die Buchstaben zogen sich zu Worten zusammen, die ich kannte. Von da an las ich alles, was mir unter die Augen kam, und so sehr es mich befriedigte und mir neue Möglichkeiten eröffnete, so gab es doch auch Momente, in denen ich erschöpft und genervt meine neue Fähigkeit verfluchte. Ich sehnte mich danach, endlich wieder einmal am Frühstückstisch sitzen zu können, ohne die ganze Zeit *Köllnflocken, Hansano* und *Schneekoppe* lesen zu müssen. Es ängstigte mich gelegentlich sogar, weil ich erkannte, dass es kein Zurück geben konnte in eine Welt, in der die Schrift einfach nur Zeichen ohne Bedeutung für mich waren.

An Helli hatte ich diese wissenden Blicke, dieses Kichern der Eingeweihten noch nicht bemerkt. Aber es war mein Fehler, auf diese Anzeichen zu warten. Die Zeiten sind heute ganz andere, die Tabus sind längst aufgehoben, die ganze Geheimniskrämerei ist dahin. Das Internet klärt jeden auf, zu jedem beliebigen Zeitpunkt, es braucht keinen realen Pferdepenis als auslösendes Ereignis, um aus dem Niemandsland herauszufinden. Schon lange ragt die Welt des Erwachsenseins überdeutlich in die Kindheit hinein und macht sie porös und unsicher. Helli steht schon seit einer ganzen Zeit auf schwankendem Boden, und ich war nur zu beschränkt, um es zu sehen.

In diesem Augenblick, während in Cindis Haus irgendeine Art von Teenagerfeier stattfindet, bin ich beinahe froh, dass meine Tochter aussieht wie ein ungebackener Hefeteig, es wird sie möglicherweise noch lange beschützen.

Der Bahnhof ist um diese Zeit bereits verlassen. Die Pendler aus Lübeck sind vor Kurzem aus dem Zug auf den Bahnsteig gekippt worden, sie sind aus dem Gebäude gequollen und haben sich auf Autos, Räder und Taxis verteilt, um strahlenförmig auseinanderzustreben und sich in die Stadt, das Umland und den Abend aufzulösen. An der Seite des Gebäudes vorbei überfällt mich ein kalter Wind, er bringt den Geruch von Kälte und Zugbremsen und womöglich einer Ahnung von Tang und Salz, ein Aroma, an das meine Nase so gewöhnt ist, dass sie es nur noch im Kontrast wahrnehmen kann. Im Auto riecht es nach Auto. Draußen riecht es nach Meer.

Die Pflastersteine auf dem Bahnhofsvorplatz sind in gleichmäßigen, aber gegeneinander verschobenen Reihen verlegt, sodass sie vertikal gesehen eine ausdauernde Reihe von Himmel- und Höllekästchen bilden. Meine Beine wollen hüpfen, das Gefühl, es tun zu müssen, wird übermächtig in mir. Ich könnte es niederkämpfen, ich habe bisher noch alles niederkämpfen können, wenn es sein musste, aber hier und heute sieht mich so gut wie niemand. Was habe ich zu verlieren? Es kommt mir sogar so vor, als hätten meine Beine recht – hüpfe, Katharina, hüpfe, solange du noch kannst. Und ich hüpfe. Immer abwechselnd auf einem Fuß, dann auf beiden, auf das Bahnhofsgebäude zu, immer weiter, bis mir heiß wird und mich ein Gefühl durchströmt, das an Lebendigkeit nicht zu übertreffen ist. Das ist der Zustand, in dem ich auf Kilian treffe.

Er ist, wie ich auch, älter geworden. Anders als bei mir ist es in seinem Fall von Vorteil. Er war schon immer ein Bürschchen, zu klein, zu feingliedrig und mit zu großen Kinderaugen, um männlich und erwachsen zu wirken. Er musste offensichtlich über vierzig Jahre alt werden, um das Kindhafte an sich in jungenhaften Charme verwandeln zu können. Im Bahnhofsgebäude steht er, neben sich eine mürbe Sporttasche und einen Instrumentenkoffer sowie einen Verstärker mittlerer Größe. Er studiert die Ankunfts- und Abfahrtszeiten im Schaukasten an der Wand, es gibt wenig anderes, das man hier tun kann, um sich die Zeit zu vertreiben. Sein langer Mantel sieht nicht besonders warm aus, eine Art Trenchcoat, wie man ihn normalerweise niemandem unter eins achtzig empfehlen würde. Als er sich zu mir umdreht – natürlich hat er mich kommen hören, aber er wartet bewusst vor dem langweiligen Schaukasten und tut so, als wäre er vertieft in die Fahrtzeiten-Lektüre, weil er nun einmal ein Jazzmusiker ist, und nichts verabscheuen diese Menschen so sehr wie Eifer und

Ungeduld –, sehe ich sofort die Fältchen um seine Augen. Er lächelt, und sie ziehen sich von den Augenwinkeln, nur unterbrochen vom dicken Rand seiner Brille, bis fast zum Ohransatz. Es sieht freundlich aus und welterfahren, und zusammen mit der Freude, die ich empfinde, weil wir uns endlich wiedersehen, verspüre ich einen Stich der Eifersucht. So, wie er heute aussieht, muss er für viele Frauen attraktiv sein, und dabei hat er doch in meiner Vorstellung bislang immer irgendwie mir allein gehört. Jede Frau mit knapp bemessenem Selbstbewusstsein sollte sich einen beziehungsunfähigen Mann zum Freund suchen.

»Meine Güte, Kathinka«, sagt er, und seine Stimme kommt mir tiefer vor als in meiner Erinnerung. Ob er sie womöglich absichtlich ein paar Töne nach unten transponiert, weil das besser zu seinem neuen Image passt?

»Tja«, sage ich und zucke die Achseln.

Er breitet die Arme aus, legt den Kopf schief, und ich setze ein nachsichtiges Lächeln auf, bevor ich mich in seine Umarmung hineinbegebe.

Sobald ich mich in Costas verliebt hatte, sobald mein Kopf oder mein Herz, oder was auch immer für diese Dinge in letzter Instanz wirklich zuständig ist, sich für ihn und ihn allein entschieden hatte, wurde ich blind. Alles, was ich von da an sah, stand in einem Zusammenhang mit ihm, denn wenn es mir nicht gelang, eine Verbindung zu ihm herzustellen, verlor ich sofort das Interesse und vergaß, übersah, überhörte es. Meine Welt war gesättigt von Costas-Bezogenheit, andere Menschen, mit denen ich zu tun haben musste, wurden zu Schatten am Rande meines Blickfelds. Das schloss auch Kilian ein. Aber vorher war es anders gewesen. Vor Costas hatte Kilian einen festen Platz in meinem Leben gehabt. Er war mein Mitbewohner, ein schmächtiger, aber energiegeladener Junge mit einem Mutterwitz, den nicht jeder verstand, und der immer aussah, als ginge er noch zur Schule. Mit Frauen hatte er wenig Glück, und weil er deswegen nicht unzufrieden zu sein schien, fühlte ich mich in seiner Gegenwart unendlich wohl.

Heute ist er Jazzbassist, hauptsächlich als Studiomusiker tätig, gelegentlich arbeitet er als Tontechniker, unterrichtet. Aber damals, in Lübeck, studierte Kilian noch klassischen Bass und zog zu jedem Zupfen und Streichen auf dem gigantischen Instrument unbewusst eine begleitende Grimasse. Seine Mutter ist Japanerin, er hatte damals pechschwarzes, gelocktes Haar und so gut wie keinen Bartwuchs. Er war unordentlich, dazu auch ein bisschen schmuddelig, und es kam vor, dass er schmutziges Geschirr in seinem Zimmer sammelte und es irgendwann in der Badewanne abduschte, weil es die Kapazitäten unserer Küchenspüle überstieg. Wenn wir gleichzeitig zu Hause waren, konnte ich ihn im Nebenraum üben hören, oft Tonleitern, weil ihm das saubere Spielen am meisten zu schaffen machte. Sobald er eine Pause einlegte – er ging dann in die Küche, um eine Zigarette zu rauchen –, unterbrach ich ebenfalls meine Beschäftigung und schlenderte in die Küche, um mir einen Tee zu machen. Die beiden anderen Mitbewohnerinnen waren tagsüber selten da, sie übten in der Hochschule und besuchten Seminare, saßen in Bibliotheken und Cafés, fleißige Hochschul-Bienchen, die später – so wurde mir berichtet – beide heirateten und genauso endeten wie ich.

In unseren Pausen saßen Kilian und ich meist zusammen, ich trank Tee, er rauchte oder drehte unermüdlich Zigaretten, und dabei redeten wir über alles, was uns in den Sinn kam und uns beschäftigte. Über Musiktheorie, weshalb Jazz besser war als Klassik – eine Frage, die ihn seinerzeit enorm umtrieb –, über Frauen, Männer und unsere Vorstellungen von einem guten Leben. Beinahe alles drehte sich um die Zukunft, die Gegenwart war nur ein Sprungbrett, von hier aus sollte es losgehen, hier konnten wir proben, mehr nicht, aber in der Zukunft lag alles, was gut, richtig und erstrebenswert war. Kilian wollte nicht viel: eine Familie, Musik, ein Häuschen in einer Region, in der es im Sommer warm und im Winter verschneit war. Freiheit wollte er, sich ausdrücken, eigene Regeln aufstellen, keinen Chef haben und niemandem Rechenschaft schuldig sein. Gemütlich wollte er es haben, beschaulich. Unruhe, Bewegung, Erfahrungsüberfluss würden sich automatisch durch die vielen Reisen einstellen, die man als Mitglied einer gefragten Jazzcombo regelmäßig machen musste. Geld war ihm nicht wichtig. Viel interessanter schien ihm die Frage nach dem richtigen Stil. Auch ohne Geld konnte man schließlich stilvoll leben, letztlich musste man sich nur entschließen, abgewetzte Kleidung zum persönlichen Markenzeichen zu erheben. Kilian sprach viel über Brillenmodelle.

Wenn ich niedergeschlagen wirkte, nahm er meine Hand. Klagte ich über mein Lernpensum, stand er auf und massierte mir die Schultern. Anders als in der Schulzeit hatte auch ich während des Studiums anfangen müssen zu lernen und mich vorzubereiten. Einmal fand er mich spätabends in der Küche, wo ich zitternd und übermüdet bei einer Tasse warmer Milch saß, weil eine bevorstehende Prüfung mir den Schlaf raubte. Er führte mich ins Bett und legte sich zu mir, Bauch an Rücken, und mit seinem Atem im Nacken schlief ich innerhalb von Minuten ein.

Ich zog Kilian zur Beratung hinzu, wenn ich mich für eine Verabredung anzog, denn er interessierte sich allem Anschein nach für Unterwäsche und hatte brauchbare Ansichten. Ich gestand ihm meine Hemmungen, mich beim Sex zu entspannen, er empfahl mir Techniken und nickte wissend zu allem, was ich zu diesem Thema sagte. Ich schloss beim Duschen nie bewusst die Tür, ließ mir von Kilian den Rücken eincremen, und wenn mir danach war, umarmte und küsste ich ihn, oft im Überschwang meiner Gefühle für etwas ganz anderes.

Ich erinnere mich an einen Morgen nach einer Prüfung, an dem es mir nicht gut ging, weil ich die ganze Woche unruhig geschlafen, mich verausgabt hatte und nun wie verkatert fühlte. Es war früh, ich hatte frei, und ich saß waidwund und brütend am Küchentisch vor einer Tasse Kaffee ohne Milch und Zucker, weil ich zu träge war, um beides zu holen. Kilian gesellte sich zu mir, er war morgens immer wortkarg, aber aktiv, und er bereitete sich ein gehaltvolles Frühstück aus geschnittenem Obst, Joghurt und einem riesigen Haufen Haferflocken zu. Am Ende stäubte er ungesüßten Kakao darüber und erklärte: »Weil heute Wochenende ist.«

Ich selber hatte seit dem Tod meiner Mutter ganz einfach vergessen, was gesunde Ernährung war, und fand den Aufwand, den Kilian für sein Frühstück betrieb, überaus beeindruckend. Er setzte sich zu mir an den Tisch und begann zu löffeln. In der Kanne war noch einigermaßen warmer Kaffee, den er sich eingoss, ohne mich zu fragen.

Er sah hoch und nuschelte: »Mein Mund ist voll. Du musst reden.«

Mir war nicht nach reden zumute. Ich hatte ein ungutes Gefühl wegen der Prüfung, weil ich mich in Harmonielehre immer unsicher fühlte. Alles erschien mir logisch und folgerichtig, bis jemand einen anderen Vorschlag machte und mir auf einmal meine eigene Theorie einfältig und allzu naheliegend erschien.

»Also gut«, sagte ich schließlich. »Dann rede ich eben. Zunächst mal ist es erstaunlich, wie viel du offenbar zu essen planst. Du bist klein und dünn und hast vermutlich einen Magen, dessen Ausdehnung auch im gefüllten Zustand die einer Pampelmuse kaum übersteigt. Wenn du das, was du da auf deinem Teller hast, in deinem Körper unterbringen möchtest, musst du so langsam essen, dass der Magen zwischendurch einen Teil an den Darm weiterreichen kann, bevor der Nachschub von oben kommt.«

Kilian grunzte zufrieden und nickte, ohne mit dem Löffeln aufzuhören.

»Aber ich nehme an, zum Bass-Spielen braucht man viel Energie«, sagte ich. »Vielleicht sollte ich mehr Haferflocken essen. Dann könnte ich besser denken und bräuchte nicht zu rätseln, ob das erste Lied der *Dichterliebe* in fis-Moll oder A-Dur steht. Ich bin für fis-Moll, aber das wäre dann wie ein schwarzes Loch. Alles bewegt sich drumherum, also weiß man, dass es da ist oder da war, aber man sieht es nicht mit eigenen Augen. Wie kommt man auf die Idee, einen Liederzyklus mit einem Stück zu beginnen, in dem die Grundtonart nur als Leerstelle vorkommt? Das ist doch verrückt.«

Kilian öffnete den Mund, um Kaffee hineinzugießen. Danach waren die Haferflocken geschluckt, und er hatte die Gelegenheit, etwas zu sagen:

»Schumann war verrückt.«

»Aber doch nicht da«, sagte ich. »Man kann so ein Leben und ein Werk nicht immer nur von hinten her interpretieren. Also vom Ende aus. Das ist eine dumme Angewohnheit der Wissenschaftler. Da ist einer früh gestorben, und alle meinen, das sei der Grund, weshalb derjenige so schnell so viel produziert habe. Als hätte der es schon vorher gewusst. Das ist genauso ein Unsinn, wie wenn man sagt, es gebe viele Bucheckern im Herbst, deshalb werde es ein harter Winter werden. Woher sollen denn die Buchen wissen, wie das Wetter in zwei Monaten sein wird?«

Jetzt lachte Kilian und wischte sich über den Mund.

»Wovon redest du gerade? Von Bäumen?«

»Nein«, rief ich. »Vom Leben. Vom Werk eines Menschen. Von dem, was er tut, was er hervorbringt, und von all dem Unsinn, den die Leute erzählen, um dem Gesamtbild einen Sinn zu verleihen.«

»Aber der Tod ist doch ein Teil des Lebens«, sagte Kilian. Er hörte auf zu essen und schob den Teller von sich. »Wenn man ein Leben im Ganzen betrachten möchte, gehört die Art, wie man stirbt, genauso mit dazu. Die Todesart kann als Motiv überall versteckt sein, sodass sie letztlich folgerichtig erscheint. Wenn jemand immerzu raucht, bekommt er Lungenkrebs. Wenn einer immer überall Risiken eingeht, fällt er am Ende von der Klippe. Und wenn jemand vorsichtig und genügsam ist, wird er steinalt und stirbt langweilig im Bett. Wenn es so einfach geht mit den Erklärungen, warum dann nicht auch komplexer? Warum sollen sich nicht im Werk von Schumann Hinweise auf Geisteskrankheit finden lassen, wenn am Ende sein Organismus entscheidet, dass dieser Weg der zu beschreitende ist? Sein Tod muss zu ihm passen.«

»Man kann doch aber auch einfach über die Straße gehen und überfahren werden«, sagte ich. »Da bin ich vielleicht ein genügsamer und geruhsamer Mensch, aber irgendein besoffener Vollidiot kommt um die Ecke und macht mich trotzdem platt. Wie passt dann meine Todesart zum Gesamtbild?«

»Die Wissenschaftler werden dein Leben trotzdem von dort aus erzählen können. Statt in deinem Werk oder deinem Verhalten Hinweise auf dein Sterben zu suchen, werden sie eben alles im Lichte deines tragischen Unfalltods interpretieren. Es ist unmöglich, ein Leben zu erzählen, ohne den Tod die ganze Zeit dabei im Auge zu behalten.«

»Ich glaube keinem Bassisten, der ins Philosophieren kommt. Eure Gehirne sind dafür einfach nicht gemacht.« Ich war jetzt wach und seltsam aufgekratzt. Die Küche um mich herum, die mir vorhin noch unzumutbar erschienen war, klein, verraucht und versifft, kam mir auf einmal gemütlich und irgendwie lässig vor. Es war doch wirklich wichtiger, gute Gespräche zu führen, als sauberes Geschirr zu haben, und der wahrhaftig kluge Mensch wusste das.

Im Grunde waren das Chaos und die mangelnde Hygiene unserer WG-Küche ein Beweis dafür, wie intellektuell und auf das Wesentliche konzentriert wir hier waren. Ich stand auf, um Milch und Zucker zu holen.

Wir saßen dort bis zum Nachmittag und tranken Kaffee. Kilian holte Bücher für mich aus seinem Zimmer, die ich anschaute und neben meiner Tasse stapelte. Er rauchte eine Zigarette nach der anderen, und wir redeten und lachten, und die Zeit machte sich selbstständig und ließ uns in der Küche zurück, ohne einen Hinweis auf ihren Verbleib.

Als kein Kaffeepulver mehr da war, zogen wir unsere Jacken an und machten einen längeren Spaziergang zu einem Supermarkt, der noch geöffnet hatte. Wir kauften Kaffee und Martini und eine einzige Tiefkühllasagne, die wir uns später in der Küche zubereiteten und teilten. Für eine zweite hatte unser Geld nicht gereicht.

Vor gar nicht allzu langer Zeit stieß ich beim Kinderarzt im Wartezimmer in einer Zeitschrift auf einen Fragebogen, der mir helfen sollte zu ermitteln, welcher von fünf verschiedenen Glückstypen ich sei. Ich beantwortete die Fragen in meinem Kopf und ohne lange zu überlegen. Eine lautete: *Denken Sie an einen Tag in Ihrem Leben, den Sie gerne noch einmal erleben würden, weil Sie sich wirklich glücklich gefühlt haben – welche Elemente beinhaltete dieser Tag? A) Freunde und Familie, B) Exotische Orte, Naturschauspiele, C) Abenteuer und Spannung.*

Ich schloss die Augen für einen Moment, um mir einen Tag aus meinem Leben ins Gedächtnis zu rufen, an dem es mir wirklich gut gegangen war, und obwohl ich seit Jahren nicht mehr daran gedacht hatte, kam mir augenblicklich jener Tag in der WG-Küche in den Sinn, an dem ich mit Kilian tiefschürfende Studentengespräche geführt und Tiefkühllasagne gegessen hatte.

Ich will nachher versuchen, in einer ruhigen Minute eine Liste zu machen. Sie soll heißen: *Tage, die ich gern noch einmal erleben würde.* Ich lege schon einmal den Tag mit Kilian im Flur meines Elternhauses ab, um ihn später dort wiederzufinden. Ganz sicher müsste auch einer der Tage auf die Liste, die noch in der Zeit lagen, als es einfach nur Costas und mich gab, kein Haus, keine Kinder, keine Ratten. Ein ganz normaler Tag vermutlich, einer von denen, an denen wir fernsahen und spazieren gingen und am Ende beieinander einschliefen.

»Erinnerst du dich daran, wie wir einmal einen ganzen Tag lang einfach nur in der Küche gesessen haben?«, frage ich Kilian, der sich neben mir anschnallt, nachdem er mit beneidenswerter Souveränität den abgebrochenen Seitenspiegel vom Beifahrersitz hat verschwinden lassen.

»Klar. Wir haben uns über Kinderbücher unterhalten, und am Ende habe ich dir die Füße massiert.«

»Über Kinderbücher?«

»Es hat sich herausgestellt, dass wir als Kinder die gleichen Bücher gut fanden. Weißt du das nicht mehr?«

»Kinderbücher? Bist du sicher?«

Er lacht.

»Aber an die Fußmassage erinnerst du dich hoffentlich noch. Ich habe nämlich mein Bestes gegeben, weil ich dachte, ich könnte dir damit vielleicht zeigen, dass ich der richtige Mann für dich bin.«

Ich lache auch und sage nichts. An eine Fußmassage erinnere ich mich nicht, tatsächlich bin ich etwas überrumpelt von seinen Worten.

Die Temperaturanzeige am Armaturenbrett blinkt und piept, um mich vor dem Frost zu warnen. An den Straßenlaternen hängen Sterne aus künstlichen Tannenzweigen, deren Lichterketten irritierend funkeln. Diese Lichter sind im Laufe meines Lebens immer kleiner und blendender geworden. Mit Wehmut denke ich an die warmen, funzelig gelb leuchtenden Kerzenimitate meiner Kindheit. Wir fahren durch Straßen, in denen sich Backsteinhäuser aneinanderreihen hinter Thujahecken, in jedem Vorgarten genau eine Lichterkette über genau einen Busch drapiert. So wie hier sieht es hundertfach aus in den norddeutschen Städten und Dörfern der Vorweihnachtszeit. Wie mag es auf Kilian wirken, diese Zurückhaltung, das Maßvolle, das allem Stil hier innewohnt?

»Wie war dein Gig?«, frage ich.

»Lustig«, sagt er. »Wir haben Weihnachtslieder gespielt, aber wir hatten vorher keine Zeit zum Proben. Ich glaube, jeder von uns hatte die irgendwie anders im Kopf. Das Publikum hat es nicht mitbekommen. Die haben gedacht, Jazz klingt eben so.«

»Hast du Hunger?«

»Geht so. Habe ein paar Plätzchen geschenkt bekommen und auf der Fahrt gegessen. Die hatten am Ende wohl ein schlechtes Gewissen wegen der Bezahlung.«

»Ich muss dein Bett noch beziehen.«

Gerne würde ich jetzt eine kleine Liste machen, es gibt noch so viel, an das ich heute Abend denken sollte. Ich betrete in Gedanken das Haus meiner Eltern, um ein paar Dinge abzulegen, aber der Flur ist bereits mit dem Tag in der WG-Küche besetzt, und ich gebe es auf, weil ich jetzt Auto fahren soll und Kilian neben mir munter plaudert, und weil ich hoffe, dass mir die wichtigen Sachen schon spätestens dann einfallen werden, wenn ich direkt vor ihnen stehe.

»Es war so lustig vorhin, als Clemens versucht hat, ›Kling, Glöckchen‹ zu singen, und er konnte den Text überhaupt nicht. Ich wollte helfen und habe angefangen, auch zu singen, aber ich konnte ihn auch nicht …« Kilian redet und erzählt, ich mache inzwischen an der Ampel einen kleinen Bremstest und stelle fest, dass die Temperaturanzeige mich zu Recht gewarnt hat. Es ist glatt auf der

Straße, aber ich kenne die Wege hier, jede einzelne Kurve, jede Brücke oder Schattenpassage, in der sich die Kälte länger hält, ich könnte blind fahren, so lange lebe ich schon hier. Und den Text von ›Kling, Glöckchen‹ könnte ich sogar dann, wenn man mich mitten in der Nacht aus dem Tiefschlaf holte. Ich kann das Lied singen, pfeifen und auf diversen Instrumenten spielen, ich kann es Kindern beibringen, erklären und mit ihnen gemeinsam interpretieren. Würden wir in der Musikschulgruppe eine Weihnachtsfeier veranstalten, das Lied wäre unter Garantie in irgendeiner Variante dabei. In der Musikschulgruppe fürchtet sich niemand vor christlichen Inhalten, im Kindergarten würden die Eltern auf die Barrikaden gehen wegen einer Zeile wie »frommes Kind, wie selig«. Gerne würde ich einmal Costas an der Hand nehmen und ihn in einen meiner Kurse mitnehmen, um ihm zu zeigen, was zu erklären ich einfach nicht in der Lage bin: dass man es, wenn man sich beruflich in Kontakt mit Kindern begibt, stets mit der ganzen Gesellschaft zu tun bekommt.

Auf einmal erscheint es mir unverantwortlich, Helli bei Cindi gelassen zu haben. Die Vermeidung eines Wutanfalls aus Enttäuschung, Kilians Besuch, eine Viertelstunde allein im Auto – all das rechtfertigt nicht, sie nicht sofort eingepackt zu haben, als mir ein geistig weggetretener Oberstufenschüler, den ich noch nie zuvor gesehen hatte, die Haustür öffnete. Was bin ich für eine Mutter, die ihr elfjähriges Kind so wenig beschützt? Ein Kind, das möglicherweise ADHS hat, damit auch suchtgefährdet ist und risikobereit, mit so gut wie keiner Impulskontrolle ausgestattet und ohne jeden Sinn für Konsequenzen, ein Kind, für das es stets nur die Gegenwart gibt und das, worauf es gerade Lust hat. Ich fange an zu schwitzen. Kilian redet und redet, ich kann ihm nicht zuhören, die Bilder in meinem Kopf werden übermächtig. Am Straßenrand halte ich an, setze den Blinker und hole mein Telefon hervor, ohne den Motor abzustellen. Die Nummer von Cindis Eltern ist eingespeichert, weil wir uns oft wegen des Reitunterrichts absprechen müssen. Kilian schaut irritiert und verstummt.

»Ganz kurz«, sage ich, während ich mir das Telefon ans Ohr halte. »Sonst werde ich leider wahnsinnig.«

Nach viermaligem Klingeln meldet sich Cindis Vater.

»Du bist zu Hause«, sage ich.

»Klar bin ich das«, sagt er. »Wo sollte ich sonst sein?«

Bei der Putzfrau, denke ich.

»Ihr wart vorhin weg, als ich Helli ihre Sachen gebracht habe.«

»Mhm«, sagt er.

Mir wird der Anruf plötzlich peinlich.

»Wollte nur hören, ob alles in Ordnung ist.«

»Alles in Ordnung«, sagt er.

»Prima. Danke, dass Helli bei euch übernachten kann. Sie hat sich so gefreut.«

»Kein Problem.«

»Na dann«, sage ich. »Schönen Abend noch. Und eine ruhige Nacht.«

»Ebenso«, sagt er und beendet das Gespräch.

Kilian hat die ganze Zeit nicht aufgehört, mich von der Seite anzusehen. Im Licht der Weihnachtsbeleuchtung an der Straßenlaterne kann ich erkennen, dass er sich gut amüsiert.

Ich setze den Blinker links, bevor ich wieder losfahre.

»Frag nicht«, sage ich. »Das ist etwas, das du ganz sicher nicht verstehst.«

Ich habe manchmal den Gedanken, ich könnte nur frei sein, wenn meine Kinder nicht mehr da wären. Solange sie leben, werde ich gefesselt und an sie gekettet sein, von Sorgen geplagt, von Zweifeln zerfressen, und niemals in der Lage, eine einzige Entscheidung für mein eigenes Leben zu treffen, die ihre Gefühle nicht mit berücksichtigt.

Aber ich weiß, dass das nicht stimmt. Wären sie nicht mehr da, wären sie tot. Und niemand auf dieser Welt ist unfreier als Eltern, die ihre Kinder verloren haben. Ich weiß es. Costas weiß es. Es kettet uns aneinander, und egal, was noch kommen mag, es gibt für uns nie mehr die Möglichkeit, einzeln zu werden. Unser Elternsein ist in Berenikes Fall schicksalhaft, und anders als bei Helli oder Alex ist dieses Verhältnis unveränderbar geworden. Sollte ich tatsächlich demnächst unter die Erde kommen, kann Costas sich neu verlieben, so viel er will, er kann zehn neue Frauen heiraten, am Ende steht in seinem Testament, dass er neben mir begraben sein will. Neben mir, weil ich die Mutter von Berenike bin und wir miteinander verbunden sind durch sie bis in alle Ewigkeit.

*

Das Haus ist endlich leer, bis auf die Ratten. Theo und Heinz sind wieder nebenan bei sich, Barbie und Ken genießen irgendwo die gemeinsame Freiheit des frühen Freitagabends, Helli ist sicher verwahrt bei einer Familie, in der ihre Anwesenheit nicht weiter ins Gewicht fällt, Costas wird mir bald eine Abend-SMS schreiben, und ich werde nett antworten, weil eine Abend-SMS niemals bissig oder mehrdeutig beantwortet werden darf, weder von meiner noch von seiner Seite aus, weil wir beide unseren Schlaf brauchen. Gemeine Bemerkungen zu später Stunde gelten in unserer Ehe als Kriegsverbrechen und verstoßen gegen die ungeschriebenen Theodoroulakis-Konventionen.

Kilian stellt seinen Verstärker im Flur ab und lehnt den Basskoffer gegen die Kommode. Er verschwindet auf dem Klo, ohne seinen Mantel dafür auszuziehen. Als er zurück ist, sagt er: »Kommt man von hier aus schnell ans Meer?«

»Eine Viertelstunde zu Fuß«, sage ich. »Aber es ist unheimlich kalt da draußen.«

»Wir gehen trotzdem«, sagt er und nimmt meine Hand. Seine ist noch ein wenig nass, aber das stört mich nicht, denn immerhin weiß ich jetzt, dass er sich nach dem Toilettengang die Hände wäscht, das ist mir wichtiger als eine handtuchtrockene Haut.

Er ist der Gast, er darf entscheiden. Ich bin fürchterlich müde, die letzten Stunden waren sogar für meinen Geschmack zu wenig selbstbestimmt. Ich habe weder das Obergeschoss gesaugt noch das Gästebett bezogen, ich habe kein zweites Mal an diesem Tag nach meinen E-Mails geschaut, bestimmt blinkt das Lämpchen am Anrufbeantworter, ich habe schrecklichen Hunger, weil ich seit dem Mittagessen nur Tee und getrocknete Aprikosen zu mir genommen, dafür aber Pferde geritten, Kinder getröstet und brennende Elektrogeräte geschleppt habe, aber die Aussicht, ans Meer zu gehen, ist trotzdem verlockend. Ich habe es seit Wochen nicht gesehen. Mit dem Auto fahre ich stets in die andere Richtung, und auch wenn es wirklich nur eine Viertelstunde zu Fuß von unserem Haus entfernt liegt, habe ich es nicht ein Mal geschafft, dorthin zu gehen. Wann hat man schon eine Viertelstunde Zeit im Leben, um das Meer zu sehen?

Ich ziehe alle Wintersachen wieder an. Mit meiner Mütze komme ich mir vor Kilian plötzlich lächerlich vor. Ich weiß, dass mir Mützen nicht besonders gut stehen. Ich sehe gut aus mit Hüten, breitkrempigen Sommerhüten zum Beispiel, wie sie kein Mensch heutzutage mehr trägt, es sei denn, er möchte die Aufmerksamkeit aller Passanten auf sich lenken. In Norddeutschland haben diese Hüte auch nie funktioniert. Sie wehen schneller weg, als man gucken kann. Mit einer Mütze aber wirkt mein ohnehin kleiner Kopf noch kleiner, er sieht in Kombination mit einem dicken Wintermantel aus wie ein Stecknadelkopf auf einem Knödel. Unten schauen meine Haare hervor wie Stroh aus den Ärmeln einer Vogelscheuche. Immerhin sind da Haare. Jemand wie ich braucht während der Chemotherapie unbedingt eine Perücke.

Aber ich behalte die Mütze auf, egal, was Kilian darüber denkt. Es ist zu kalt für Eitelkeiten. Meine Finger sind nach der Autofahrt noch eiskalt und blutleer, und meine Zehen melden bereits nach ein paar Minuten außerhalb des Hauses, dass sie gedenken, sich demnächst in einen vergleichbaren Zustand zu begeben. Kilian allerdings ist gut gelaunt und schreitet mit Riesenschritten den Bürgersteig entlang.

Aber das Meer, du meine Güte, das Meer. In meinen Gedanken wird es täglich profaner, ich denke an Algen und Quallen und steinige Strände voller verrosteter Coladosen. In meiner Erinnerung ist das Meer entweder glatt oder kabbelig, grau oder grünlich, mit jedem Tag, den ich es nicht mit eigenen Augen sehe, schrumpft es in seiner Größe und Erhabenheit und wird zu einem beinahe nervigen Gewässer mit aufdringlichem Geruch, jederzeit verfügbar für jemanden wie mich. Ich stehe im Wochenendstau zwischen unzähligen Fahrzeugen mit Kennzeichen aus ganz Deutschland und frage mich allen Ernstes, was diese Menschen hier suchen. Manchmal dauert es tatsächlich Monate, bis ich es wieder zu Gesicht bekomme. Den Fluss sehe ich oft, durch den die fetten Passagierschiffe sich wie Eisberge schieben. Wenn man aber von unserem Haus aus die Straßen durchquert und sich schließlich direkt auf den Strand zubewegt, gibt es einen Moment, ab dem sich in der Bebauung an der Promenade eine Lücke auftut und der Blick sich auf das offene Meer richten kann. Jedes Mal, wenn dieser Moment kommt, stockt mein Atem einen Herzschlag lang. Denn das Meer ist niemals profan, langweilig und grau. In Wirklichkeit ist es das Einzige, das zu sehen sich lohnt in dieser Welt. Es rückt alles und jeden in die rechte Perspektive. Das Land, auf dem wir stehen, ist nichts weiter als eine Insel. Die Lebewesen, die wir kennen, nichts als eine Handvoll angepasster Lehrbucharten. Wir halten uns für groß und wichtig, während da unten, in den Tiefen, riesige Monster existieren, die über uns lachen würden, wenn sie lachen könnten. Alles, was unseren Planeten besonders macht, hat mit dem Wasser zu tun. Und manchmal, zum Beispiel jetzt, wenn ich vor der zu Eis erstarrten Ostsee stehe und Kilian von der Seite ansehe, der zwar erfreut, aber wenig beeindruckt wirkt, denke ich, dass Männer all diese Dinge möglicherweise gar nicht vollständig begreifen können. Ihr Körper ist keinem Rhythmus unterworfen, sie können ein Phänomen wie die Gezeiten lediglich erforschen, niemals selbst erfahren. Früher habe ich solche Gedanken weit von mir gewiesen, denn sie sind überheblich und wenig hilfreich für die großartige Sache der Gleichberechtigung, aber mehr und mehr hat sich in meinen Kopf der Verdacht eingeschlichen, die Tatsache, dass es die Männer sind, die sich seit Jahrhunderten in der Position derjenigen befinden, die die Entscheidungen treffen, könnte ein maßgeblicher Grund für die Ausbeutung und Zerstörung unseres Planeten sein. Sie wissen nichts über Zyklen und Rhythmen.

»Als Spaziergänger musst du keine Kurtaxe bezahlen«, sage ich. »Wir dürfen hier ganz umsonst laufen. Ist das nicht schön?«

»Für einen Jazzmusiker kann es gar nicht umsonst genug sein«, sagt Kilian. »Sind das wirklich Eisschollen?«

Die See hat einen gefrorenen Saum, der von den Wellen immer weiter aufgeschoben worden ist. Die überspülten Buhnen sind mit Eis überzogen, der Sand unter unseren Stiefeln bricht bei jedem Schritt wie die Kruste einer Crème brûlée. Ich habe nicht geahnt, dass es hier so aussehen würde, obwohl es in den letzten Tagen eine Kältewelle gegeben hat, wie wir sie lange nicht mehr hatten. Der Anblick des Eises ist so schön, dass es wehtut. Zu allem Überfluss ist die Wolkendecke großflächig aufgerissen und präsentiert einen klaren Nachthimmel, wie er bei Frost üblich ist. Sogar der Mond ist zu sehen, eine etwas angefressene Version, ich prüfe schnell mit der A-oder-Z-Regel, in welchem Stadium er sich befindet. Abnehmend. Und dies ist der Augenblick, in dem ich es plötzlich begreife: Ich werde sterben. All das hier wird weiter existieren, mal wird das Meer einen Eisrand haben, mal wird es glatt und gleißend im Sonnenlicht liegen, mal werden Herbststürme seine Oberfläche aufpeitschen, und ich werde nicht dabei sein.

»Wow, sieht das toll aus«, ruft Kilian und rennt über den Strand auf den Wassersaum zu. Die zusammengeschobenen Schollen knirschen und zerbrechen unter seinen Tritten. Ich folge ihm und trete ebenfalls so viel Eis kaputt, wie ich kann. Es hilft ein bisschen gegen das Gefühl in meiner Brust, gegen das, was in mir aufsteigt und meinen Nacken steif macht.

Wir zertreten eine ganze Weile Eis, dann gehen wir einfach am Strand entlang und genießen die Tatsache, dass es uns nichts kostet. Oder vielmehr Kilian genießt es. Ich weiß das, weil er nicht aufhören kann, mir davon zu erzählen.

»Kurtaxe«, sagt er. »Wer hat sich den Scheiß denn ausgedacht? Wenn ich Geld habe, gebe ich es jedenfalls sicher nicht dafür aus, an den Strand gehen zu dürfen. Ich kaufe mir erst mal was zu essen. Aber ohne Einkaufswagen, denn da müsste ich ja Geld reinstecken. Habe ich früher ernsthaft behauptet, Geld sei nicht so wichtig, Hauptsache, man kann das machen, wofür man brennt? Ehrlich, ich fürchte, ich beneide dich. Ich will auch ein Haus und ein Konto mit Dispo und eine Rente, so wie du. Wenn man daran denkt, dass wir für unseren Auftritt heute Nachmittag im Grunde mit Weihnachtsplätzchen bezahlt wurden, bleibt einem wirklich das Lachen im Hals stecken …«

Ich sage nichts. Schon gar nicht, dass ich ebenfalls so gut

wie keine Rente zu erwarten habe – was in meiner Situation ohnehin egal geworden ist –, dass ich für fast alles, was ich in den letzten Jahren geleistet habe, im Grunde nur mit Plätzchen bezahlt wurde und dass ich ihn um die Tatsache, dass er mit seiner Musik etwas hineingebracht hat in diese Welt, etwas, das vorher noch nicht da war, dass er etwas produziert hat und eine Spur hinterlassen wird, wenn er mal geht, so sehr beneide, dass ich platzen könnte.

Der Wind ist schneidend kalt und weht vom Meer her landeinwärts, vom Horizont, aus Skandinavien. Ich spüre seine Kälte in der Lunge, meine Augen tränen, und die Wut über das Etwas und seine ganze hinterhältige Existenz ist noch da, aber sie ist mir in die Beine gefahren und speist sie mit der nötigen Energie, um zügige Schritte zu machen, einen nach dem anderen, ohne Pause.

»Ich werde Vater«, sagt Kilian, als wir das Steilufer erreichen.

»Herzlichen Glückwunsch«, sage ich. »Das ist ja mal eine gute Nachricht.«

Ich freue mich ehrlich, obwohl es bestätigt, was ich vorhin schon ahnte: Er gehört schon lange nicht mehr mir allein. Andererseits ist es geradezu ein Reflex, sich zu freuen. Sobald man selber Kinder hat, begreift man plötzlich nicht mehr, wie irgendjemand ohne auskommen kann.

»Eher nicht«, sagt er. »Ich kenne die Frau kaum, und ich will sie auch gar nicht näher kennenlernen. Wir haben uns ein paarmal in Berlin getroffen, wenn ich da gespielt habe, und jetzt ist sie schwanger und will natürlich Unterhalt von mir. Man wird nicht mal gefragt in so einem Fall. Sie kann einen Test machen, zum Arzt gehen, eine Entscheidung treffen: Kind oder nicht Kind. Mir dagegen wird eine formale Mitteilung gemacht, dass ich Vater bin und für den Rest meines Lebens werde Geld bezahlen müssen. Ich hoffe bloß für das arme Kind, es wird kein Junge.«

»Wieso?«

»Falsches Geschlecht.«

»Aha.«

»Nicht nur, dass man als Mann wegen eines defekten Kondoms – das übrigens aus ihrer Nachttischschublade stammte, nicht aus meiner – von einem Tag auf den anderen finanziell im Regen stehen kann, ohne dass man irgendein Vetorecht hat. Das ist nur das Ende vom Lied. Im Ernst, ich habe das gerade neulich erst gelesen. Ein Problem der gesamten westlichen Welt: überall Erzieherinnen und Grundschullehrerinnen, die finden, Jungs sollten sich nicht wie Jungs benehmen. Wusstest du, dass Jungs in der Schule deswegen viel schlechter abschneiden? Die ganzen guten Noten sahnen die angepassten Mädchen ab, und wer tobt oder stört, wird aussortiert. Da stand, die meisten Schulabbrecher sind Jungs. Die Liste der Nachteile ist endlos. Männer sterben früher und sind suchtgefährdeter. Selbst in den Kinderbüchern wimmelt es heutzutage anscheinend nur so von starken und schlauen Mädchen, und in jedem billigen Fernsehkrimi muss eine Kommissarin vorkommen. Die werden von allen Seiten bestärkt und unterstützt, und als Junge und später als Mann musst du einfach nur gucken, wie du durchkommst, ohne jemandem im Weg rumzustehen oder selber vor die Hunde zu gehen. Zum Heulen ist das. Findest du nicht?«

»Ja«, sage ich. »Zum Heulen.«

Ich atme die kalte Luft, und es ist, als könnte ich so das Meer und den Sand und den Sternenhimmel in mich hineinziehen. Ich lächle über Kilian und seine Kinderbücher, die sind ihm anscheinend wichtig, nehme seinen Arm und hake mich bei ihm ein. Er ist durcheinander, wer wäre das nicht in so einer Situation. Die ganze Welt erscheint ihm ungerecht, jede Statistik legt er zu seinen Ungunsten aus, natürlich muss es ihm wie eine gemeine Hinterhältigkeit des Schicksals vorkommen, dass Männer im Durchschnitt so viel weniger Jahre zu leben haben als Frauen. Für meine Mutter, meine Cousine und mich muss es irgendwo ein paar andere Frauen geben, die buchstäblich steinalt werden, damit die Statistik ihre Gültigkeit behalten kann. Und sollte Kilian wider Erwarten uralt werden, wird er sich vielleicht zunächst wundern und dann darauf kommen, dass es bei männlichen Säuglingen eine höhere Sterblichkeitsrate gibt, die den Durchschnitt ordentlich nach unten zieht. Aber auf vieles andere wird er von selbst nicht kommen, er wird es nicht sehen können, weil es ihm nicht begegnet oder ihn nicht interessiert. Statistisch bestätigt oder einfach nur empirisch. Dass Mädchen kürzer gestillt werden als Jungen beispielsweise. Dass die meisten schulischen Förderprogramme auf Jungen abzielen, dass ihnen bereits im Kindergartenalter viel mehr Aggressivität, Ungehorsam und Wildheit zugestanden wird. Dass sie in beinahe jeder Sportart stärker gefördert werden. Was die Kinderbücher anbelangt, wird er vermutlich nie darüber nachdenken, warum Joanne Rowling anfangs ihren Vornamen verschwiegen hat, und er würde es als lächerlich abtun, wenn ich ihm sagte, dass ein Verlag befürchtet, Jungen würden ein Buch, das von einer Frau geschrieben wurde, nicht lesen wollen. Dass die armen, benachteiligten Jungs am Ende die guten Jobs bekommen, die Vorstandsposten und die Goldmedaillen, während die Frauen mit ihren Einser-Abschlüssen ihnen aus der zweiten Reihe zuwinken, wird er als ein komplexes Problem erkennen, das mit zu vielen Faktoren einhergeht, als dass man es verallgemeinern könnte. Verwundern wird ihn womöglich die Anzahl der Studien, die zeigen, dass Frauen in allen Bereichen schlechter bewertet werden, wenn ihr Geschlecht bekannt ist, während in anonymen Tests ihre Leistung sich von der der Männer nicht unterscheiden lässt. Von solchen Kleinigkeiten wie der unterschiedlichen Bezahlung, den erschwerten Karrierebedingungen, den höheren Krankenkassenbeiträgen, der zu erwartenden Altersarmut und der Tatsache, dass die meisten Hilfsempfänger ohne Chance auf Eigenständigkeit immer noch alleinerziehende Frauen sind, fange ich ebenfalls gar nicht erst an. Stattdessen drücke ich Kilians Arm und bleibe stehen. Vor dem Mond zieht ein Wolkenfetzen vorbei. Es ist so schön hier. Und dann, etwa fünfzig Meter vor uns am mondbeschienenen, überfrorenen Strand, sehe ich einen Fuchs am Fuß der Steilküste entlangschnüren. Er hat keine Eile und sieht uns nicht an: Wir sind ihm völlig egal.

Es ist mir gelungen, den ganzen Tag nicht allzu raumgreifend an Berenike zu denken, aber meine Gedanken sind aufmüpfig. Sie kommen, wie es ihnen passt, genau wie Ohrwürmer, und wenn man ihnen nicht mit Entschlossenheit entgegentritt, machen sie, was sie wollen. Der Soundtrack zu Berenikes Geschichte ist die *Élégie* von Fauré für Cello und Orchester. Die anfängliche Traurigkeit, bei der sich die Töne ineinanderziehen wie zäher Sirup, dann das regelmäßige Fortschreiten, ohne Hektik, der Versuch einer Normalität durch einen altbekannten Rhythmus, auf einmal aber brandet die Wut auf, die leidenschaftliche Auflehnung, in der das Orchester grollt wie ein Gewitter und das Cello mit Blitzen dazwischenfährt, bis die Erschöpfung siegt und am Ende nichts bleibt als die ewige, unerfüllbare Sehnsucht, in der Cello und Orchester sich einig werden.

Als Berenike geboren wurde, hatten wir unser Schlafzimmer hergerichtet. Wir hatten einen Wickeltisch gekauft und ihn neben den Kleiderschrank gequetscht. Costas hatte aus einem alten Gitterbett ein Beistellbett gebaut, das er mit Zwingen an unserem Rahmen befestigt hatte, sodass ich im Halbschlaf hinüberreichen und das Baby würde streicheln und zu mir holen können, wenn ich es stillen wollte, es würde atmen hören, wenn es schlief.

Helli hatte ein Bild gemalt. *Herzlich willkommen, Gummibär* stand darauf. Auf dem ersten Ultraschallbild hatte das Baby wie ein Gummibärchen ausgesehen, und von da an hatte es seinen Schwangerschaftsnamen. Womöglich konnten Costas und ich uns auch nur deshalb so schnell auf den Namen Berenike einigen, weil wir schon lange »Gummibär« im Ohr hatten. Das Bild sah etwas psychedelisch aus, nicht ganz das Richtige als Dekoration für ein Babyzimmer. Aber Helli konnte nicht anders malen. Selten genug schaffte sie es, ein Bild zu Ende zu bringen, und wenn sie einen guten Tag hatte und es tatsächlich hinbekam, sah es aus wie ein LSD-Trip für Kinder. Wir hatten das Bild trotzdem übers Bett gehängt. Alex hatte von seinem Taschengeld ein Mobile gekauft, das Costas an die Dachschräge pinnte. Es bestand aus Meerestieren und kam aus einem Souvenirladen in Strandnähe, an dem er sich manchmal mit seinen Freunden traf.

Dass das neue Baby so einen Altersabstand zu den Geschwistern hatte, war geplant. Auch zwischen Alex und Helli lagen fast sechs Jahre, und das hatte sich als sehr praktisch erwiesen. Wir wussten ja nicht, ob das dritte Kind nicht ähnlich bedürfnisstark werden würde wie Helli, und da war es unserer Erfahrung nach besser, man hatte beide Hände frei und wenigstens vormittags die Geschwister aus dem Haus. Aber ich merkte schon im Laufe der Schwangerschaft, dass der Gummibär ein ruhiger Vertreter war. Während Helli beinahe ununterbrochen gestrampelt und getreten hatte – später kam mir gelegentlich der Verdacht, sie habe schon in meinem Bauch ganz gezielt zugetreten, dahin, wo es am meisten wehtat –, schlief Berenike viel und bewegte sich im Fruchtwasser umsichtig und träumerisch. Ich stellte sie mir als jemanden vor, der einfach nur sich selbst genügte, versponnen in die eigene Realität, unberührt von äußeren Ereignissen und ohne großes Interesse an den Reaktionen der Umwelt. Sie kommunizierte mit mir und Costas, indem sie unseren Druck erwiderte, aber sie tat es nie mehr als einmal. Sie ließ sich auf kein Spiel ein und forderte niemals von sich aus Aufmerksamkeit. Costas legte abends seine Wange auf meinen Bauch und horchte zu Berenike hinein, und ich wusste, er dachte, dass sie so war wie er, und dass ihn das glücklich machte.

Alles an dieser Schwangerschaft und Geburt war durchdacht und geplant. Uns war klar, es würde unser letztes Kind sein. Ich fühlte mich nicht mehr jung genug, um den körperlichen Ansprüchen, die Schwangerschaft, Geburt und Stillzeit an mich stellten, ein weiteres Mal gerecht zu werden. Eine Dozentenstelle an der Musikhochschule würde in einem halben Jahr frei werden, und eine ehemalige Studienkollegin, die jetzt dort arbeitete, hatte mir signalisiert, sie würde meine Bewerbung befürworten, wenn ich es versuchen wollte. Costas hatte versprochen, Elternzeit zu nehmen, einen Platz in der Krippe, in die unsere Tochter ab ihrem ersten Geburtstag gehen sollte, hatten wir bereits vor der Geburt gefunden und sie fest angemeldet. Wir fühlten uns unserer neuen Aufgabe gewachsen wie nie. Diesmal war alles anders, zwei reife Erwachsene mit Erfahrung gingen an die Sache heran, wir waren weder die verliebten Studenten, die kichernd die Verhütung wegließen und später voller Schreck, Sorge und Verwirrung irgendwie durch alles hindurchstolperten, noch die enthusiastischen jungen Eltern, die meinten zu wissen, wie alles ging, und arglos an Muster und Wiederholungen glaubten, die ihnen nie wieder Angst machen konnten. Wir hatten es geschafft, die ersten Jahre mit Helli zu überstehen, ohne den Verstand zu verlieren oder uns scheiden zu lassen, wir hatten unseren Eltern-Test längst erfolgreich bestanden und waren klug genug, ein weiteres Kind als

Abenteuer zu betrachten. Wir stritten uns nicht in der Zeit vor Berenikes Geburt, wir bewegten uns in einer Welt aus hormongesättigter Zufriedenheit und zielgerichtetem Tatendrang. Costas machte Pläne für einen Hochstuhl aus Massivholz, sicherte den Gartentümpel mit einem Drahtgeflecht, holte mir geduldig Kiste um Kiste mit Kinderkleidung vom Dachboden.

In der Nacht, in der die Geburt losging, kam Sissi mit dem Auto aus Hamburg und blieb bei den beiden Großen. Wir sagten ihr um drei Uhr nachts Bescheid, sie war keine Stunde später da. Ich verlor Fruchtwasser und hatte bereits schmerzhafte Wehen, weshalb wir nicht zögerten, ins Krankenhaus zu fahren. Auf dem Weg dorthin hörten wir im Auto die *Davidsbündler Tänze,* und ich fühlte mich so stark und unsicher, so ängstlich und froh, dass die Musik für mich persönlich komponiert zu sein schien. Beim Schalten legte ich meine Hand auf Costas' Hand und genoss deren Wärme.

Die Geburt verlief komplikationslos und undramatisch. Die betreuende Hebamme versicherte uns, dass wir, wenn alles so weitergehe, noch zum Mittag wieder nach Hause könnten. Eine kleine Autositzschale für Babys hatten wir dabei, ebenso eine winzige warme Jacke und eine Mütze mit einem Flugzeug drauf, die schon Alex und Helli bei ihrer Fahrt nach Hause getragen hatten.

Niemand weiß, warum es plötzlich nicht mehr weiterging. Es gab keine Vorwarnung, keine abfallenden Herztöne oder uneffektiven Wehen. Ein Notkaiserschnitt hätte innerhalb von zehn Minuten vorbereitet werden können, aber niemand kam auf die Idee, dass das nötig sein könnte. Irgendwo auf dem Weg nach draußen muss Berenike entschieden haben, dass sie in ihrer eigenen Welt bleiben wollte. Dass es ihr reichte, uns anzustupsen, um sich dann wieder in ihre Fruchtwasserrealität zu verspinnen. Ich erzähle mir immer wieder, dass es ihre Entscheidung war, denn nichts hinderte sie daran, einfach geboren zu werden und uns anzusehen, Costas und mich, ihre Eltern. Vielleicht wäre es ihr zu viel gewesen. Vielleicht hat sie gemerkt, als die Geburt sie mehr und mehr in Anspruch nahm, dass sie die Reize nicht ertrug, denen sie plötzlich ausgesetzt wurde.

Ich fühlte, dass sie während der letzten Presswehen nicht mehr richtig mitarbeitete. Sie rutschte immer wieder zurück, und ich gab mir alle Mühe, die Arbeit allein zu bewältigen. Um acht Uhr und zwölf Minuten kam Berenike zur Welt, aber sie musste irgendwann in den zurückliegenden zehn Minuten gestorben sein, ohne dass wir es gemerkt hatten.

Nach Hause zu fahren mit der leeren Sitzschale und dem Mützchen war nicht schlimm. Den Kindern, die laut und aufgeregt auf mich zustürmten, zu erklären, was passiert war, stellte sich als machbar heraus. Die Beerdigung auf dem örtlichen Friedhof brachte ich hinter mich. Mich gut um meinen Körper zu kümmern, der eine sinnlose Geburt bewältigt hatte und sich nun langsam wieder umstellen musste, weil kein Baby da war, das seine Milch brauchte und seinen Geruch, seine Wärme, seine weiche Haut, war größtenteils erträglich. Aber es war mir unmöglich, das Schlafzimmer zu betreten. Hellis psychedelisches Bild und Alex' Mobile zu sehen. Das angebaute Babybett und den Wickeltisch. Ich schlief auf dem Sofa im Wohnzimmer. Costas hingegen brachte es nicht über sich, die Babysachen wegzuräumen. Er lebte zwischen ihnen, er badete in ihnen. Ich schrie ihn an, er solle das Bettchen abbauen, damit ich wieder ins Schlafzimmer konnte, aber er weigerte sich. Alles sollte genau so bleiben, wie es war.

Erst nach sechs Wochen änderte sich etwas. Er baute dann doch die Sachen ab und verstaute alles auf dem Dachboden. Ich lag wieder nachts in unserem Bett und musste seine mir absurd erscheinenden Annäherungsversuche abwehren. Die einzigen Momente, in denen es uns beiden gut ging, waren die, in denen wir einander umklammerten und ganz still dalagen. Nur in dieser Position war das Leben erträglich.

Kilian wird Vater, das ist so oder so ein Ausnahmezustand. Niemand muss in dieser Situation logisch und gerecht denken. Ihm ist lediglich bange, weil sein Leben nicht so weitergehen wird wie bisher. Er weiß nicht, was für ein Glück er hat.

*

Wieder zu Hause, trinken wir Tee mit Rum. Kilian hat den Rum mitgebracht, einen dieser kleinen Flachmänner von der Supermarktkasse. Er trägt ihn in seiner Manteltasche, dort, wo bei mir das Notizbuch steckt. Es ist kein Kamillentee, sondern ein dunkler, malziger Assam, den ich lose kaufe und in einer gut verschlossenen Dose für Momente wie diesen aufbewahre. Ich trinke ihn üblicherweise allein, weil Gäste immer Kaffee wollen und weil keines der anderen Familienmitglieder ihn mag. Ich trinke ihn, wenn ich das Gefühl habe, den Boden unter den Füßen nicht mehr zu spüren, und nicht mehr genau weiß, ob ich nicht vielleicht wie der dumme Held im Cartoon schon längst über den Rand der Klippe hinausgelaufen bin, ohne es zu merken. Der Rum macht den Tee süßer, und die Wärmewirkung wird eine zweifache: Die Hitze des Tees wird ergänzt vom Brennen des Alkohols in den Eingeweiden. Mir wird so warm, dass ich unter den Achseln schwitze. Dazu wird mir schon nach wenigen Schlucken schwindelig und dumpf im Kopf.

Kilian geht ein weiteres Mal aufs Klo, und ich hole mein Notizbuch aus dem Flur in die Küche und entwerfe rasch eine Liste:

Getränke, deren Konsum mir guttut (hauptsächlich auf psychischer Ebene)
- *Tee mit Rum (an kalten Tagen, bei Dunkelheit)*
- *Kaffee (morgens, unbedingt alleine)*
- *Becherovka (tröstet den Hals wie die Hustenbonbons meiner Kindheit)*
- *Whisky (Cowboy-Geschmack, stimuliert das Selbstbewusstsein)*
- *Heiße Milch mit Honig (no comment)*

Weiter komme ich nicht, weil Kilian hinter mir steht. Ich lasse das Notizbuch unter der Zeitung von heute Morgen verschwinden.

»Habt ihr Tiere?«, fragt er.

»Wieso?«

»Es riecht danach, wenn man durch den Flur geht.«

»Das sind die Ratten. Sie haben ihren Auslauf unter der Treppe, mit Außengehege und Durchgang.«

Ich schlage mir vor die Stirn, eine Geste, die ich nur mache, wenn ich schon etwas getrunken habe. Als müsste ich unter Einfluss von Alkohol mithilfe von Bewegungsabläufen meine Denkprozesse unterstützen. Gegen die Stirn schlagen ist gleich Einfall haben. Und wo ein Einfall ist, heißt es dranbleiben, sonst ist er möglicherweise in der nächsten Sekunde im Rum-Nebel des Gehirns verschwunden. Diesmal heißt der Einfall: Ich habe vergessen, die Rattenklappe zu schließen. Während ich noch vor Stunden so geistig beisammen war, dass ich Alex die Kontrollfrage nach dem Futter stellen konnte, habe ich selbst meine eigene tägliche Aufgabe vernachlässigt, die heißt, bei Einbruch der Dunkelheit den Durchgang nach draußen zu verschließen. Tagsüber traue ich den Ratten zu, selbst entscheiden zu können, bei welchen Temperaturen sie sich noch im Freien aufhalten wollen, nachts hingegen versperre ich die Klappe mit einem Brett.

»Ich muss die Ratten sichern«, sage ich und stehe auf. Von meinem Flur-Ausflug gerade eben weiß ich, dass der Rum seine schöne Wirkung erst beim Aufstehen so richtig entfaltet, und ich bin vorbereitet. Ich stabilisiere mich an der Stuhllehne, bevor ich die ersten Schritte mache. Kilian folgt mir zum Gehege unter der Treppe. Und tatsächlich sind die beiden Ratten nicht da. Wer kann es ihnen verübeln, sie haben so gut wie nie die Gelegenheit, den Sternenhimmel zu betrachten, weil ich so eine gewissenhafte Person bin.

Ich werde sie ins Haus treiben müssen, bevor ich das Brett vorschieben kann. Ich nehme das Handy mit, Kilian folgt mir hinaus.

Dort ist es eiskalt. Über uns der funkelnde Himmel, die Milchstraße ist gut zu erkennen. Ich kann die beiden verstehen, dass sie sich diesen Anblick nicht entgehen lassen wollen. In diesem Teil der Stadt hält sich das nächtliche Streulicht in Grenzen, die Leute ziehen ihre Vorhänge zu, wer hier wohnt, dem ist Privatsphäre heilig. Hier hat auch jeder einen Zaun um sein Grundstück und eine Hecke. Für einen Augenblick wird mir schwindelig, vom Rum, von der Kälte, von den Sternen über mir. Vor allem von den Sternen. Genau wie das Meer setzen sie meine Existenz in einen ganz anderen Kontext. Kilian scheint nichts dergleichen zu fühlen. Er wendet sich einfach in Richtung Garten und ruft: »Rattenschlafzeit. Alle reinkommen.«

»Nicht so laut«, sage ich.

Er lacht. »Meinst du, deine Nachbarn schlafen schon? Es ist gerade mal sieben Uhr.«

Sieben Uhr und schon betrunken, denke ich. Aber ich sage: »Man muss keinen Lärm machen, wenn es so friedlich ist. Außerdem erschreckst du die Ratten.«

»Verstehe«, sagt Kilian. »Du hältst mich für einen Rattenschreck. So siehst du mich also.« Ich boxe ihm gegen den Arm, und er fügt hinzu: »Außerdem ist es nicht gut, wenn es zu friedlich ist. Du solltest mir dankbar sein für ein bisschen Lärm.«

Ich gehe zum Außengehege der Ratten und rufe leise ihre Namen: »Pink, was macht ihr denn bei dieser Kälte hier draußen? Floyd, rein mit euch ins Warme. Na los, ihr Süßen.«

Aber das Gehege ist leer. Ich leuchte mit dem Handy, das immerhin schon eine Taschenlampenfunktion hat, in alle Ecken, unter die Äste und in den Ytongstein, in dessen Röhre sie manchmal hocken. Dann sehe ich, dass der Maschendraht an einer Stelle ausgebuddelt und unten weggebogen ist. Es sieht aus, als hätte jemand kräftig gegen die Umzäunung getreten, sodass das Drahtgeflecht stark eingedellt wurde und sich unten am Rand heben konnte. Der Durchschlupf ist so schmal, ich hätte Geld darauf verwettet, dass kein Tier größer ist als ein Frosch und außerdem mit einem Knochengerüst ausgestattet, sich dort hindurchquetschen könnte. Aber Ratten können alles Mögliche, das habe ich inzwischen lernen müssen. Es hilft nichts, wir müssen uns auf die Suche machen und das Beste hoffen. Denn auch wenn Ratten alles Mögliche können – bei diesen Minusgraden überleben auch sie keine Nacht im Freien.

»Scheiße«, sage ich. »Hast du dein Handy, Kilian? Dann kannst du Rattenschrecker zur Abwechslung nämlich mal ein Rattenretter sein.«

Die Tiere hören üblicherweise nicht auf ihre Namen. Sie sind auch nicht besonders zutraulich, und zu wem hätten sie denn Vertrauen fassen können außer zu mir. Seit anderthalb Jahren leben sie unter unserer Treppe. Costas durfte diesmal die Namen aussuchen, nachdem er so lange auf den Namen der Vorgängerratten – Ratzi und Putzi – herumgehackt hatte, dass Helli und Alex sich weigerten, zu diesem Thema auch nur eine Meinung zu haben.

Er war es auch, der darauf bestanden hatte, neue Ratten

zu kaufen. Ich hatte gesagt, dass die Kinder zu groß seien, um sich noch für sie zu interessieren, und wer würde sich am Ende um die Tiere kümmern? Er etwa? Aber nach ein paar Nächten, in denen ich nachgedacht hatte, willigte ich ein. Zwei neue Ratten, offiziell für die Kinder, in Wirklichkeit für ihn. Die Ratten schienen ihm wichtig genug zu sein, sich aus seinem Arbeitszimmer zu bewegen. Das war seit Monaten nicht mehr passiert, und ich begriff immerhin so viel, dass es nun einmal seine Reaktion auf Verluste war, sie erst einmal ungeschehen machen zu wollen. Ratzi und Putzi waren gestorben – auffällig, dass sie innerhalb weniger Tage nacheinander dahingingen, ich hatte Helli in Verdacht, aber andererseits waren sie Geschwister und hatten daher vermutlich einen Altersunterschied von nur wenigen Sekunden –, da mussten schnellstmöglich neue her, um die Lücke zu füllen. Nur ungern erinnerte ich mich an die Zeit nach Berenikes Geburt, in der Costas abends auf meine Bettseite gekrochen kam. Ich hatte ihn abwehren müssen, mein Zustand schien ihm völlig egal zu sein. Zwar behauptete er später, er könne sich seine unbändige Lust auf mich nicht erklären, aber für mich war klar, dass es letztlich auch darum ging, so schnell wie möglich ein neues Baby zu zeugen.

Wir bekamen Pink und Floyd geschenkt. Ein Junge aus Alex' Klasse hatte zu Hause eine Art Rattenfarm aufgebaut. Zwar gab er rein biologisches Interesse vor, aber ich wurde das Gefühl nie los, zwei Babyratten vor einem potenziell grausamen Schicksal gerettet zu haben. Der Junge brachte die beiden in einem Aktenkarton zu uns und akzeptierte als Dankeschön einen Stapel alter Micky-Maus-Heftchen, die Alex jahrelang gehortet und endlich doch aussortiert hatte. Costas kam aus seinem Arbeitszimmer, um die Tiere bei ihrer Befreiung aus dem Karton zu beobachten. Sie zögerten keine Sekunde und verließen die Schachtel, sobald wir sie auf den Boden gestellt hatten. So klein und jung sie auch waren, schienen sie keinerlei Angst zu kennen. Bis heute sind sie furchtlose Draufgänger, die ohne Skrupel in jedes Loch kriechen und jedes Hindernis nehmen, das sich ihnen bietet, getrieben von einer alles in den Schatten stellenden Neugier auf das Unbekannte.

Das macht die Suche nach ihnen besonders schwierig. Sie kämen gar nicht auf die Idee, das zu tun, was ich an ihrer Stelle täte: sich unter einem Busch zusammenkauern und auf Rettung hoffen.

»Pink«, rufe ich in die Dunkelheit.

»Floyd«, sagt Kilian mit lockender Stimme und leuchtet mit der Taschenlampenfunktion unter die Johannisbeerbüsche.

Der Rasen knistert frostig unter unseren Schritten. Ich merke, dass ich kichern muss, ob ich will oder nicht. Kilians Stimme, wenn er Floyd sagt, die Silhouette seines gebückten Körpers vor mir, die zugleich Eifer und Vorsicht ausdrückt, erpicht darauf, als Erster die Ratten zu entdecken und der Held zu sein, gleichzeitig bange, dass um diese Uhrzeit unter unserer Gartenbepflanzung etwas lauern könnte. Es schmerzt ein bisschen, ihn zu beobachten. Menschen, die sich wie Menschen verhalten, gehen mir zu Herzen.

»Putt, putt, putt«, sage ich. »Miez, miez.«

Kilian leuchtet mir ins Gesicht. »Du spinnst doch komplett. Ihr alle. Und was sind das überhaupt für Namen.«

»Englische Vornamen«, sage ich.

Er leuchtet unterm Jägerzaun hindurch.

»Und was ist das jetzt wieder?« Er bückt sich, klaubt etwas Kleines aus dem Gras, das definitiv keine Ratte sein kann, richtet sich auf und lenkt den Lichtstrahl auf seine Hand.

»Ist das ein Finger?«

»Oh, der gehört Theo«, sage ich.

Kilian hält den Daumen mit spitzen Fingern vor seine Augen. Ohne direkte Beleuchtung sieht er aus wie eine angerauchte weiße Zigarre oder eine angebissene Nürnberger.

»Den haben wir vorhin ewig gesucht«, sage ich. »Theo wird sich freuen.«

Aber dann fällt mir ein, dass es wohl längst zu spät ist, den Finger wieder anzunähen. Theo könnte ihn nur noch in Kunstharz eingießen und sich auf den Schreibtisch stellen. Vielleicht möchte Heinz ihn zerstoßen und zu Globuli verarbeiten. Wer weiß, wozu die zu gebrauchen wären. Womöglich singt irgendwo da draußen jemand das Lied von Theos Daumen. Wenn ich mich recht erinnere, hatte auch Alex Interesse daran gezeigt. Jedenfalls bin ich nicht diejenige, die zu entscheiden hat, was mit Theos Gliedmaßen geschieht, nachdem sie abgetrennt wurden. Den Daumen einfach in den Biomüll zu werfen erscheint mir in jedem Fall ungehörig.

»Wir bringen ihn rüber zu Theo und Heinz«, sage ich. »Aber: psst!« Ich lege einen Finger an die Lippen.

Kilian will etwas sagen, er holt hörbar Luft, dann überlegt er es sich offenbar anders, nickt mir stattdessen ernst zu und salutiert.

Leise, leise steige ich über den Jägerzaun, und er folgt mir auf dem Fuß. Wir bleiben im Schatten der Bäume, der Hecke, des Geräteschuppens, damit man uns durch kein Fenster sehen kann. Immer wieder leuchten wir uns gegenseitig an, legen die Finger an die Lippen, machen mit den Händen wirre Gesten oder spähen wie Cartoon-Indianer in die Nacht hinaus. Beim Schleichen heben wir unsere Knie oder wackeln bei jedem Schritt mit dem Kopf wie die Hühner. Ich höre Kilian glucksen, einmal schnorchelt er durch die Nase, ich selber muss manchmal stehen bleiben, weil ich fürchte, dass meine Beine nachgeben von so viel aufgestautem Gekicher.

Theos und Heinz' Auffahrt hinauf, leise, leise, der Kies knirscht, Kilian leuchtet hektisch in alle Richtungen, als würde er das Gelände sichern. Wir legen den Daumen behutsam vor der Türschwelle ab, heben ihn aber wieder auf. Jemand könnte aus Versehen drauftreten. Wir legen ihn auf den Briefkasten, aber auch das wirkt irgendwie noch lieblos. Ich schleiche zu einem Rhododendron, der in der Dunkelheit wie ein geduckter Drache aussieht, zupfe ein Blatt ab und lege es als Präsentierteller auf den Briefkasten. Auf dem Blatt ruhend, sieht der Daumen friedlich aus, das ganze Arrangement hat Würde. Kilian hebt die Hand, ich schlage lautlos ein. Dann machen wir uns auf den Rückweg. Rasch und ohne Rücksicht auf Geräusche diesmal, denn das Lachen lässt sich jetzt keine Sekunde länger unterdrücken. Wie Teenager, die gerade jemandem einen dummen Streich gespielt haben, rennen wir hinüber in unseren Garten und halten uns schließlich, keuchend vor Lachen, aneinander fest.

»Auf die Geschichte bin ich gespannt«, sagt Kilian, als er wieder zu Atem gekommen ist.

Bevor ich mich selber so weit gefasst habe, dass ich ihm den Daumen im Garten erklären könnte, entdeckt er allerdings den Trockner auf unserem Rasen. Er richtet den Lichtstrahl darauf und sagt: »Und auf die auch.«

Auf einmal ist mir nicht mehr nach Lachen zumute. Vielleicht ist es wirklich kein gutes Zeichen, dass mir hier alles normal vorkommt. Womöglich ist mein Alltag gar nicht so durchschnittlich, wie ich immer angenommen habe.

»Ist das eine Waschmaschine?«, fragt Kilian.

»Ein Trockner. Hat vorhin irgendwie gebrannt.«

»Aber jetzt ist er ungefährlich?«

Er nähert sich dem Gerät, das Handy vor sich haltend wie eine geladene Waffe. Ich erwähne nicht den möglichen Schwelbrand. Als wäre er ein Polizist im Film, der einen verdächtigen Gegenstand untersucht, reißt er die Tür des Trockners ruckartig auf und leuchtet hinein. Da liegen sie: Pink und Floyd. Aneinandergekuschelt, zusammengerollt und schlafend wie Babys.

Nachdem Kilian und ich die Ratten vorsichtig ins Haus getragen und die Gehegeklappe zugesperrt haben, lasse ich mich aufs Sofa fallen und spüre erst jetzt, wie durch und durch kalt ich bin. Ich zittere, und mir ist zum Heulen zumute. Ich kann den Anblick schlafender Ratten und Babys nur schwer ertragen, wenn er zu überraschend kommt.

Ich zittere also nicht nur vor Kälte, aber das weiß Kilian nicht. Er ruft nach heißem Grog und findet in seinem Basskoffer einen weiteren Flachmann mit Rum. Er weiß, wie man Grog macht.

»Rum muss, Zucker kann, Wasser braucht's nicht«, sagt er und fügt nach einem Blick auf mein Gesicht hinzu: »Ich weiß schon, das geht anders, aber ich kann nun mal kein Plattdeutsch.«

»Mach doch gleich auch mal den Ofen an, wenn du schon in der Küche bist«, sage ich. »Ich hab eine Tiefkühllasagne, die können wir uns teilen.«

»Du bist ja tatsächlich sentimental, Kathinka. Wer hätte das gedacht.«

Kilian sieht aus, als machte ihn das glücklich, und ich mache gern Leute glücklich.

Also schiebe ich hinterher: »Ich hab auch Martini.«

Er kommt zu mir, beugt sich herunter und küsst mich auf die Stirn. Dann verschwindet er in der Küche, um sich an seinem Grogrezept zu versuchen.

Kilian kommt aus Baden, seine Mutter spricht nur gebrochen Deutsch, und sein Vater spricht insgesamt selten. Dass ich Plattdeutsch könnte, wäre gelogen. Das Grogrezept bekäme ich noch hin, aber bei längeren Sätzen hört man sofort, dass ich kein Native Speaker bin. Immerhin verstehe ich das meiste, da die Eltern meines Vaters Platt sprachen. Er war auf der Geest aufgewachsen, dem Teil von Schleswig-Holstein, der als einziger keine Chance hat, Touristen anzulocken, weil er mit rein gar keiner landschaftlichen Attraktion aufwarten kann. Meine Großeltern mütterlicherseits lebten lange in Flensburg. Als sie ins Rentenalter kamen, zogen sie nach Dänemark, in die Heimat meiner Mormor. Von dort kamen sie selten zu Besuch, und wenn sie kamen, wirbelten sie das ganze Haus durcheinander mit ihrer Art, sodass ich meistens erleichtert war, wenn sie wieder abreisten. In Dänemark besuchten wir sie nie, mein Vater wollte seinen viel zu kurzen Urlaub nicht in einem Land verbringen, in dem man sich auf das gute Wetter nicht verlassen konnte. Meine Mutter konnte Dänisch, aber sie sprach es nicht mit uns Kindern, und ich lernte es nie. Meine Großmutter starb mit Mitte sechzig an einer Krankheit, die in meiner Familie nicht weiter thematisiert wurde, auch wenn ich inzwischen meine Vermutungen habe. Danach fand mein Großvater eine fröhliche dänische Lebensgefährtin und blieb im Norden.

Meine Großeltern, väter- wie mütterlicherseits, sind mir stets fremd geblieben, alte, verschrobene Leute, deren Lebenswelt sich so sehr von meiner unterschied, dass sie einer ganz anderen Zeit entsprungen zu sein schienen. Als meine Mutter starb, kamen sie zur Beerdigung, die einen mit dem bescheidenen Auftreten der Geestbauern, leise und möglichst unsichtbar, die anderen laut und wirbelnd und verwirrend. Danach sah ich den Vater meiner Mutter nie wieder. Mein eigener Vater schien keinerlei Veranlassung zu sehen, ihn in unserem Leben präsent zu halten, und ich dachte einfach kaum an ihn. Sissi muss es ähnlich gegangen sein, aber sie dachte ohnehin kaum an andere in dieser Zeit, es sei denn, es handelte sich um verstorbene Komponisten oder lebende Musiker. Die Eltern meines

Vaters starben wenige Jahre später und vererbten Sissi und mir einen größeren Betrag, der mir zum Teil das Studium finanzierte. Den Hof in der Nähe von Leck bekam ein Onkel, der einzige Bruder meines Vaters, den ich seit meiner Konfirmation nicht mehr gesehen habe. Meine Mutter hatte mehrere Geschwister, drei insgesamt, über die wir nach ihrem Tod so gut wie nie sprachen, einfach aus einem Mangel an Gelegenheiten. Sie lebten inzwischen alle außerhalb Schleswig-Holsteins, und das schien so weit weg zu sein, es lag ganz einfach außerhalb unseres Tellerrands. Meine Cousinen meldeten sich später gelegentlich, als es E-Mail gab.

Wir drei – mein Vater, meine Schwester und ich – waren ohne meine Mutter zu einer Einheit geschrumpft, die an sich selbst genug zu tun hatte. Erst später begriff ich, dass Familien viel weiter verzweigt sein können und dass man eine Spinne in einem Netz werden kann, in dem eine ganze Menge Leute Platz haben. Dass es das ist, was uns hält. Vielleicht werde ich Sissi bitten, die unsichtbaren Geschwister meiner Mutter, unsere verbliebenen Cousins und Cousinen zu meiner Beerdigung einzuladen. Je mehr Familie meine Kinder haben, desto besser, scheint mir.

Kilian bringt ein Tablett mit zwei Gläsern, aus denen es heftig dampft. Sogar seine Brille beschlägt. Er hat einfach Wassergläser genommen, und daran verrät sich der Süddeutsche. Ein Grogglas braucht einen Henkel, weil das Getränk kochend heiß ist. Ich ziehe die Ärmel über die Hände und trinke vorsichtig einen kleinen Schluck, der Alkohol saust mir ins Gehirn wie eine Silvesterrakete. Zwischen dem Schlucken des Grogs und dem Schwindel im Kopf vergehen keine zwei Sekunden. Bevor ich den nächsten vorsichtigen Schluck nehme, denke ich daran, dass Helli manchmal noch ein ziemlich kleines Mädchen ist, das abends seine Mama zum Einschlafen braucht. Ich trinke trotzdem. Vor dem dritten Schluck beschließe ich, dass ich eben notfalls ein Taxi rufen muss, um meine Tochter abzuholen. Vor dem vierten Schluck denke ich gar nichts mehr. Das Zittern hört auf, und mein Blutkreislauf transportiert Alkohol in die Gliedmaßen, die sich augenblicklich auf angenehme Weise wie tote Fische anfühlen. Ich hatte ganz vergessen, wie unglaublich schnell und gezielt Grog mich außer Gefecht setzt. Und wenn ich mir in diesem Moment eines wünsche, dann ist es genau das: außer Gefecht gesetzt zu werden, meinen Verstand an die Garderobe hängen zu dürfen und für ein paar Sekunden nicht mehr von diesem Sofa aufstehen zu müssen.

Kilian hat sich neben mich fallen lassen, dicht neben mich, und hält die Postkarte mit den Maori in der Hand.

»Die habe ich auch bekommen. Exakt die gleiche«, sagt er. »Wahrscheinlich kauft sie immer mehrere auf einmal.«

Ich verstehe nicht, was er meint. Als wäre es nichts, dreht er die Karte um und liest, was Ann-Britt geschrieben hat. Nie im Leben würde mir einfallen, so etwas zu tun. Früher, als es noch öfter vorkam, dass Postkarten im Briefkasten lagen, habe ich stets lediglich die Adresse gelesen, manchmal einen Blick auf die Unterschrift geworfen, aber niemals war ich auch nur einen Augenblick lang in Versuchung, Sätze zu lesen, die nicht für mich bestimmt waren. Andererseits stand wohl auch nie etwas darauf, das ich nicht hätte wissen dürfen. Wie das Wetter in Italien ist oder wie komfortabel die Unterkunft. Seit Jahren kommen kaum noch Karten, die nicht von Ann-Britt und für mich sind.

»Immerhin variiert der Text«, sagt Kilian zufrieden. Langsam begreife ich, trotz des Grogs oder vielleicht gerade seinetwegen, denn Alkohol macht nicht nur träge, sondern hilft mir bisweilen auch, um die Ecke zu denken.

»Sie schreibt dir auch?«

»Ja, seit fünfzehn Jahren. Das ist wahre Treue, oder nicht?«

»Sie schreibt dir? Dir? Du kennst sie doch gar nicht.«

»Das ist wohl wahr. Wer kennt schon Ann-Britt. Und die Postkarten sind auch wirklich nicht besonders aufschlussreich.«

»Aber warum?«

»Wir waren mal ein Paar. Wusstest du das nicht? Meine Güte, du musst wirklich mit Scheuklappen durch die Welt gelaufen sein. Immer nur Costas, stimmt's? Für dich gab es nichts anderes auf der Welt. Und manchmal hast du deine alte Freundin bei uns in der Küche sitzen lassen, weil Herr Theodoroulakis gerade eine halbe Stunde Zeit für dich hatte, und da musste eben der nette, stets verfügbare, aber immerhin nicht ganz unattraktive Mitbewohner einspringen und ein bisschen Gesellschaft leisten. Da konnten wir uns gegenseitig die Wunden lecken, weil wir für dich in diesen Momenten nicht mehr existierten, und daraus entstehen manchmal die wunderlichsten Affären. Wir haben uns später auch noch getroffen, wenn sie gerade in Deutschland war, aber es war klar, dass es mit uns nichts Ernstes werden konnte. Sie war viel zu desinteressiert an Beziehungen allgemein. Dann hat sie mit den Postkarten angefangen. Ich schreibe so gut wie nie zurück, weil ich einfach nie Briefmarken im Haus habe. Ich antworte höchstens per Textnachricht, aber das scheint ihr zu reichen. Unglaublich, dass sie die Karten im Doppelpack kauft. Oder sogar noch öfter. Wer weiß, wem sie alles schreibt. Ich werde sie gleich mal fragen.«

Umständlich holt er sein Smartphone aus der Hosentasche hervor und beginnt, darauf herumzuwischen.

»Halt«, rufe ich.

Ich weiß nicht, warum ich rufe. Mir geht das alles zu schnell. Diese ganze Smartphone-Gesellschaft ist zu schnell für mich. Einer stellt eine Frage, und anstatt nach einer Antwort zu suchen, indem alle Anwesenden die Sache erörtern, liest nach Sekunden jemand laut vor, was bei Wikipedia zu diesem Thema steht. Ich gestehe, dass ich es mag, mir für andere den Kopf zu zerbrechen, selbst wenn das allgemein als etwas Lästiges angesehen wird. Natürlich ist es leichter, die Menschen einfach zu fragen, was sie sich zum Geburtstag wünschen, ob ihnen der Termin passt oder ob sie lieber vegetarisches Essen haben möchten, aber für mich liegt ein Genuss darin, an diesen Fragen zu knabbern. Ich beschäftige mich gern mit den Menschen, die mir nahestehen, denke über sie nach und versuche, mich in sie hineinzuversetzen. Als ein Mensch, der ohne ständige Erreichbarkeit aufgewachsen ist, kommt es mir meistens gar nicht in den Sinn, dass man einfach schnell mal nachfragen könnte. In meiner Welt gibt es Mittagsruhe, Feierabende und Wochenenden, an denen man keinesfalls Leute belästigen darf. Es ist mir in Fleisch und Blut übergegangen, nirgends zwischen acht und Viertel nach acht am Abend anzurufen. Meine Kinder hingegen wissen nicht einmal mehr, wie Fernsehen eigentlich geht. Es befremdet sie, dass die Sendungen weiterlaufen, wenn sie zwischendurch aufs Klo gehen, dass Filme ohne sie anfangen, dass man sie nicht einfach am nächsten Tag noch einmal ansehen kann.

»Ich muss das erst mal verstehen, Kilian«, sage ich, weil er erschrocken schaut und sein Telefon weit von mir weghält, als hätte er Angst, ich könnte es ihm entreißen und in den heißen Grog tauchen, um es unschädlich zu machen. »Du hattest eine Beziehung mit Ann-Britt, von der ich nichts mitgekriegt habe. Und seitdem schreibt sie dir Karten und zwar vermutlich die gleichen wie mir? Nur mit anderem Text? Mit was für Text denn?«

»Jedenfalls schreibt sie nicht über Orchideen und Pullover.«

»Sondern?«

»Über ihren Mann zum Beispiel. Oder ihren Job. Oder ihre Pläne.«

»Oder ihre Katze.«

»Sie hat eine Katze?«

»Was hat sie denn für Pläne?«, frage ich.

»Immer was anderes. Weil sie doch so unzufrieden ist mit ihrem Job. Sie wollte sich schon wieder zurück nach Deutschland bewerben, aber ich weiß nicht, was daraus geworden ist. Ihr Mann würde da auch nicht mitkommen, aber das wäre ihr wohl ganz recht. Ich glaube, sie macht eine Psychoanalyse oder so, da sind ganz viele Kindheitstraumata rausgekommen. Meine Vermutung ist, dass sie sich so oder so von ihrem Typen trennt, ob mit oder ohne neuen Job und Wohnsitz. Das geht bei ihr doch immer so. Sie weiß nicht, was sie will, nur, dass sie nicht gerade das will, was sie hat.«

Ich lasse mich gegen die Sofalehne fallen und atme aus. Es ist niemals ein gutes Gefühl, wenn man begreifen muss, dass das, was man über jemanden zu wissen glaubt, eigentlich nicht zutrifft. Dass man nur winzige Ausschnitte sehen kann und sich daraus ein Bild zusammenbastelt, das so falsch sein kann, dass es zum Verrücktwerden ist.

Das Piepen des Handys aus dem Flur ist geradezu eine Erlösung. Es ist leichter, nicht daran zu denken, dass meine älteste Freundin möglicherweise nicht die ist, für die ich sie gehalten habe, oder an alles andere, was ich verpasst, versäumt und übersehen habe in diesem Leben, wenn alle Stunde die banale Realität per SMS anklopft und abgeholt, beraten oder gerettet werden möchte.

Ich kann mir Zeit lassen, während ich mich aus dem Sofa hochstemme und mein Gleichgewicht finde. Textnachrichten müssen ohne großen Aufschub gelesen werden, darüber ist sich die Welt offenbar einig und verlangt keine Erklärung. Es ist in Ordnung, ein Gespräch, einen Gast und ein Getränk im Stich zu lassen, weil irgendwo ein Telefon gepiept hat. Andererseits muss ich nicht rennen, weil es sich vermutlich nicht um einen Notfall handelt. Wollte Alex von mir wissen, welches der Geräte im Kofferraum möglicherweise ein Wagenheber sein könnte, weil die Barbie-Kutsche einen Platten hat, würde er mich anrufen. Ebenso Helli, wenn sie sich bei Cindi im Gästeklo eingeschlossen hat und nun dort auszuharren plant, bis ich vor der Tür stehe, um sie von diesem Sündenpfuhl fortzubringen.

Die Nachricht ist von Costas und lautet: *Zu dumm, dass ich Dir keine Fotos schicken kann. Ich brauche Deine Hilfe bei der Krawatten-Entscheidung. Gemustert oder uni? Ich hasse Krawatten. Lieb Dich. C*

Die Grußformel bringt mich für einen Moment buchstäblich ins Wanken. Ich muss mich an der Kommode festhalten. Dann fällt mir auf, dass ein e fehlt, das er bei keinem der anderen Prädikate weggelassen hat, und das stabilisiert mich wieder einigermaßen. Ich schreibe zurück: *Ich bin für ohne Krawatte. K.* Zu mehr Buchstaben reicht es nicht. Die Zeichen sind durch Grog und Tee-mit-Rum ohnehin nicht mehr besonders scharf zu erkennen. Vermutlich hat der Grog am Sofa jetzt die ideale Trinktemperatur erreicht, aber er muss warten. Ich möchte nämlich gerade jetzt weder das Gespräch mit Kilian fortsetzen noch mir Costas mit oder ohne Krawatte in Berlin vorstellen.

Nachdem ich einen Blick zu den Ratten geworfen habe, deren Schwänze aus dem Schlafhäuschen ragen und damit ihr Versteck verraten, gehe ich erst einmal ins Badezimmer. Wenn ich eines gelernt habe im Laufe meines erwachsenen Lebens, dann, dass es nie schaden kann, bei Gelegenheit aufs Klo zu gehen. Seit Jahren mache ich meine Geschäfte, wenn Zeit dafür ist, nicht, wenn ich muss. Wie ein Hund, der Gassi geht.

Die Lücke, die der Trockner hinterlassen hat, sieht wüst

aus. Wie ein leeres Grundstück zwischen Waschmaschine und Badewanne, voller Staub und Schmutz, Fussel und zerknüllten Lappen, die das Löschwasser aufgesogen haben. Wenn man aus einem funktionierenden System eine Komponente entfernt, kommt immer Chaos zum Vorschein. Jede Ordnung ist stets nur eine Oberfläche, schaut man darunter, entdeckt man den Dreck und die Krümel. So gesehen ist das Chaos nichts Gefährliches, sondern die normalste Sache der Welt.

*

Als ich zurückkomme, hat Kilian auf dem Sofa seinen Grog fast ganz geschafft. Er klopft auffordernd neben sich und sagt: »Mein rechter, rechter Platz ist frei.«

Das Spiel habe ich schon als Kind nicht leiden können, weil alle dabei über meinen Namen stolperten. Es ist einfach unmöglich, den Spruch im richtigen Rhythmus zu sagen, wenn ein Name vier Silben hat. Der richtige Rhythmus war mir damals offenbar unheimlich wichtig. Es wurde besser, als alle anfingen, meinen Namen abzukürzen, auch wenn die Welt sich nie auf eine einzige Version hat einigen können.

Ich lasse mich neben Kilian fallen, greife nach dem Grogglas und trinke. Als ich mich zurücklehne, merke ich, dass er seinen Arm auf die Rückenlehne gelegt hat. Ich spüre ihn in meinem Nacken. Wir sitzen genauso, wie vorhin Alex und seine Barbie saßen, es sind uralte Positionen, die wir eingenommen haben.

Aber es ist so angenehm, dass ich mich fast schäme. Bin ich so verzweifelt, so ausgehungert nach menschlicher Nähe, dass ich einen Arm auf der Rückenlehne als wunderbare Angelegenheit ansehe, oder geht es allen so, immerzu?

Natürlich bin ich auf Entzug, was Berührungen angeht.

Mein Mann und ich führen eine Wochenendbeziehung seit über einem Jahr, meine Kinder sind in einem Alter, in dem sie wie die Katzen ganz allein entscheiden, wann sie Streicheleinheiten erhalten möchten, und wie die Katzen wollen sie die ganz sicher nicht in den Momenten, in denen ich ein Bedürfnis nach Nähe verspüre, sondern stets dann, wenn ich mit einer Hand das Telefon halte und mit der anderen versuche, eine Dose Kidneybohnen zu öffnen. Es gab tatsächlich in meinem Leben eine Zeit, in der ich alles dafür gegeben hätte, einfach nur allein zu sein und von niemandem angefasst zu werden. Helli wollte als Baby alle halbe Stunde Milch trinken und klebte an mir wie Kaugummi. Als Kleinkind kroch sie nachts in mein Bett und kletterte auf meinen Bauch, um dort mit offenem Mund rücksichtslos zu schnarchen. Wenn ich sie sanft von mir runterschob, wachte sie auf und kletterte erneut auf mich, dort zuckte sie und zappelte und trat und boxte im Schlaf. Costas war in dieser Zeit selten zu Hause, weil er arbeiten musste, aber wenn er da war, drückte er mich zu jeder Gelegenheit an sich, um mir zu zeigen, wie wichtig ich ihm war. Alex war noch immer der kuschelige kleine Grundschüler, der auf meinen Schoß wollte, wenn ihm etwas wehtat. Warum können diese Dinge im Leben nicht besser dosiert sein?

Kilian hat noch keine Kinder. Er kennt nicht den Overkill der Berührungen, weil alle Welt meint, ein Recht auf seinen Körper zu haben. Er weiß nichts von dem Gefühl, mit einem Lebewesen buchstäblich verbunden zu sein. Ob sich das ändert, wenn er demnächst Vater wird, ist nicht klar. Er hat keine Brüste, schon das ist in dieser Hinsicht ein Vorteil. Ihm wird niemand unter das T-Shirt kriechen auf der Suche nach seinen beiden Kuschelfreunden, die als eigenständige Persönlichkeiten betrachtet werden und sogar Namen bekommen – Hanni und Nanni, der Himmel weiß, woher Helli diesen Einfall hatte –, niemand wird ihm geradezu automatisch den Arm in den Ausschnitt stecken, um minutenlang an den Brustwarzen herumzuspielen, weil das so schön beruhigend ist. Vielleicht wird er deswegen neidisch sein auf seine ungeliebte Kindsmutter, vielleicht wird er aber auch begreifen, dass er einen unschlagbaren Vorteil hat, weil er den Grad der körperlichen Verstrickung mit seinem Kind zum Teil selber bestimmen kann. Er wird den Overkill nicht kennenlernen, und er wird den Entzug nicht erfahren, der unweigerlich kommt, wenn es vorbei ist.

Kilian trinkt sein Glas endgültig leer und stellt es ab, ohne seinen Arm aus meinem Nacken zu entfernen. Ein gelenkiger Mensch, der außerdem Alkohol besser verträgt als ich.

Ich frage mich, ob er noch immer Obst mit Haferflocken zum Frühstück isst, am Wochenende mit Kakao. Das passt für mich nicht zu einem Jazzmusiker. Ist es nicht in diesem Beruf geradezu Pflicht, sich rücksichtslos gegen die eigene Gesundheit zu verhalten?

»Rauchst du gar nicht mehr?«, frage ich und lehne meinen Kopf vorsichtig nach hinten, um möglichst viel von seinem Arm zu spüren, ohne ihn durch meine Gier zu vertreiben.

»Schon seit dem Studium nicht mehr.«

»Nimmst du Drogen?«, frage ich.

»Selbstverständlich.«

»Welche denn so?«

»Was gerade da ist«, sagt Kilian.

»Eigentlich praktisch. Du kannst vermutlich schon deshalb nicht süchtig werden, weil du viel zu bequem bist, dir selbst etwas zu beschaffen, stimmt's?«

»Du bist süß, Kathinka. Was denkst du denn alles von mir? Dass ich ein bindungsunfähiger Frauenschwängerer bin, ständig high und verantwortungslos? Dass ich nur Bluesschemata im Kopf habe und mich selbst und die nächstbeste Möglichkeit, dem Hedonismus zu frönen? Ich muss dich enttäuschen. Ich bin immer noch der gute alte Kilian aus deiner Lübecker Zeit, der dir die Füße massiert, wenn dir kalt ist, und der Schumann für überbewertet hält, auch wenn ich jetzt meistens Jazz spiele und mit Plätzchen bezahlt werde, statt im Orchestergraben in der dunkelsten Ecke der Depp mit dem Monsterinstrument zu sein.«

Auf einmal spüre ich eine große Sehnsucht nach dem Deppen mit dem Monsterinstrument, der mir die kalten Füße knetet, ich spüre eine Sehnsucht nach alter Zeit, nach Tagen voller Gespräche und dem Gefühl, dass alles genau richtig ist, wie es gerade ist. So stark ist die Sehnsucht, dass ich glaube, verrückt zu werden, wenn ich nicht jetzt, sofort, einen Beweis bekomme, dass es all das wirklich gibt auf der Welt. Ich stelle mein Glas ab, wende mich Kilian zu und küsse ihn auf den Mund. Er bleibt völlig gelassen sitzen, lediglich seine freie Hand streckt er aus, um sein Grogglas auf dem Tisch festzuhalten.

Der Schwindel wird stärker, und seine Lippen sind überhaupt nicht weich, sondern fest und dünn und unglaublich interessant. Seit bald zwanzig Jahren habe ich niemand anderen als Costas geküsst. Ich denke an das fehlende e in seiner Textnachricht. Ich denke an Sekretärinnen und Krawatten, an Maori-Postkarten und Hedonismus.

Es ist nicht so, dass ich mir schon immer gewünscht hätte, eines Tages meinen Mann zu betrügen, ganz im Gegenteil. Und so weit muss es ja gar nicht kommen, es würde reichen, einfach noch ein wenig ausführlicher zu küssen. Was genau habe ich zu verlieren, das ich nicht ohnehin aller Wahrscheinlichkeit nach im Begriff bin zu verlieren? In meiner Situation ist es leicht, zu sagen, dass man ein Geheimnis mit ins Grab nehmen wird, und es auch tatsächlich zu meinen.

Kilian lächelt mich an, als ich mein Gesicht auf einen ungefährlichen Abstand bringe. Er nimmt seine Brille ab.

»Du weißt, dass ich früher in dich verliebt gewesen bin?«, sagt er, während er sie auf dem Tablett neben den Gläsern ablegt. »Damals, als du vor mir in deiner dünnen Strumpfhose herumgetanzt bist, weil du dachtest, das wäre mir egal.«

Die Situation, auf die er sich bezieht, schien mir seinerzeit tatsächlich völlig unverfänglich zu sein. Ich zog mich um, weil ich zu einer Party gehen wollte, und mir war nach Gesellschaft zumute, also ging ich zum Umziehen in die Küche, wo Kilian gerade ein Bier trank. Wir unterhielten uns, ich zog mich um, keine Rede davon, dass ich herumgetanzt wäre.

Meinen ersten Kuss, der diese Bezeichnung verdient, bekam ich als Siebzehnjährige. Meine Mutter war gerade gestorben, und ich fühlte mich seltsam, gleichzeitig verlassen und befreit, da küsste mich Björn in der Küche von Ann-Britts Eltern, und alles, was ich dabei dachte, war: Aha, so ist das also. Aber es war auch schön, weich und trocken und inklusive Bauchkribbeln, ein bisschen schwankte tatsächlich der Boden.

Björn schenkte mir noch eine Weile lang Kassetten mit selbst zusammengestellter Musik und versuchte, mich zu einem Kinobesuch oder einem Spaziergang zu überreden, aber ich war zu sehr mit mir und meiner Familie beschäftigt, um überhaupt das erforderliche Maß an Interesse für ihn aufbringen zu können. Wäre er mir aus dem Weg gegangen, vielleicht hätte er meinen Ehrgeiz wecken können. Das Küssen hätte ich zwar gern noch einmal probiert, aber da so ein langer Rattenschwanz an sozialen Verpflichtungen daran geknüpft war – miteinander sprechen, Taschengeld ausgeben, Termine einhalten –, war mir meine Zeit zu kostbar, um sie mit Björn zu verbringen. Brav hörte ich mir seine Kassetten an, aber danach musste ich immer erst einmal Mozart hören, um meine Gehörgänge zu reinigen. Heute ist Björn, wie ich gehört habe, ein hohes Tier in der Stadtverwaltung. Ich erinnere mich, dass auf seinen Kassetten viel Musik von Chris de Burgh war.

Meinen zweiten ernst zu nehmenden Kuss bekam ich von Costas. Alles, was dazwischen geschah, war Knutscherei, die nicht zählt. Trotzdem könnte ich vielleicht bei Gelegenheit versuchen, eine Liste zu machen mit all den Männern, die ich in meinem Leben geküsst habe, deren Namen mir noch einfallen. Dann könnte ich Kilian dazusetzen, mit Jahreszahl dahinter.

Ich war vielleicht etwas spät dran mit meiner wilden Phase, selbst für die damalige Zeit, in der niemand, den ich kannte, mit elf Jahren seine Periode bekam oder auf der Lila-Gürtel-Party des großen Bruders mitfeiern durfte, aber dafür war sie recht ausgeprägt. Es gab einfach auf einmal so viele Gelegenheiten. Was Helli mit siebzehn bereits für Erfahrungen hinter sich haben wird, werde ich wohl nie wissen, es sei denn, ich finde mich überraschend auf einer Wolke wieder, von der aus ich das Leben meiner Kinder beobachten kann. Im Grunde ein wahrer Albtraum: alles sehen, aber nichts verhindern können. Alex hat seine Barbie und ist sorgfältig von Costas und mir instruiert worden, was Verhütung und diverse Konsequenzen angeht, ihr gemeinsamer Sex ist vermutlich sauber, ordentlich und risikolos. Das war bei mir anders.

Die Erinnerung an meine Studienzeit, bevor ich mich auf Costas konzentrierte, als ich knutschte und Sex hatte und keinesfalls hinterher mit Konsequenzen zu tun haben wollte, ist vollkommen verklärt, geprägt von einer Leichtigkeit, die eine fremde Person erlebt zu haben scheint. Alles sah nach außen hin einfach aus, in Wirklichkeit muss es unheimlich kompliziert gewesen sein. Wie ging das alles noch? Wie zum Beispiel brachte man die Frage nach

Verhütung aufs Tapet? Und wann? Seit Berenikes Geburt hat sich mein Zyklus nie wieder auf eine verlässliche Regelmäßigkeit eingependelt. Wie zur Hölle hat mein junges Ich es damals geschafft, immer genau dann nicht seine Tage zu haben, wenn der Moment für den Akt gekommen war? Hatte es wirklich niemals gerade vorher etwas mit Zwiebeln und Knoblauch gegessen? Jedenfalls hat es nie morgens das dringend nötige Duschen ausfallen lassen, weil es zwei Listen schreiben, das Eis vom Auto kratzen und vor dem Kindergartenkurs noch rasch hat einkaufen müssen. Es hat auch niemals die Qualität eines Schäferstündchens dadurch beeinträchtigt, dass es sich fünf Tage zuvor aus Spaß und Alltagsüberdruss eine kecke Frisur in die Schambehaarung rasiert, aber seitdem nicht mehr nachgebessert hat, sodass sie inzwischen auf nicht ganz so kecke Weise stachelig ist und durch die etwa zehn Jahre alte Unterwäsche piekt.

»Ich habe die Lasagne vergessen«, sage ich und stehe auf.

Es ist sicher besser, wir essen etwas. Ich bewege mich in die Küche, und das tue ich mit demonstrativem Elan. Allerdings macht es bestimmt keinen guten Eindruck, dass ich eine gefühlte Ewigkeit ratlos vor dem Gefrierschrank hocke, weil ich die Lasagne nicht finde. Irgendwann tritt Kilian hinter mich und tippt mir auf den Kopf. Er trägt wieder die Brille.

»Was tust du hier?«

»Uns Lasagne machen«, sage ich. »Aus nostalgischen Gründen.«

Kilian hilft mir, die Fächer noch einmal genau zu untersuchen. Wir finden Spinat und seltsame Päckchen mit Fleisch, von deren Existenz ich bislang keine Ahnung hatte, die aber vermutlich mit Costas' Einkauf vom letzten Wochenende zu tun haben – er kennt einen Bauern, der seine Kühe kiloweise verkauft –, Himbeeren, Johannisbeeren, Zwetschgen und Sauerkirschen aus eigener Ernte, die ich wie in jedem Jahr grollend ganz allein übernommen habe, obwohl mein Mann und meine Kinder auf das Anpflanzen bestanden und hoch und heilig versprochen hatten, sich um die Früchte zu kümmern. Es gab fantasievolle Beschreibungen von Obstkuchen und Visionen von Fruchtaufstrichen, wenn ich mich recht erinnere. Weit hinten finden wir noch mehr Beeren aus den Vorjahren, die so von Eis bedeckt sind, dass man die jeweilige Sorte nur noch erahnen kann. Fischstäbchen finden wir und Lachs und Förmchen mit selbst gemachtem Apfelsafteis am Stiel, die noch aus einer Zeit stammen müssen, in der Alex sich nicht zu alt für so etwas gefühlt hat, denn Helli isst zwar noch immer liebend gern Safteis, schafft es aber nicht, die Förmchen selbst zu befüllen und anschließend in den Tiefkühler zu stellen, weil das zu viele Vorgänge hintereinander wären, sodass sie auf halber Strecke beschließen würde, doch lieber Pfannkuchen zu backen, was sie natürlich nach kurzer Zeit zugunsten eines Milchshakes aufgibt und so weiter ad libitum, bis die Küche einer jener Filmküchen gleicht, in denen Männer gekocht haben. Die Lasagne aber finden wir nicht. Ich muss fast ein bisschen weinen, weil es doch ein so schöner romantischer Einfall war und weil ich mich verunsichert fühle, ohne die Lasagne, denn immerhin ist eine der möglichen Erklärungen für ihr Verschwinden, dass ich unter einer sehr frühen Form von Demenz leide und sie aus Versehen entweder gar nicht gekauft oder sie in meinem Tran in irgendein anderes Regal gestellt habe, wo sie nun vor sich hin taut und später womöglich gammelt und sich erst auffinden lässt, wenn sich bereits der Deckel von den Verwesungsgasen wölbt und die ersten Würmer es sich in ihr gemütlich gemacht haben.

Kilian stellt den Ofen aus und tröstet mich, während er das uralte Apfelsafteis in einer Plastikschüssel zerstößt.

Er hat nämlich bei einem forschenden Blick in den Kühlschrank den Martini entdeckt und ist der Meinung, er passe besonders gut zu Apfelsaft.

Am Ende sitzen wir am Küchentisch und löffeln statt heißer Lasagne eine Art Slush, bestehend aus zerstoßenem Apfelsafteis, das mit Martini übergossen wurde.

»Jetzt sag mal einer, ich könne nicht kochen«, sagt Kilian zufrieden.

Ich schaffe es noch, das Wort *Taxi* auf einen Notizzettel zu schreiben, und ich meine damit, dass ich ein Taxi rufen muss, falls Helli abgeholt werden möchte. Das Wort wird mich daran erinnern, sollte ich im entscheidenden Moment ein Loch im Gehirn haben und nicht wissen, was zu tun ist. Es ist das Rudiment einer Liste, und es reicht, um mir Ruhe zu verschaffen. Es gäbe mehr zu notieren, das spüre ich, aber das Wichtigste ist immerhin festgehalten. Jetzt darf ich loslassen und vergessen. Ich weiß, dass ich verantwortungslos bin, und schäme mich, irgendwo weit hinten in meinem Bewusstsein. Der Rest ist eine wohlige Dösigkeit, die mit Denken ähnlich viel gemein hat wie Apfelmus mit einem Apfel. Wir schlürfen die flüssigen Reste unseres Abendessens direkt aus der Schüssel, dann fasse ich eine Art Entschluss, greife nach Kilians Hemd und ziehe ihn vor mein Gesicht.

Als wir eine Weile so geküsst haben, dass ich finde, es reicht für die Küche, begeben wir uns ins Wohnzimmer. Wir nehmen die Flasche mit und lassen uns wie zuvor auf dem Sofa nieder. Barbie und Ken, alt, verlebt und angetrunken, aber keinesfalls vom Schicksal besiegt.

»Und jetzt musst du mir erzählen, wieso ich vorhin einen Finger im Garten gefunden habe und wieso Pink und Floyd in einem Wäschetrockner mitten auf dem Rasen Zuflucht finden konnten«, sagt Kilian.

»Weißt du, so ist das hier eben. Nach außen hin ruhige, norddeutsche Beschaulichkeit, aber hinter den Hecken liegen die abgetrennten Gliedmaßen und ausgebrannten Haushaltsgeräte herum und erzählen eine ganz andere Geschichte«, sage ich. Gern würde ich das Küssen fortsetzen, reden ist so anstrengend.

»Ehrlich? Sieht es in den anderen Gärten auch so aus?«

»Vermutlich«, sage ich. »Man muss nur am richtigen Tag vorbeischauen.«

Ich nehme Kilian die Brille von der Nase und lege sie auf den Tisch, um ihm dezent anzudeuten, dass die Gesprächszeit nun um ist, aber er setzt sie sich gleich wieder auf. Er hat noch etwas zu sagen, und ich lasse ihn reden und höre zu.

Er möchte mir davon erzählen, dass er früher in mich verliebt war, in aller Ausführlichkeit, und vermutlich will er damit andeuten, es könnte gewissermaßen gerechtfertigt sein, sich jetzt über mich herzumachen. Er wünscht sich eine Vorab-Absolution. Er wünscht außerdem mehr Alkohol und schenkt Martini in die leeren Groggläser, und ich sehe, dass er mich durchschaut hat und genau wie ich hofft, den letzten Rest meines Verstandes auflösen zu können, damit ich willig und fügsam bin, denn ich habe es so satt, verlässlich zu sein. Jetzt in diesem Moment kommt es mir vor, als hätte ich seit vielen, vielen Jahren nichts mehr gemacht, auf das ich einfach nur Lust gehabt hätte, ohne einen weiteren Nutzen für die Familie, das Haus, die Zukunft und die Ehe. Selbst wenn ich in ein Café gehe, um alleine einen Milchkaffee zu trinken, tue ich das in einem für alle passenden Zeitfenster und mit dem Anspruch, mich zu erholen und mir selbst etwas kalorienarmes Gutes zu tun, wie es mir die Apothekenzeitschrift monatlich zu tun anrät, wenn ich nicht in einem Burn-out enden will, das dann wiederum für alle anderen gravierende Konsequenzen hätte. Mit Kilian zu schlafen, während eines zufälligen Zeitfensters und ganz ohne den Segen der Apothekenzeitschrift, erscheint mir wie eine Manifestation der letzten Freiheit, die ich noch immer in mir habe. Ich spüre, dass ich ein freier Mensch bin, und handle danach. Mit ein paar weiteren Schlucken Martini werde ich es schaffen können, auch die Vorahnung des schlechten Gewissens abzuschütteln, die sich in meinem Kopf Gehör zu verschaffen versucht.

Ich bin sicherlich nicht weniger oft und weniger heftig geliebt worden als andere Mädchen und Frauen in meinen Kreisen. Nur habe ich wenig davon mitbekommen. Dirk und seine Trinkpäckchen, Björn und seine Mixkassetten schienen mir nicht viel mit echter Liebe zu tun zu haben, und das Interesse und die Zuneigung, die mir Kilian während der gesamten Zeit unseres Zusammenwohnens entgegenbrachte, habe ich zwar genossen, aber nie als das gesehen, was sie wirklich waren. Bis ich Costas begegnete, war ich im Grunde überzeugt, dass sich in diesem Leben niemand ernsthaft in mich verliebt hatte.

Umgekehrt sah die Sache allerdings ganz anders aus. Seit meinem zwölften Lebensjahr brannte ich vor Leidenschaft für die unterschiedlichsten Objekte. Allen war gemein, dass sie unerreichbar waren. Wer mich in der Küche meiner besten Freundin zu küssen in der Lage war, konnte niemals meine heiße Liebe wecken. Wer mich allerdings täglich auf dem Weg zur Schule mit dem Fahrrad überholte, ohne mich zu grüßen, hatte gute Chancen, Gegenstand meiner wildesten Fantasien zu werden. Ich liebte leidenschaftlich und bedingungslos, weder Alter noch Aussehen spielten eine große Rolle, eine Zeit lang hielt ich einen Posaunenlehrer aus der Musikschule für den Mann meines Lebens, einen herrlichen Sommer lang sehnte ich mich nach einem Austauschschüler aus Australien. Ich war dabei gar nicht unglücklich, sondern genoss im Gegenteil diese aussichtslose Verliebtheit in vollen Zügen. Sie passte zu der Musik, die ich hörte, zu Chopin und Dvořák, und ich summte vor mich hin, beinahe die gesamte Pubertät hindurch, ich summte Melodien und spürte, dass zu lieben etwas Großartiges war, das ich beherrschte wie keine andere auf der Welt.

Vom Dahinsiechen meiner Mutter, ihrem Tod und all der Trübsal und Arbeit, die darauf folgten, blieben die Musik und meine Verliebtheiten seltsam unberührt. Zu diesen beiden kehrte ich zurück, wenn ich in allem anderen zu versagen drohte, mit ihnen kannte ich mich aus.

Auf Costas' Liebe reagierte ich im Grunde wie die Figur bei Shakespeare, die sagt: »Liebt mich? Das muss erwidert werden!« Und meine jahrelange Übung im Verliebtsein half mir dabei, aus dieser Sache etwas ganz Großes zu machen.

Kilian schaut ernst, während er spricht, er erzählt von Hoffnung und Enttäuschung und von dem letztendlich alles überlagernden Gefühl, dass es mir gut gehen soll, egal wie, ob mit oder ohne Bassisten an meiner Seite, davon, dass mit der besten Freundin zu schlafen immerhin nicht die schlechteste Übersprunghandlung ist, schließlich treffen sich dort zwischen den Kissen zwei gleichermaßen Imstichgelassene, und er erzählt so überzeugend und anrührend, dass ich es bald kaum noch aushalte und mir ein bisschen mehr Jazzmusikermentalität wünsche und ein bisschen weniger Authentizität. Immerhin endet die Geschichte nicht damit, dass er zwanzig Jahre lang auf mich gewartet hat, weil keine andere für ihn infrage kommt. Diese Liebe gehört in die Studienzeit, sie gehört nach Lübeck in eine WG und eine Lebensphase, in der man sich zwischen Klassik und Jazz entscheiden musste. Schließlich macht Kilian eine kleine Pause, legt mit großer Geste die Brille ab und sagt grinsend: »Falls du weiterhin vorhast, mich zu küssen, ist dies jetzt der Moment, in dem du mir erzählen musst, dass deine Ehe schon lange nicht mehr das Gelbe vom Ei ist.«

Statt einer Antwort ziehe ich ihn zu mir. Eine neue Ära beginnt in diesem Augenblick – Katharina lässt im Angesicht einer düsteren Zukunft ihre Vernunft fahren, verdrängt stachelige Intimfrisuren, altgediente Unterwäsche und Ehegelübde, verlässt die Ebene der oberflächlichen Ordnung und überlässt sich dem Chaos.

Kilian geht sehr professionell vor, jedenfalls nach meiner Vorstellung. Nichts, was er tut, hat irgendetwas Amateurhaftes oder verrät Unsicherheit. Das ist ausgesprochen angenehm, ganz ähnlich wie bei einem guten Tänzer, der die Führung übernimmt, einem dabei aber nicht das Gefühl gibt, dominiert zu werden. Er küsst lange und hört rechtzeitig wieder auf. Seine Bewegungen sind ohne Hektik, aber zielstrebig. Als er anfängt, mein T-Shirt unter der Walkjacke hochzuschieben, tut er das genau zu dem Zeitpunkt, an dem es angebracht erscheint, keine Minute zu früh oder zu spät. Vielleicht beherrscht ein Großteil der Leute in unserem Alter inzwischen dieses perfekte Timing, wenn es um Sex geht. Genug Übung hatten die meisten ja hoffentlich. Aber ich bezweifle es, und ich werde es wohl niemals herausfinden, schon aus Mangel an weiteren Gelegenheiten.

Was allerdings meinen Plan angeht, mein Gehirn im Apfelmus-Zustand zu halten, muss ich kapitulieren. Immer wieder formen sich Gedanken und lenken mich ab, und ich bemühe mich, das zu beherzigen, was ich über Meditation gelernt habe, als ich noch aktiv versucht habe, dem Stress in meinem Alltag durch Achtsamkeitsübungen und Atemtechniken beizukommen: Ich lasse die Gedanken wie Wolken vorbeiziehen. Dazu spielt in meinem Kopf *Best of Carmina Burana*, ich muss mich damit abfinden, dass jede Situation sich ihren eigenen Soundtrack aussucht.

Kilians Berührungen sind überwältigend. Ich scheine nur aus Nervenenden zu bestehen. Er kniet auf dem Teppich und widmet sich ausgiebig meinem Bauch, der sich fühlt, als wär heut schon Weihnachten. Mein armer Bauch hat seit Jahren die Sonne nicht gesehen. Die einzigen Berührungen, die er kennt, sind die des Hosenbundes und ein kritisches Kneifen mit zwei Fingern ab und an, um seine Elastizität zu kontrollieren, unweigerlich gefolgt von einem resignierten Seufzer. Kilian stört sich weder an der viel zu weichen, weißen Haut noch an den Dehnungsstreifen, die man zwar bei der schlechten Beleuchtung unseres Wohnzimmers nicht gut sehen, aber doch immerhin ertasten kann. Er vergräbt sein Gesicht in meinem breiten Nabel, der je nach Körperhaltung lächeln oder schmollen kann.

Ich fühle mich genötigt, etwas zu sagen, und sage: »Das hast du nicht gewusst, was? Dass Frauen um die vierzig solche Bäuche haben?«

Als ich ansetze, ihm zu erklären, was eine Wechseljahres-Wampe ist, hebt er den Kopf und lächelt so zärtlich, dass ich den Mund wieder zuklappe.

»Dein Bauch ist absolut faszinierend. Da waren zwei Kinder drin. Das ist ja das reinste Wunder.«

Dann taucht er wieder ab, und ich versuche, mich zu entspannen. Er hat ja recht mit dem Wunder. Womit er nicht recht hat, ist die Tatsache, dass es zwei Kinder waren. Es waren drei. Aber es gibt nicht viele Menschen außerhalb der engen Familie, die das wissen. Es gibt Dinge, die erzählt man nicht, um andere zu schonen.

Das Telefon klingelt, und Kilian schaut auf. Ich lege einen Finger an die Lippen und warte. Wir halten ganz still. Nach viermaligem Dudeln springt der Anrufbeantworter an. Wir hören meine Stimme sagen: »Dies ist der Anschluss von Familie Theodoroulakis, wir sind zurzeit nicht zu erreichen, aber hinterlassen Sie gern eine Nachricht.«

Ich spüre meine Anspannung, das Klopfen meines Herzens, die Enge im Brustkorb, die daher rührt, dass ich die Luft schon beim ersten Klingeln angehalten habe. Meine Muskeln sind bereit zum Sprung, bereit, meinen Körper hochzuschleudern und Richtung Telefon zu befördern, sollte jetzt gleich die Stimme eines meiner Kinder zu hören sein. Keine Spur mehr von Schwindel im Hirn, Nebel oder Apfelmus.

Das Piepen ertönt, der gleiche Ton wie zu der Zeit, da die Anrufbeantworter Nachrichten noch auf kleine Tonbänder aufzeichneten, und mir fällt ein, wie sehr ich mich früher vor Anrufbeantwortern gefürchtet habe, mehr als einmal habe ich peinliche, gestotterte, kryptische Botschaften hinterlassen, weil ich von der Aussicht, mit einer Maschine zu sprechen, vollkommen überfordert war. Dann hören wir Atmen, ein Räuspern.

»Rina? Hier ist Kirsten. Ich melde mich wegen der Adventsfeier mit den Eltern übernächste Woche. Ich gehe davon aus, dass du mit deiner Gruppe die Lieder auf dem Singzettel ebenfalls übst, damit das bei der Feier dann nicht ganz so dünn klingt. Vielleicht macht ihr auch was mit deinen Instrumenten? Wollt ihr was Eigenes aufführen? Ich muss das demnächst mal wissen. Ruf mich zurück, ja? Ich hoffe, mit deiner Tochter ist alles okay.«

Es rauscht und klickt, ein paarmal tutet noch das Freizeichen, dann ist es wieder still. Ich atme ein und aus, Kilian legt das Gesicht auf meinen Bauch, und ich spüre, dass er lacht.

»Rina?«, sagt er. »Die nennen dich da Rina? Klingt wie der Kosename für ein süßes Nashorn.«

Ich lege meine Beine um seinen Körper und klemme ihn an mir fest. Er soll nicht aufhören mit dem, was er tut. Er soll sich nicht ablenken lassen.

»Rina«, murmelt er in meinen Bauchnabel. »Rina«, flüstert er an meinen Rippen.

Die Kindergartenkinder nennen mich so, weil mein

Name ihnen zu kompliziert ist. Und mit dem Namen, der nirgends sonst in meinem Alltag gebraucht wird, verändere ich mich. Als Rina mutiere ich zu einer Art geduldigem Dickhäuter, der ausschließlich mit freundlicher Stimme spricht und immer gute Laune hat. Rina kennt keine Ironie und keinen Sarkasmus, sie meint immer genau das, was sie sagt, und ihre Witze sind der Zielgruppe angepasst und bringen Vierjährige zum Lachen. Rina trägt auffällige Ketten oder bunte Tücher, weil das die Aufmerksamkeit der Kinder weckt und es ihnen erleichtert, in die richtige Richtung zu gucken. Sie trägt eine riesige wasserdichte Kuriertasche, in die so viel Zeug hineinpasst, dass sie manchmal vergisst, was ganz unten lagert. Rina brüllt nie jemanden an, sie nimmt nichts persönlich, sie schafft es, selbst an einem verrotzten und verdreckten kleinen Jungen mit verschlagenem Gesichtsausdruck und deutlich sichtbarem Gewaltpotenzial etwas Liebenswertes zu finden und seine Arbeitsverweigerung pädagogisch zu erklären. Rina ist auf eine Weise perfekt, die sie einem unsympathisch machen könnte. Aber die Entdeckung, dass ich dazu in der Lage bin, solch eine Person zu sein, während ich zu Hause so oft irgendwo zwischen Nervenwrack und Furie pendele, macht mich glücklich und tut es immer wieder aufs Neue.

»Rina«, gluckst Kilian und schiebt das T-Shirt ganz nach oben.

Eines habe ich bei der Aufzählung der Dinge, die jemanden von einem One-Night-Stand abhalten könnten, vergessen: ein Etwas in der linken Brust. Es soll Leute geben, die bei Frauen an den Brüsten herumkneten, um ihnen eine Freude zu machen oder auch sich selbst. Ich erinnere mich mit Grausen an eine Knutscherei mit Ann-Britt, die mit meiner Hilfe ausprobieren wollte, ob sie möglicherweise lesbisch sei. Sie setzte dabei meinen armen Teenagerbrüsten derart zu, dass ich Angst hatte, sie könnten später ihre alte Form nicht wiederfinden.

Ich packe Kilians Hand und schiebe sie freundlich, aber bestimmt von meinem BH weg. Er versucht erneut, ihn zu erreichen, ich bleibe freundlich, aber bestimmt, doch beim dritten Mal ist die Freundlichkeit nicht mehr ganz so dominant, jedenfalls hält Kilian inne, bei allem, was er gerade tut, guckt mir ins Gesicht und fragt:

»Was ist los? Hast du ein Tittenproblem?«

Ich muss so lachen, dass ich keine Luft mehr bekomme. Tittenproblem, so kann man es auch ausdrücken. Aber dann verändert sich das Lachen und wird zu Schluchzern, ich kann es nicht stoppen, ich kann es nicht wieder zurückverwandeln, und dann laufen die Tränen, und mein Körper bebt, und meiner Kehle entweicht ein Klagelaut, den nun auch der betrunkenste Liebhaber nicht mehr für ein originelles Lachen halten kann.

Kilian rappelt sich sofort auf und nimmt mich in den Arm. Ich weiß, jetzt ist die Verführungsszene vorbei. Von so einer Heul-und-Trost-Attacke erholt sich keine erotische Begegnung. Vom schluchzenden Nervenwrack zur leidenschaftlichen Liebhaberin ist es ein zu weiter Weg, und es wären zu viele Zwischenstufen nötig, bis auch der letzte Verdacht auf Mitleids-Sex ausgeräumt wäre.

Mein Gehirn bringt einen kleinen Gedanken hervor und schickt ihn probeweise ans Bewusstsein: Gott sei Dank. Und tatsächlich – ich bin dem Etwas dankbar. Es hat mich vor etwas bewahrt, das ich spätestens morgen früh bereut hätte. Das ist sicherlich nicht das, was Ärzte unter sekundärem Krankheitsgewinn verstehen. Andererseits wäre ich ja ohne das Etwas vermutlich auch nie in diese alkoholgetränkte Situation geraten.

Währenddessen bin ich noch immer damit beschäftigt, das Schluchzen unter Kontrolle zu bringen, wenn ich es schon nicht in Lachen rückverwandeln kann. Es ist nicht einfach, denn Kilians Umarmung arbeitet gegen mich. Sie fordert mich geradezu auf, mich fallen und trösten zu lassen. Ich suche in meinen Eingeweiden nach ein bisschen Wut, weil die das Weinen unterjochen könnte, Wut auf das Etwas oder auf Kirsten oder mich selbst. Aber alles, was ich dort drinnen finde, ist ein schwarzes Loch, abgrundtief und angefüllt mit namenlosem Entsetzen über die Lage, in der ich mich befinde.

»Na, na«, sagt Kilian. »Was hast du denn?«

Es gibt eine Liste in meinem Notizbuch mit dem Titel: *Fragen, die ich gerade lieber nicht gestellt bekäme.* Ich habe sie vor zwei Wochen geschrieben, kurz nachdem ich das Etwas gefunden habe. Dort steht:

Wie geht es dir?

Wo siehst du dich in zehn Jahren?

Was willst du jetzt tun?

Glaubst du an ein Leben nach dem Tod?

Ich befreie mich aus Kilians Umarmung und hieve mich aus dem Sofa. Unverzüglich und sofort muss ich mein Notizbuch finden. Es liegt noch in der Küche, versteckt unter der Tageszeitung. In der kleinen Lasche am Rücken steckt ein Kugelschreiber. Das Licht an der Dunstabzugshaube über dem Herd reicht mir. Ich weiß nicht, weshalb ich vorhin nur *Taxi* schreiben konnte, es ist doch ganz leicht, die Buchstaben aufs Papier zu setzen; vielleicht ist die Fähigkeit, klar und strukturiert zu denken oder eben wirr und chaotisch, einfach eine Frage des Willens und sonst nichts. Womöglich ist Alkohol immer nur eine Ausrede.

Ich schreibe unter die Liste: *Na, na, was hast du denn?*

Während ich dort stehe, über den Herd gebeugt, den Stift in der Hand, während ich noch die Tränen auf meinen Wangen spüre, diese ungewohnte Feuchtigkeit, die heute sonst nur der kalte Winterwind am Strand und ein

Schumann-Lied hatten hervorlocken können, überkommt mich der Drang, Kilian von dem Etwas zu erzählen. Allen davon zu erzählen. Wirklich jedem, von Heinz bis Cindi, denn haben sie nicht alle ein Recht darauf, es zu erfahren? Bin ich nicht jemand für sie? Eine Mutter, eine Ehefrau, eine Schwester, eine Freundin – ich bin vernetzt, verstrickt, alles, was mich betrifft, betrifft sie ebenfalls. Wie konnte ich ihnen verschweigen, was mit mir ist? Wie konnte ich glauben, dass so etwas wie ein normales Wochenende überhaupt möglich ist, wenn ich etwas weiß, was sie nicht wissen. War es nicht auch Kilian, der mir damals in unserer WG-Küche erklärt hatte, jedes Leben lasse sich von hinten her verstehen, vom Sterben aus gesehen, weil der Tod einen Schatten wirft auf alles, was vor ihm kommt, weil er bereits in allem steckt, alles getränkt hat mit seinem Geheimnis? Sobald wir also die Art unseres Sterbens kennen, muss sich die Sicht auf das Leben in der Gegenwart zwangsläufig verändern. Es ist eine Illusion gewesen, zu denken, dass es Normalität unter diesen Umständen überhaupt hätte geben können. Wenn es stimmt, dass ich eine Spinne in einem Netz bin, dann ist jede Bewegung über die Fäden spürbar, egal in welche Richtung. Wenn es einem, nur einem Einzigen, schlecht geht, kann ein ganzes Familiengefüge wanken. Habe ich das etwa vergessen?

Costas steht in diesem Moment mit einem Glas Sekt in der Hand an einem Stehtischchen in einem Saal in Berlin, flirtet mit einer Sekretärin und weiß nicht, dass sich bald alles ändern wird. Das ist nicht fair. Wir haben einander alles Wichtige immer erzählt, egal, wie fremd wir uns in manchen Lebensphasen waren, weil es denjenigen, der weniger weiß, sonst in eine schwächere Position versetzt. War es nicht das, worauf unsere Ehe sich gründete, einander immer informiert zu halten? Dass wir in den letzten Monaten beide damit aufgehört haben, ist vielleicht das Traurigste überhaupt. Keiner von uns hatte, außer im

Zorn, die Kraft, es zu ändern. Ich möchte, dass es sofort aufhört. Ich werde diesen Missstand beenden.

Als ich zurück ins Wohnzimmer gehe, halte ich mich an der Wand fest und stabilisiere mich im Türrahmen.

»Kilian«, sage ich möglichst deutlich. »Wir müssen nach Berlin fahren.«

Er muss den Kopf drehen, um mich anzusehen, und wieder fällt mir seine Gelenkigkeit auf. Möglicherweise bekommen nur Eltern in unserem Alter Rückenschmerzen, alle anderen bleiben elastisch.

»Was, jetzt sofort?«, fragt er. »Wir waren doch gerade dabei, dein Tittenproblem zu analysieren.«

»Ich muss zu Costas«, sage ich. »Ich muss ihm etwas erzählen.«

»Bist du verrückt? Ruf ihn einfach an. Oder warte bis morgen. Sprich mit mir, ich bin hier und hör dir zu, egal, um was es geht. Lass deinen armen Mann um Himmels willen in Ruhe feiern. Es gibt nichts Schlimmeres als Ehefrauen, die einem unbedingt was erzählen müssen.«

»Und ich finde, es gibt nichts Schlimmeres als Männer, die besoffen sind und trotzdem meinen, jede Situation beurteilen zu können. Außerdem verstehst du rein gar nichts vom Verheiratetsein. Du kannst ja einfach hierbleiben, wenn du willst. Das Gästebett ist nicht bezogen, aber du kannst im Schlafzimmer schlafen.«

»Du spinnst wohl«, sagt Kilian und steht auf. »Niemand, der bei Verstand ist, würde hierbleiben, wenn er genauso gut nach Berlin fahren und eine Party sprengen könnte.«

Es ist erstaunlich. Genau wie vorhin, als ich ihm die Daumen-Geschichte vorenthalten habe, scheint Kilian zu begreifen, dass dies nicht die rechte Zeit für hartnäckiges Nachfragen ist. Er ist offenbar auch im Kopf gelenkiger als so mancher andere Mensch.

Ich werfe einen Blick auf die Uhr neben dem dänischen Bollerofen, den wir seit Jahren nur noch zu Weihnachten nutzen, und brauche einen Moment, um die Zeit abzulesen: Es ist zehn nach acht. Wir könnten noch vor Mitternacht in Berlin sein. Dann ist die Feier hoffentlich im Gange und noch nicht an einen anderen Ort verlagert worden.

»Dann los«, sage ich. »Wir haben keine Zeit zu verlieren.«

*

Ich raffe Mantel, Schal und Handschuhe zusammen, packe Handy und Notizbuch ein, greife nach meiner Handtasche. Vielleicht findet sich später irgendwo noch Kaugummi. Kilian nimmt seine Brille und die angebrochene Martiniflasche mit. Wir löschen das Licht, ziehen die Haustür hinter uns zu, machen alles gut und verantwortungsvoll. Die Ratten sind in Sicherheit und haben Futter und Wasser, der Trockner steht auf dem Rasen und kann keinen Schaden anrichten, selbst wenn er beschließen sollte, mit Verspätung noch zu explodieren. Vorsichtig gehen wir die Stufen der Vordertreppe hinab, Schritt für Schritt, damit keiner von uns stolpert und meinen Plan gefährdet, der aus wenig mehr besteht als Entschlossenheit. Das Auto in der Einfahrt ist bereits wieder von einer hauchdünnen Eisschicht überzogen, der Zündschlüssel liegt im Haus, und überhaupt ist keiner von uns beiden in einem Zustand, in dem man sich hinters Steuer setzen sollte. Konzentriert gehe ich geradeaus über den Rasen und steige über den Jägerzaun. Kilian folgt mir.

Wir klingeln bei Heinz und Theo. Das Licht hinter der Tür geht an, kurz darauf stehen wir mitten in der Beleuchtung, als Heinz öffnet. Wir scheinen keinen guten Eindruck auf ihn zu machen, denn er weicht unwillkürlich zwei Schritte zurück.

»Wir müssen sofort nach Berlin«, sage ich. »Kannst du uns fahren?«

Einen Moment lang ist es still, während wir auf Heinz' Reaktion warten, dann hören wir ihn in die Tiefe des Hauses rufen: »Theo. Ich fahr Katja und ihren Besuch nach Berlin. Bin wohl erst morgen zurück.«

Er lässt die Tür offen, und wir können zusehen, wie er sich dicke Schnürstiefel anzieht. Theo kommt aus einem der hinteren Zimmer.

»Kann sie das nicht selber?«, fragt er. Dann sieht er mich und lacht. »Ich verstehe. Das gibt Kopfschmerzen morgen.«

»Ich nehme Tropfen mit, die kannst du vor dem Schlafen nehmen, dann hast du keinen Kater, versprochen«, ruft Heinz aus der Stiefelposition. »Seeigel, hab ich selbst verschüttelt. Das ist ...«

»He du«, sagt Kilian und zeigt auf Theo. »Wir haben deinen Daumen gefunden. Er liegt auf dem Briefkasten.«

»Ach ja. Danke schön«, sagt Theo und blickt etwas verwirrt auf seinen Verband.

»Soll ich ihn dir geben?«, frage ich.

»Nein, lass ihn mal da liegen. Ich bin noch nicht bereit, ihm wiederzubegegnen, irgendwie. Und bei den Temperaturen bleibt er draußen ja frisch«, sagt er.

Heinz richtet sich auf und fragt besorgt: »Theo, kommst du klar hier?«

»Aber sicher. Fahrt nur. Ich werde mir einen netten Abend machen. Seit Ewigkeiten will ich mir schon die Gastherme vornehmen, darin klappert irgendwas.«

Als er unsere Gesichter sieht, lacht er laut.

»Das war ein Witz, ihr Pappnasen. Fahrt endlich los. Husch, husch.«

Als Heinz alles beisammen hat, geht er mit Kilian zur Garage. Ich nehme Theo beiseite und tue etwas, das ich noch nie in meinem Leben getan habe. Ich vertraue einem anderen Menschen mein Telefon an.

»Du musst mich vertreten, solange ich weg bin«, sage ich. »Helli ist heute Nacht bei einer Freundin, und Alex ist mit seiner Barbie unterwegs. Wenn einer von beiden anruft und abgeholt werden will, schick ihnen ein Taxi, ja? Und wenn wir morgen gegen Mittag nicht zurück sein sollten, geh bitte mit eurem Zweitschlüssel rüber ins Haus und warte dort auf die Kinder. Würdest du das für mich tun?«

Theo nimmt mit ernster Miene mein Telefon entgegen und nickt feierlich. Wir wissen beide, dies ist ein besonderer Moment. Dann gehe ich zur Garage und setze mich auf die Rückbank von Heinz' Volvo, das sicherste Auto der Welt, wie er immer sagt.

Außerhalb der Stadtgrenzen sind die Straßen etwas weniger glatt, Heinz kann zügiger fahren, doch das Tempo bleibt trotzdem unbefriedigend. Ich habe einen hartnäckigen Ohrwurm, das Thema der *Geistervariationen* von Schumann. Die vierte Variation ist die schönste, aber ich will lieber etwas anderes im Ohr haben. Ein paarmal schüttele ich den Kopf, manchmal funktioniert das, wie bei einem dieser iPods, die man schüttelt, damit die Playlist zu einem anderen Titel springt. Mein Kopf springt allerdings zum *Trommelkönig von Kalumba,* und da bitte ich Heinz, das Radio einzuschalten.

Ohne mein Telefon als Taschenlampe muss ich die Deckenbeleuchtung nutzen, um etwas aufschreiben zu können. Heinz murrt, dass es ihn beim Fahren störe, aber er lässt es mir durchgehen, weil er mitten in einem Vortrag für Kilian steckt, der auf dem Beifahrersitz in der Falle hockt. Es geht um Jazzmusik und Homöopathie, die irgendwie miteinander zu tun haben. Vermutlich, weil auch die Jazzmusiker jeweils ein spezielles Lied singen. Meine

Schrift ist kaum zu lesen, aber immerhin bekomme ich die Wörter zusammen. Ich schreibe:

Das Etwas-Thema und die Außenwelt. Was ist zu beachten?

- *Immer persönlich erzählen, nie am Telefon oder per Mail (abgesehen von Ann-Britt, in dem Fall Postkarte – oder aus Rache einfach verschweigen)*
- *Den Kindern keine Angst machen, aber auch nichts beschönigen (Fragen zulassen, aber keine Informationen aufdrängen – wie bei der Aufklärung (da hat es ja auch schon so wunderbar funktioniert, wie man sieht))*
- *Angebotene Hilfe unbedingt annehmen! (Sofern es sich um echte Hilfe handelt)*
- *Vermutlich langfristig Arbeit im Kindergarten aufgeben, wg. des Infektionsrisikos (und durch irgendetwas anderes ersetzen – Sport? Spitzenklöppeln?)*

Die Liste ist unsinnig. Ich führe sie nicht weiter, vor allem, weil sie in keiner Weise zu meinem Seelenfrieden beiträgt, und schließlich wäre das ihre einzige Aufgabe. In Wirklichkeit braucht kein Mensch Listen, außer vielleicht für den Weihnachtseinkauf. Es wird schlimm werden, die Musikgruppen aufzugeben. Als wäre es nicht genug, die Haare zu verlieren und sich mit Übelkeit herumzuschlagen, muss man offenbar auch das letzte bisschen Normalität aus seinem Leben streichen. Meine Musikkinder wären wohl die Einzigen, die mir weiterhin ganz unbefangen begegnen würden. Für sie ist das Leben ohnehin ein ununterbrochenes Rätselraten, das sie hinnehmen müssen. Nie bleibt etwas gleich, nicht einmal ihre eigene Schuhgröße. Sie leben deshalb so sehr im Moment, weil eine planbare Zukunft einfach nicht existiert. Manche von ihnen merken erst Sekunden, bevor es losgeht, dass sie sich übergeben müssen, oder wundern sich über die Pfütze auf dem Boden, die sich zwischen ihren Hausschuhen gleichsam aus dem Nichts materialisiert zu haben scheint. Wenn die Lehrerin eines Tages ohne Haare zum Unterricht erschiene, würden die Cleveren von ihnen vielleicht sogar eine Frage dazu stellen, die anderen würden es zwar sehen, aber nicht weiter seltsam finden. Die Lehrerin trägt ja schließlich auch jedes Mal einen anderen Pullover.

In meiner Musikschulgruppe am Nachmittag sind fast nur Mädchen. Auch in den Kindergärten, in denen ich musikalische Früherziehung anbiete, werden eher Mädchen angemeldet. Manche von ihnen sind laut und wild, andere still und langsam, ich habe ein Mädchen namens Emily in der Gruppe, das scheu ist wie ein Reh und dabei so groß und kompakt, dass man sie leicht für eine Zweitklässlerin halten könnte. Sie ist mit einem der Jungen befreundet – Leon, klein und wendig und mit einem Fuchsgesicht. Seine Mutter erklärte mir einmal, er hätte eigentlich Fußball spielen sollen, aber er sei so viel kleiner als seine Altersgenossen, da habe sie ihn lieber erst mal bei der Musikschule angemeldet. Vermutlich wird er nach dem nächsten Wachstumsschub in den Fußballverein gesteckt, wo er lernt, sich wie ein richtiger Junge zu benehmen. Emily hingegen hat eine schwierige Karriere vor sich, wenn sie bald mit dem Ballettunterricht beginnt. Große, robuste Mädchen müssen immer in der letzten Reihe tanzen.

Wenn wir im Kreis auf dem Boden sitzen, jeder mit einer Bongotrommel vor sich, und »Atte katte nuwa« singen, wird mir manchmal ganz kalt beim Anblick dieser Kinder, weil ich daran denke, dass für sie bald das große Sortieren losgeht. Meine Mädchen, diese begeisterten und begabten kleinen Mädchen mit ihren klaren, hohen Stimmen und ihrer wilden Freude am Bewegen, dürften systematisch und klammheimlich entmutigt werden. Keine von ihnen wird später einmal Musikerin sein. Die zukünftigen Pianisten, Cellisten, Flötisten von Rang sind nicht in meinen

Musikgruppen. Die sitzen zu Hause und haben Einzelunterricht, und die meisten von ihnen sind männlich. Mag sein, dass ein paar meiner Mädchen auf Sissis Spuren folgen werden. Dass sie sich trotz aller Widrigkeiten ihre Begeisterung bewahren und zäh an ihrem Ziel festhalten, aber spätestens am Ende des Studiums wird es vorbei sein mit dem Träumen. Keine von ihnen wird etwas hinterlassen, eine Einspielung, eine Komposition. Vielleicht werden sie es immerhin bis in einen Orchestergraben schaffen, so lange, bis das erste Kind sich mit den regelmäßigen Abenddiensten nicht mehr vereinbaren lässt.

Aber ich habe nicht recht in diesen Momenten, und das weiß ich auch. Es ist nur meine eigene Geschichte, die ich in jede von ihnen hineinprojiziere. Ich sollte den Blick auf das richten, was gut ist, und ich würde entdecken, dass die Welt besser geworden ist. Ich habe das immer versucht und nie gekonnt – den Blick in die richtige Richtung lenken. Alles, was ich geschafft habe, ist, einen gewissen Zweckoptimismus an den Tag zu legen, wie eine Mutter es tun muss, damit das Schiff nicht schneller sinkt, als sie gucken kann. Wenn ich nicht morgens fröhlich »Guten Morgen« rufe und so tue, als wäre der Tag, der vor uns liegt, es wert, gelebt zu werden, dann tut es keiner. Es ist wichtig, dass ich das nicht vergesse.

Als meine Mutter im Sterben lag, bereitete Sissi sich gerade auf den Regionalwettbewerb für »Jugend musiziert« vor. Sie übte verbissen und gleichzeitig traumwandlerisch, wie immer. Es ist faszinierend zu beobachten, weil ihr Ehrgeiz und ihre Zielstrebigkeit in eine watteweiche Alternativlosigkeit verpackt sind, sie kann einfach nicht anders, die Musik ruft und fordert, und Sissi, wie verzaubert, muss alles andere vernachlässigen, sie hat keine Wahl.

Unsere Mutter kam zum Sterben nicht nach Hause und ging auch in kein Hospiz. Niemand wollte wahrhaben, was mit ihr geschah, nicht einmal die Ärzte. Sie schienen Hunderte von guten Ideen zu haben, was noch alles getestet und ausprobiert werden könnte, welcher Wert Anlass zur Hoffnung gäbe und was Anzeichen von langen Zeiträumen wären, in denen zu denken wir Anlass hätten. Aber wenn die Türen zum Zimmer meiner Mutter geschlossen waren, machten sie besorgte Gesichter und redeten auf meinen Vater ein. Ich versuchte, sie so oft wie möglich zu besuchen, aber ich schaffte es nicht so häufig, wie ich es im Nachhinein gern gehabt hätte. Die Schule, der Haushalt und meine Hobbys hielten mich davon ab. Wenn ich bei ihr saß, lächelte sie und sagte, Weihnachten werde sie zu Hause verbringen, fest versprochen, und ich glaubte ihr und nicht den besorgten Mienen der Ärzte.

Bis ich ihr irgendwann nicht mehr glaubte: Sie war mit jedem meiner Besuche offensichtlich schwächer geworden, manchmal schlief sie ein, obwohl ich mich noch gar nicht verabschiedet hatte, sie sah seltsam aus, und unsere Gespräche drehten sich im Kreis. Als ich endlich begriff, wie sehr es abwärts ging und nur noch abwärts, zwang ich Sissi, sie zu besuchen.

Lange hatte ich mich abspeisen lassen mit dem Verweis auf »Jugend musiziert«, für das sie immerzu üben müsse, aber damit war nun Schluss. Sissi konnte sich nicht ewig darum drücken, unserer Mutter zu begegnen. Der Wettbewerb war ohnehin erst im Frühjahr. Aber Sissi sperrte sich. Sie hatte plötzlich keine Zeit. Sie habe Kopfweh oder Schnupfen und wolle niemanden dort anstecken. Sie wolle ein Geschenk besorgen, aber die Läden hätten geschlossen. Es lohne sich nicht mehr nach der Schule und dem Üben, besser sei es an einem anderen Tag, einem, der schulfrei sei, übermorgen zum Beispiel. Zwei Mal fuhr sie alleine los, und zwei Mal machte sie stattdessen etwas anderes, weil ihr unterwegs eingefallen war, wie dringend sie Kolophonium besorgen müsse oder dass es das Beste sei, persönlich beim Zahnarzt vorbeizugehen, um einen Termin auszumachen. Schließlich holte ich sie direkt aus ihrem Musikschulkeller ab und ließ keine Ausrede mehr gelten.

Ich nahm ihr das Cello weg und stellte es in eine Ecke. Ich steckte ihre Arme in die Jackenärmel und hielt ihr die Mütze hin. Ich nahm sie an der Hand und ließ sie nicht los, bis wir im Bus saßen. Am Anfang redete sie noch, schimpfte und protestierte, aber als wir beim Krankenhaus ankamen, wurde sie still und blass und presste die Lippen zusammen. Sie sagte nichts, als wir aus dem Bus stiegen. Nichts, als wir ins Gebäude gingen und mit dem Aufzug hochfuhren. Nichts, als wir vor der Zimmertür unserer Mutter standen. Und auch nichts, als wir drinnen waren. Gar nichts, die gesamte Zeit über. Unsere Mutter freute sich so sehr, sie zu sehen. Sie hustete und konnte nur flüstern, aber sie war glücklich, dass endlich, endlich auch Sissi gekommen war. Die stand am Fußende des Bettes und wollte sich nicht setzen. Sie berührte unsere Mutter nicht, und ich war unglaublich wütend auf sie, aber auch voller Bewunderung, denn eigentlich hätte auch ich lieber einfach stocksteif dagestanden, statt stumme Gespräche über das Wetter zu führen und aus der Schule zu berichten und die kalte, klamme Haut auf Mamas Handoberfläche zu spüren.

Als wir gehen mussten, weinte unsere Mutter. Wir gingen trotzdem. Wir hatten Hausaufgaben zu erledigen und mussten den Bus erwischen, und zu Hause warteten Wäscheberge und Fischstäbchen auf mich.

Während Heinz in seinem Vortrag inzwischen bei Seegurken und dem Schwarmwissen von Heringen angekommen ist, hüpft Kilian durch die Radiosender. Bei keinem verweilt er länger als ein paar Takte Musik, nichts findet Gnade vor seinen Ohren.

Er öffnet das Handschuhfach, bückt sich und schaut

unter den Sitz, tastet nach versteckten Fächern an der Decke, bevor er feststellt:

»Du hast keine Musik.«

»Beim Autofahren denke ich nach oder übe für meine Vorträge«, sagt Heinz. »Aber wenn du CDs suchst, frag doch mal auf der Rückbank nach. Da gibt es sicherlich einen kleinen Fundus.«

»Stimmt das, Kathinka? Hast du Musik dabei?«, fragt Kilian und dreht sich zu mir nach hinten.

Ich reiche ihm meine Handtasche. Er holt einen Stapel CDs heraus, hält sie nacheinander unter das Deckenlicht und liest vor: »Bruckner, *Siebente Sinfonie*, Chopin-Walzer, Bachs Cellosuiten, ein Sokolov-Recital, Schumann-Lieder, Rolf Zuckowskis ›In der Weihnachtsbäckerei‹.« Er seufzt. »Du hörst nach all den Jahren immer noch den gleichen Kram, was?« Dann erklärt er Heinz: »Klassische Musikliebhaber entwickeln sich niemals weiter. Sie verharren in ihrer musikalischen Adoleszenz und behaupten, eine neue Interpretation eines uralten Stücks sei das Gleiche wie eine neue Komposition. Es ist wie eine psychische Störung, die dem Betroffenen nicht bewusst ist. Immer und immer wiederholt der Klassikliebhaber seine Muster und bewegt sich keinen Schritt vorwärts, aber wenn man ihn drauf anspricht, sagt er, hier oder dort habe es doch eine enorme Veränderung gegeben, wo in Wirklichkeit nur eine winzige Variation des immer Gleichen war.«

»Verstehe«, sagt Heinz. »Solche kenne ich.«

»Also, was soll's sein?«

»Irgendwas mit Text«, sagt Heinz. »Musik ohne Text langweilt mich.«

Kilian schiebt eine CD in die Anlage, und Matthias Goerne, begleitet von Vladimir Ashkenazy, beginnt zu singen: »Im wunderschönen Monat Mai, als alle Knospen sprangen, da ist in meinem Herzen die Liebe aufgegangen.«

Ich lösche das Licht.

Kilian hat recht. Ich finde es herrlich, die gleichen Lieder noch einmal zu hören, von jemand anderem gesungen, von jemand anderem begleitet. Immer und immer wieder. Und es ist mir egal, was Heinz dazu sagen würde.

Wir alle drei sind still und lauschen der Musik. Goerne singt von der Rose, der Lilie, der Taube, der Sonne, aber dieses Mal denke ich nicht an Dante und meine Studienzeit, sondern an einen abgefahrenen Seitenspiegel, Hellis Nase, die Kälte im Auto und die irre Frau Neumann oder Kaufmann oder wie sie heißt. An die Welt, wie sie heute Morgen war.

»Ist das Liebe, so was?«, fragt Kilian. »Blumen und der Wonnemonat Mai und Nachtigallenchöre? Oder ist das Kitsch?«

»Nein, nein«, sagt Heinz. »So ist die Liebe. Manchmal. Jedenfalls bei mir. Keine Ahnung, was Theo darüber denkt.«

»Bei mir nicht«, sagt Kilian. »Was ist mit dir, Kathinka?«

Ich antworte nicht, aber ich nehme die Martiniflasche, die er mir nach hinten reicht, und trinke einen Schluck. Ich fürchte mich vor dem Moment, in dem die Wirkung des Alkohols nachlässt und ich wieder klarer sehe. Wer weiß, was ich dann sehe.

»Dumme Frage«, sagt Heinz. »Immerhin fahren wir ihretwegen hier mitten in der Nacht auf gefrorenen Straßen nach Berlin. Und ich hoffe bei Gott, dass es da einen Grund gibt, der mindestens mit Lilien zu tun hat. Für weniger würde ich den Quatsch hier nicht mitmachen.«

Wir hören die *Dichterliebe* von vorne bis hinten, und sogar Heinz hält den Mund dabei. Um uns herum ist es dunkel, es scheint keine Dörfer mehr zu geben, kein Licht. Ab und zu eine Raststätte, grell erleuchtet, danach wieder kilometerlang nur Dunkelheit.

Wir schaffen es bis zum letzten Lied. Dann hält es Kilian

nicht länger aus, er wendet sich zu Heinz und sagt mitten ins Klavier-Nachspiel hinein: »Aber du bist eigentlich eine Frau, stimmt's?«

Ich schließe die Augen und versuche, mir zu überlegen, was ich tun werde, wenn wir ankommen. Ich sollte einen Plan machen, mir Worte zurechtlegen, vielleicht irgendetwas mit Lilien. Aber die Gedanken gehorchen mir nicht, sie interessieren sich nicht für die Zukunft.

Ich erinnere mich auf einmal an einen Nachmittag am Strand, kurz nachdem Costas und ich einen positiven Schwangerschaftstest in der Hand gehalten hatten. Es war so neblig, dass wir nur Sand um uns sehen konnten. Das Wasser konnten wir hören, leise und regelmäßig gingen die Wellen, wie es eben klingt, wenn kein Wind weht und die Bewegung des Wassers minimal ist. Wir spazierten eine Weile und redeten, dann setzten wir uns in den feuchten Sand und schauten in den Nebel. Ich wusste, dass das Meer vor mir lag, ich hörte und roch es, aber sah es nicht. Es war ein seltsames Gefühl. In mir wuchs ein Kind heran, von dessen Existenz ich nur wusste, weil ich auf einen Streifen gepinkelt hatte, und ich hoffte, dass es leben und wachsen würde. Eine Studienkollegin hatte vor einigen Monaten ein Baby in den ersten Wochen der Schwangerschaft verloren und mir davon erzählt. Sie machte zu der Zeit ein Praktikum in München, und eine Ärztin vor Ort stellte fest, dass der Embryo in ihrem Bauch keinen Herzschlag mehr hatte. Sie wollte eine Ausschabung vornehmen lassen, weil es angeblich Wochen dauern konnte, bis ihr Körper die Schwangerschaft von selbst beendete, und sie wollte sich ganz auf ihr Praktikum konzentrieren, ohne jede Minute mit einsetzenden Blutungen rechnen zu müssen. Sie machte einen Termin in der Uniklinik in Lübeck, weil sie in vertrauter Umgebung sein wollte, setzte sich in den Zug und fuhr für ein paar Tage nach Hause. Sie war also mit einem toten Kind im Bauch Zug gefahren, und der Gedanke daran war mir so unheimlich, dass es mir eine Zeit lang schwerfiel, öffentliche Verkehrsmittel zu benutzen, ohne die Menschen um mich herum anzuschauen, im Bus, im Zug, auf der Fähre, und mich zu fragen, wie es in ihnen aussehen mochte. Nicht psychisch, nicht, wie es ihren Seelen ging, sondern ganz konkret. Gab es womöglich noch mehr Frauen, die mit verstorbenen Embryos im Leib umherreisten? Mit Spenderherzen von Unfallopfern? Mit Nierensteinen und entzündeten Wurmfortsätzen? Mit zerfressener Leber, verkümmertem Lungenflügel, Wassereinlagerungen an undenkbaren Stellen?

Dass es Alex war, den ich im Bauch hatte, wusste ich noch nicht. Ich spürte gar nichts und sehnte mich nach dem Tag, an dem ich eine Veränderung wahrnehmen würde, weil alles schon anders war, seit dem Morgen und eigentlich schon viel länger. Es machte mich nervös, dass die Veränderung längst da war, bevor ich sie auch nur erahnen konnte.

Costas hielt meine Hand und strich mit dem Finger darüber. In mir war ein Beben und Zittern, und ich glaube, genauso in ihm. Wir waren so voller Erwartungen. Hätte man mich an diesem Nachmittag am Strand mitten im Nebel gefragt, was ich mir wünschte, ich hätte nichts zu sagen gewusst. Alles war in Ordnung, so wie es war, und das, was vor mir lag, schien mir so spannend und interessant zu sein, so wundersam und doch so klar und einfach, dass ich mich nicht fürchtete. Das Leben lag vor mir, mit Costas und einem Baby und Beethovens Violinkonzert.

Costas stand auf, dabei ließ er meine Hand los. Er sah zu mir herab und sagte ganz ernst: »Ich werde jetzt in diesen Nebel gehen, immer geradeaus, denn ich glaube, heute ist der richtige Tag, um übers Wasser zu laufen. Ich melde mich, wenn ich in Schweden bin.«

Damit machte er einige Schritte auf die weiße Wand zu,

ich sah seine Gestalt, bald nur noch seine Silhouette, ich hörte es platschen und legte mich auf den Rücken in den Sand, die Hände auf meinem Bauch, lächelte und wartete darauf, dass er mit nassen Hosenbeinen zurückkam.

In Brandenburg schneit es, in Berlin sind die Dächer weiß, und der Schnee fällt dicht und weich vom Himmel. Hier gibt es keinen Westwind, der die ziellosen Flocken vor sich hertreibt und gegen die Fensterscheiben und in die Gesichter der Menschen klatscht. Hier ist Schnee etwas Romantisches, jedenfalls solange er fällt. Heinz hat ein Navigationsgerät; das Hotel, in dem die Firmenfeier stattfindet, liegt im Süden der Stadt, die Wege dorthin sind verschlungen und ließen sich nüchtern nicht mehr nachvollziehen, wollte ich den Heimweg allein finden.

Am Hotel angekommen, parkt Heinz das Auto auf dem verschneiten Bürgersteig direkt davor, obwohl dort Halteverbot ist. Ich bin ihm dankbar, weil ich nicht weiß, wie gut ich zu Fuß sein werde. Es ist fast ein Uhr, durch das Wetter haben wir viel länger gebraucht als gedacht. Kilian und Heinz steigen ebenfalls aus, unsere Mäntel lassen wir im Wagen, lediglich Anjas Schal wickle ich mir um den Hals, und zu dritt machen wir uns auf zum Eingang.

»Dann mal los, Mädchen«, sagt Kilian und schiebt mich vorwärts.

»Viel Glück«, sagt Heinz. »Bei was auch immer. Omnia vincit amor.«

Keiner hält uns auf, als wir einen langen Flur entlanggehen und den Aufstellern folgen, die das Logo der Baufirma zeigen, für die Costas arbeitet, zwei Buchstaben, darüber ein spitzes Dach. Schließlich betreten wir einen großen Saal voller Menschen. Der Lärmpegel ist beachtlich, es läuft irgendeine Musik vom Band, obwohl Verstärker und Instrumente auf der Bühne stehen. Anscheinend sind die Musiker mit ihrem Programm durch oder machen gerade Pause. Ich halte Ausschau nach Costas. Was ich tun werde, wenn ich ihn sehe, weiß ich noch nicht, aber ich denke, es wird mir dann schon etwas einfallen. Ich habe keinen Masterplan, wie auch, kein Mensch weiß, wie er jemandem sagen soll, dass er ein Etwas in der Brust hat und bald kahl und schlotterig in einem höhenverstellbaren Bett das Zeitliche segnen wird.

Vor fast zwanzig Jahren stand ich in Lübeck vor einer Bank, auf der ein Turnschuh lag, und begriff, dass Liebe große Zusammenhänge herstellen kann, und genau wie damals spüre ich, dass ich handlungsfähig sein werde, sobald ich Costas gegenüberstehe. Alle Gefühle werden dann an ihren passenden Platz fallen, alles wird sich fügen und verständlich werden. Kilian schubst mich, Heinz streichelt mir den Arm, als ich Costas entdecke. Weit hinten an einem Stehtisch, umgeben von Frauen, wie es scheint, und ich hebe die Hand und winke. Ich rufe. Hüpfe ein bisschen, um über die Menge zu ragen, doch er bemerkt mich nicht, wieso auch, er rechnet ja nicht mit mir.

Also versuche ich, mich zu ihm durchzudrängeln, aber es ist schwierig. Immer wieder bleibe ich stehen, um zu winken, zu hüpfen, zu rufen, jedes Mal ringe ich darum, mein Gleichgewicht zu behalten. Dennoch dringe ich nicht durch, und in mir steigt eine Panik auf, wie in einem Albtraum, in dem man weiß, man muss nur zu einer bestimmten Stelle gelangen, damit alles gut wird, aber man kommt einfach nicht vorwärts. Ich schaufle Menschen beiseite, in der Mitte des Saals wird getanzt, hinter mir schiebt Kilian ungeduldig. Da ändere ich meine Route, weil sich eine Gasse auftut, und bewege mich in Richtung Bühne.

»Wo willst du hin?«, ruft Kilian, aber ich bin schon da, bin an der kleinen Treppe, die hinaufführt, bin auf der Bühne und am Mikrofon. Es lässt sich mit einem kleinen Schalter aktivieren.

»Hallo«, sage ich. Aber meine Stimme ist nicht zu hören.

Verwirrt betätige ich erneut den Schalter, es ändert nichts, aber dann bemerke ich Kilian, der mir auf die Bühne gefolgt ist. Dort, halb hinter den Vorhangfalten versteckt, steht das Mischpult. Er nickt mir zu, dann macht er sich an Reglern und Knöpfen zu schaffen. Auf einmal wird die Musik leiser und verstummt schließlich ganz. Die Tänzer bleiben stehen und sehen sich um. Ich puste vorsichtig ins Mikrofon, und im Saal ist ein lautes Schnaufen zu hören. Kilian hat mir den Verstärker angestellt.

»Costas«, sage ich. »Ich bin's. Ich bin hier.«

Alle Köpfe wenden sich mir zu, aber ich schaue nur ihn an. Die anderen Menschen interessieren mich nicht, sie sind hier bloß Statisten. Ich will, dass er nur mich sieht, nur mich hört, und ich spüre, dass ich jetzt handlungsfähig bin, so wie ich dachte. Sein Mund bewegt sich, aber ich verstehe ihn nicht. In meinen Ohren rauscht es. Er fängt an, sich durch die Menge zu drängen, um zu mir zu kommen.

»Ich weiß, das ist jetzt peinlich, weil ich so besoffen bin«, sage ich ins Mikrofon. »Aber es ist eigentlich auch egal. Ich bin hier, weil ich dir was zu sagen habe und weil ich nicht weiß, wie. Meinetwegen sollen es gleich alle hören. Ins-Ohr-Flüstern kann man bei so einer Party ja komplett vergessen. Die Musik ist viel zu laut. Man muss sich anschreien. Also, ich bin hier, weil ich nicht mehr aushalte, es dir zu verschweigen: Ich werde sterben. Denn ich habe ein Etwas. Und ich weiß nicht, was ich tun soll. Nichts ist mehr so, wie es gehört. Nichts ist so geworden, wie ich es wollte, gar nichts, und nun stehe ich da und muss mir selber zuhören, wie ich zu mir sage: War das nicht klar? Das hast du doch gewusst, Katharina, damit war doch zu rechnen.«

Ich merke, dass mir die Tränen kommen. Ich blicke zu Costas, der mitten in der Menge von einer Frau an der Schulter festgehalten wird. Sie zeigt auf mich und redet auf ihn ein, direkt in sein Ohr, damit niemand sonst es hören kann. Da werde ich wütend. Oh, wie wütend ich werde. Zuerst versuche ich, die Wut hinunterzuschlucken, zu veratmen, aber es geht nicht – zu besoffen, zu viel Wut. So viel Wut war noch nie in mir. Sie schwillt an, füllt mich aus und übernimmt die Schaltzentrale im Gehirn, lässt die Tränen laufen und meinen Mund weiterreden, ohne dass ich es verhindern kann.

»Und du, du Frau, die gerade an meinem Mann herumzerrt. Du willst das bestimmt mal sehen, was? Wie so eine aussieht, die von innen kaputt ist. Denn glaub mir, du komische Person, man merkt es gar nicht. Von außen ist alles ganz normal. Lass meinen Mann los, und sieh mich an, dann kannst du es überprüfen.«

Ich knöpfe meine Walkjacke auf, es geht ganz gut, auch wenn ich etwas länger brauche. Dann lasse ich sie fallen, wickle mich aus Anjas langem Schal und ziehe mir das T-Shirt über den Kopf. Im Saal ist es unruhig, aber ich beachte die Geräusche nicht. Doch dann höre ich Costas rufen, endlich höre ich ihn. Inzwischen bin ich schon beim BH und hake ihn auf. Ich lasse mich nicht beirren.

»Schau genau hin, Frau. Sieht man etwas? Eben, da ist nichts. Vielleicht bist auch du innen voller Etwasse und Knoten und ungelöster Konflikte, vielleicht singst du das Lied der Trüffel und Kartoffeln oder was auch immer ihr hier in Berlin und Brandenburg für Lieder singt. Von außen sieht man nie etwas bei Leuten wie uns. Und du auch, Costas. Sieh es dir genau an, denn bald wird es mich so nicht mehr geben. Bald ist alles wegoperiert, bestrahlt, verseucht, vergiftet und zerfallen, und irgendwann ist da gar nichts mehr, nur noch das Lied des Regenwurms.«

Ich steige aus meiner Hose, häute mich wie eine Spinne. Rechts von mir steht Kilian und hält begeistert beide Daumen hochgereckt, unten vor der Bühne sehe ich Heinz den Kopf schütteln und mit den Händen Bewegungen machen wie Scheibenwischer. Es muss Security-Leute geben in diesem Raum, entweder vom Hotel oder von der Baufirma selbst. Aber keiner klettert auf die Bühne, um mich aufzuhalten. Dies ist ganz allein mein Moment. Sie mögen es nicht gutheißen, was ich tue, aber sie wagen nicht dazwischenzupfuschen. Sie spüren die Wut, die in mir kocht, und ich glaube wirklich, dass ich jedem, der jetzt versuchte, mich anzufassen, kräftig ins Gesicht boxen würde.

Ich entledige mich auch noch der Unterhose, einfach der Vollständigkeit halber, weil ich es satt habe, mich immer unterbrechen zu lassen und die Dinge nur halb fertigzubringen. Nur für die Strümpfe fehlen mir momentan die motorischen Fähigkeiten. Ich versuche es trotzdem, hüpfe auf einem Bein, halte mich am Mikrofonständer fest. Inzwischen heule ich hemmungslos und rufe immer wieder: »Seht her, seht es euch ruhig an, das bin ich, drei Kinder im Bauch gehabt, vierzig Jahre auf dem Buckel und nicht mehr viel Zeit übrig.«

Da ist endlich Costas bei mir, und für einen winzigen Augenblick wanke ich und bin bereit, ohnmächtig in seine Arme zu sinken, aber dann ist es vorbei, und ich weiß, ich werde mich nie mehr von jemandem auffangen lassen, auch nicht von ihm. Ich kann alleine stehen bleiben, schließlich bin ich nicht gekommen, um mich von ihm halten zu lassen, sondern um eine Übereinkunft zu ehren, die unsere Ehe besonders gemacht hat – um ihn über mich zu informieren. Vielleicht war es nicht auf die diplomatischste Art. Wir stehen voreinander, und ich weiß nicht, was er tun wird, aber natürlich nimmt er mich in den Arm und zieht mich an sich, und meine Wut ist auf einmal weg. Kilian regelt die Musik wieder hoch.

Durch Costas' Sakkostoff hindurch höre ich Bob Dylan singen, die Stimme ist unverkennbar: »... don't get up,

Gentlemen, I'm only passing through.« Den Song kenne ich, wie war noch sein Titel? Es spielt keine Rolle. In mir ist es friedlich wie lange nicht mehr.

*

Mir ist nicht klar, wie wir alle zusammen wieder im Auto gelandet sind. Durch die Hotelflure müssen wir gegangen sein, durch den Eingang, über den Bürgersteig mit seiner frischen Schneedecke, und all das mehr oder weniger angezogen. Ich trage wieder meinen Mantel und friere trotzdem erbärmlich auf der Rückbank. Neben mir, aber viel zu weit weg, um mich zu wärmen, sitzt Costas.

Wir sind beide angeschnallt, zwischen uns ist ein freier Platz. Am Steuer sitzt Heinz, neben ihm lümmelt Kilian und raucht. Weiß der Teufel, woher er die Zigarette hat. Costas dirigiert uns durch die Stadt, wir halten vor einem Haus, in dem er ein kleines Apartment bewohnt, und warten schweigend, bis er ein paar Sachen zusammengepackt hat. Dann ist er wieder da, und wir fahren weiter, zurück nach Hause. Ununterbrochen fegen die Scheibenwischer den Schnee von der Windschutzscheibe.

»Du weißt doch gar nicht, was es ist«, sagt Costas und dreht sich so weit zu mir, wie es ihm angeschnallt möglich ist. »Es könnte auch etwas ganz Harmloses sein.«

»Ich weiß. Und dann ist das, was heute Abend passiert ist, für den Rest meines Lebens eine peinliche Anekdote, die du bei jeder unpassenden Gelegenheit zum Besten geben kannst. Schon deshalb lohnt es sich, nicht mehr allzu lange zu leben.«

»Komm, rück zu mir rüber, Kath, bitte. Ich kann beim besten Willen nicht in der Mitte sitzen mit meinen Beinen, dann schläft mir alles ein, aber ich ertrage es auch nicht, dass du da traurig in deiner Ecke sitzt.«

Ich schnalle mich ab und rücke hinüber auf den Mittelplatz. Im wechselnden Licht der vorüberziehenden Stadt taste ich lange nach dem Gurt. Aber ich brauche ihn gar nicht, es wird kein Autounfall sein, durch den ich sterbe. Dann schmiege ich mich an Costas, und der legt seinen Arm um mich. Wir schweigen. Irgendwann küsst er mich auf den Scheitel, das ist das Letzte, was er tut, bevor seine Atemzüge gleichmäßig werden. Sein Arm auf meinen Schultern wird so schwer, dass ich ihn nach einer Weile herunterhebe.

Nachdem ich mehrere Dienstage auf dem Weg zur Musikhochschule in Lübeck an Costas vorübergelaufen war, hatte ich mich so an seinen Anblick und seinen Gruß gewöhnt, dass ich mir schon fast konditioniert vorkam. Manchmal hatte ich das Gefühl, meine Hand höbe sich ganz automatisch, und tatsächlich tat sie es auch an diesem einen Tag, der der letzte und der erste war, einem Tag mit Nieselregen, wie er so oft vorkommt in diesen Breitengraden, ein andauerndes Geniesel, das sich wie Tau auf Schal und Mütze legt.

Meine Hand hob sich zum Gruß, mein Blick richtete sich auf die Bank, mein Mund verzog sich bereits zu einem Lächeln, aber diesmal war dort kein Costas. Wie angewurzelt blieb ich stehen, und der Schmerz, den ich in meinen Eingeweiden verspürte, machte mir schlagartig klar, was ich bis dahin nicht wahrhaben wollte: dass ich rettungslos verloren war. Dies war kein Flirt, keine kleine Romanze im Vorbeigehen, in Wirklichkeit hatte Costas sich in mein Leben geschlichen und es sich darin so bequem gemacht, dass seine Abwesenheit eine Lücke hinterließ, die mich quälte. Ich wollte in diesem Moment nur eines: dass er dort saß, jetzt sofort, alles andere war mir egal. Was, wenn dies das Ende war? Wenn er nie wieder auf dieser Bank sitzen und mich grüßen würde? Oder noch schlimmer: wenn er heute auf einer anderen Bank saß und eine andere

Frau grüßte? Der Gedanke war mir unerträglich. Ich fühlte mich, als müsste ich mich übergeben. Ohne Costas auf dieser Bank war das Leben zum Kotzen, es lohnte sich nicht, überhaupt weiter vorwärtszugehen. Genauso fühlte sich meine Liebe zu ihm an. Ich hätte nur noch nicht diesen Begriff verwendet. Die Liebe, wie ich sie bis dahin kannte, war bei aller Leidenschaft und Romantik stets meiner Kontrolle unterworfen gewesen. Ich bestimmte, wen ich liebte und wann und wie lange, und es war mir dabei gut gegangen. Nun aber stand ich da und fühlte mich schrecklich.

Auf der Bank stand ein Schuh. Ein Turnschuh, Größe fünfundvierzig. Er sah wenig gebraucht aus und stand genau dort, wo Costas normalerweise saß. Ich nahm ihn mit, folgte einfach der Richtung, in die er gezeigt hatte, so lange, bis ich tatsächlich den zweiten Schuh fand. Der stand auf einem Mülleimer und wies nach rechts.

Eigentlich war ich auf dem Weg in die Hochschule, um eine Vorlesung zum Thema Musiker und Medizin zu hören, danach musste ich rechtzeitig am Bahnhof sein, weil Ann-Britt mit dem Zug kommen würde, um ein paar Tage bei mir zu verbringen.

Ich brauchte nur wenige Sekunden, mich zu entscheiden, als ich den zweiten Schuh fand: gegen die Vorlesung und für Costas, und ich ahnte bereits, dass ich mich auch gegen die Verabredung mit Ann-Britt entschieden hatte. Sie würde den Weg zu meiner WG alleine finden. Ich nahm den zweiten Schuh an mich und folgte seiner Richtung.

Ich wohnte seit mehreren Semestern in Lübeck und durchquerte die Altstadtinsel jeden Tag, allerdings immer auf der gleichen Strecke – an Costas und seiner Bank vorbei, die geraden Straßen zuerst hinauf und dann hinab, bis ich vor der Hochschule stand. Im Grunde kannte ich mich hier überhaupt nicht aus. Als Nächstes fand ich einen

Schlips, um den Ständer eines Straßenschilds gebunden. Ich löste den Knoten, nahm ihn mit und bog in die entsprechende Gasse ein. Sie war schmal, und ich musste schon oft an ihr vorbeigelaufen sein. Die Häuser rechts und links waren alt und schief, aber gut erhalten und gepflegt. In den Fenstern, die so niedrig waren, dass deren Oberkante sich auf Augenhöhe befand und ich bequem in Küchen und Flure, Wohnzimmer und Eingangsbereiche schauen konnte, standen kleine Statuen, getöpferte Blumenvasen, Glaskunst oder Pflanzen. Jeder Bewohner dieser Gasse schien sich die allergrößte Mühe zu geben, sein Lebensumfeld so hübsch wie möglich zu gestalten. Nirgends versperrten Rouleaus oder Gardinen den Blick, als wäre es kein Problem, dass ich zuschaute, als wäre es ausdrücklich erlaubt. Und ich tat es ausgiebig. In all die fremden Wohnungen schaute ich, und zum ersten Mal, seit ich von zu Hause weggezogen war, begriff ich etwas von der höchst irritierenden Tatsache, dass es für jeden von uns ein anderes Leben gibt, dass kein Leben dem anderen gleicht. Ich war in einer Reihenhaussiedlung aufgewachsen, meine Freundinnen in der Schule hatten sich auf scheinbar vorgezeichneten Wegen befunden, die Studenten, mit denen ich es inzwischen zu tun hatte, hatten allesamt einen ähnlichen Hintergrund und ein vergleichbares Ziel vor Augen. Bis zu jenem Tag an jenem Ort hatte ich wirklich noch nicht verstanden, dass es zwar in alldem große Ähnlichkeiten und Überschneidungen gab, dass aber bei genauerem Hinsehen immer die Unterschiedlichkeit überwog. Jedes Leben war anders, und vermutlich genau deshalb suchten wir automatisch nach Gemeinsamkeiten und hielten sie für so besonders wichtig. Denn in letzter Instanz bedeutete die Unterschiede anzuerkennen, dass wir alle einsam waren und einander nur oberflächlich verstehen konnten.

Über einem Hydranten hing ein weißes Oberhemd. Ich

nahm es ab und betrachtete es. So groß war es und so gebügelt. Ich benutzte es als Kleidersack, damit ich eine Hand frei hatte. Der Hydrant stand vor einem Torbogen, hinter dem ein niedriger, düsterer Tunnel in einen Hof führte. Mitten auf dem Weg lag ein Gürtel und wies mir die Richtung. Ich bückte mich und ging durch den Tunnel. Auf der anderen Seite konnte ich mich wieder aufrichten, und dort erwartete mich eine Art Hinterhof-Bullerbü, von dessen Existenz ich keine Ahnung gehabt hatte. Die kleinen, schiefen Häuser der Gasse hatten natürlich eine Rückseite, und hier, auf dieser Seite, spielte sich offenbar das wahre Leben der Bewohner ab. Hier gab es kleine Gärten, in denen Tischchen und Stühle standen, hier wurde Wäsche getrocknet, standen kleine Holzschuppen voller Kinderspielzeug, eingeklappte Sonnenschirme und liebevoll eingerichtete Lauben. Im Grau des nieseligen Tages leuchteten die Dahlien und Kletterrosen um die Wette, und tatsächlich lag wie hindrapiert eine mollige Katze dösend auf einem Mäuerchen unter einem Vordach. Ich folgte dem kleinen Weg durch diese Hinterhauswelt, bis ich zu einem weiteren Tunnel gelangte, der mich auf einer größeren Straße wieder ausspuckte. Auf einer der kleinen überdachten Säulen, an denen ein öffentliches Telefon angebracht war, lag ein Hut.

Ich folgte der Spur des Schals, der T-Shirts und des Sakkos durch die Lübecker Altstadt. Es gab noch viel mehr solcher Hinterhöfe, mehr solcher Gassen, mehr Fenster, in die ich schauen konnte, und es war, als wären mir die Augen geöffnet worden für eine Stadt voller Leben, Menschen, Schicksale, wo ich vorher nur Fassaden hatte sehen können und gemeint hatte, das sei bereits genug. War es das, was Costas mir hatte zeigen wollen? Vielleicht hat er damals gar nicht so viel gewollt, aber es ist schon wahr, dass er vor allem anderen immer die Menschen sieht, wenn er Dinge betrachtet. Ein Gegenstand wird für ihn erst interessant und schön, wenn er erfahren kann, wer ihn hergestellt, wer ihn erworben, wer ihn benutzt hat. Ein Haus gefällt ihm erst, wenn es sich mit Leben gefüllt hat und von Menschen in Anspruch genommen wird. Er verachtet Bürogebäude, die zweckmäßig sein müssen und in denen ein Arbeitsplatz sich vom anderen nur durch ein paar Schlümpfe oder Familienfotos unterscheidet.

Das Ziel meiner Wanderung durch Lübeck war eine alte Kirche, die nach ihrer Zerstörung während des Krieges zu einer Galerie umfunktioniert worden war. Dort wies mir eine Socke den Weg hinein. Die Ausstellung war geschlossen, aber man konnte mit einem Aufzug auf den Turm hinauffahren. Die Aussichtsplattform wurde erst in einer halben Stunde offiziell geöffnet, aber im Kassenhäuschen saß bereits eine ältere Frau und nickte mir zu. Sie strickte. Als ich näher trat, um ein Ticket zu kaufen, sagte sie: »Ist gerade eben für dich bezahlt worden.« Also stieg ich ein paar Stufen hoch, holte den Fahrstuhl und fuhr hinauf. Das Oberhemd, das ich als Sack verwendete, war mittlerweile schwer und sperrig.

Oben trat ich auf die Plattform, ein kalter Wind blies mir entgegen. Ich befand mich auf einer Art Galerie, durch deren Öffnungen man Stadt und Umland überblicken konnte. In der Mitte versperrten Mauern die Sicht auf die andere Seite, man konnte lediglich im Kreis gehen. Vermutlich stand ich mehr oder weniger direkt unter der Turmspitze. Ich ging um die innere Verkleidung herum, und da saß Costas auf einer Wolldecke und sah mir entgegen. Vor ihm zwei Tassen und eine Thermoskanne. Er rappelte sich hoch und stand dann einfach nur da, seine Hände hingen herab, und ich wusste nicht, was ich tun sollte. Eigentlich wollte ich auf ihn zustürmen und mich an seinen Hals hängen, um dort zu bleiben bis ans Ende meiner Tage, stattdessen sagte ich:

»Freut mich zu sehen, dass du etwas anhast. Ich habe

nämlich den Inhalt deines Kleiderschranks auf der Straße gefunden.«

Mein Herz schlug so schnell und laut, dass es mir in den Ohren pochte, und meine Sicht war verschwommen. Ich musste mich dringend setzen, darum stakste ich an Costas und seinen hängenden Armen vorbei und ließ mich auf die Decke fallen. Ich wusste nicht, ob das, was ich tat, richtig und so gedacht war, ich benahm mich wohl wie ein dreister Tölpel, aber Costas schien das nicht zu stören. Er setzte sich neben mich, goss Tee in beide Tassen und reichte mir eine. Dann breitete er einen Zipfel der Wolldecke über unsere Beine und sagte zufrieden:

»Jetzt habe ich dich endlich da. Trink erst mal einen Schluck, dann können wir reden.«

»Worüber denn?«, fragte ich mit piepsiger Stimme.

»Über unsere Zukunft«, sagte er. »Und darüber, ob wir uns bei Gelegenheit küssen sollten.«

Brandenburg ist dunkel wie zuvor. Von meinem Platz aus kann ich das winzige Stückchen Straße sehen, das die Scheinwerfer beleuchten, während der Schnee uns in immer feineren Flocken entgegenwirbelt. Es wirkt wie pures Glück, dass die Straße immer und immer weitergeht, wir fahren mit einer Mischung aus Hoffnung und Erfahrung geradeaus.

Ich stelle mir Alex vor, wie er in fünf oder zehn Jahren sein wird. Ich sehe ihn vor mir auf der Bühne stehen, in einem – bei Lichte betrachtet – lächerlichen Katzenkostüm, und mit seiner wunderschönen, gut ausgebildeten Stimme in ein winziges Mikrofon singen, das an seiner Stirn befestigt ist: »Skimbleshanks von der Eisenbahn, der Kater vom Nachtexpress ...« Es hat ihn viel Schweiß und Tränen gekostet, diese Rolle zu ergattern, er ist glücklich. Die dämlichen Texte und die hanebüchene Geschichte stören ihn nicht, denn die Melodien rühren die Herzen der Zuschauer, die für jede Vorstellung in Scharen aus allen Ecken der Welt herbeiströmen und insbesondere die Perfektion genießen, die allem, was auf der Bühne geschieht, innewohnt. Eigentlich kommen sie nur deswegen. Und Alex ist froh, dass er ein Teil dieses überaus erfolgreichen Konzepts sein darf, und es wurmt ihn höchstens ein ganz kleines bisschen, dass niemand dort draußen seinen Namen kennt, sondern nur den seines Katzen-Charakters. In der Garderobe schminkt er sich ab, wie jeden Abend. Egal, ob er krank ist oder gesund, ob er Lust hat oder nicht, er beherrscht die Routinen des Schminkens, Abschminkens, Umziehens im Schlaf. Zu Hause erwartet ihn seine Frau. Ihre zwei Kinder schlafen schon, ein Junge und ein Mädchen mit sorgfältig ausgewählten Modenamen, deren Clou darin besteht, dass ihre Schreibweise ein bisschen anders ist als gewöhnlich. Seine Frau sieht aus wie eine Barbie-Puppe, doch das ist ihm nicht bewusst. Alle seine Freundinnen sahen so aus, und diese hier hat er geheiratet, weil es dran war und er sich immer gern an das hält, was als Nächstes ansteht. Warum auch nicht, die Reihenfolgen haben ja ihren Sinn, und bisher ist er immer gut damit gefahren, sich an die Konventionen zu halten. Aber vielleicht ist es auch ganz anders, vielleicht ist seine Frau eine, die ihm in die Augen schaut, wenn sie mit ihm spricht. Deshalb hat er sie geheiratet und keine von den anderen. Weihnachten wird er an mich denken, das ist sicher. Er hält viel von Traditionen, und manche Anlässe bieten sich einfach an, um sich an Menschen zu erinnern. Er ist ein hingebungsvoller Vater, der beinahe platzt vor Stolz, ein aufmerksamer Ehemann. Er hat einen großen und fröhlichen Freundeskreis, dessen Zentrum er bildet, niemand sagt ohne Not eine Einladung ab, die er ausgesprochen hat. Er sitzt inmitten seines eigenen Netzes, eine fette, zufriedene Spinne, die keine weiteren Fragen ans Leben hat.

Helli hingegen wird die Schule vielleicht gar nicht beenden. Aber wer weiß das schon? Ihr ADHS und die Pubertät können sich zu einer explosiven Mischung zusammentun und ihr alles zersprengen, was vorgezeichnet zu sein schien. Andererseits wird sie demnächst Medikamente nehmen, und plötzlich gelingen ihr Dinge, die sie nie für möglich hielt. Dazu die übliche Appetitlosigkeit als Nebenwirkung, und schon könnte die Helli, wie ich sie kenne, in zehn Jahren eine ganz andere sein. Was ihr immer bleiben wird, ist die Ziellosigkeit, mit der sie durchs Leben mäandert. Selbst mit Medikamenten wird sie sich kaum in eine verwandeln, die immer weiß, was sie will und wie sie es bekommt. Ich sehe sie vor mir, launisch und chaotisch, sie ist schwanger und weiß nicht genau, wie es passiert ist. Ihr Freund ist ein Gamer und findet okay, dass sie in seine Wohnung mit einziehen will, solange er ungestört am PC sitzen kann. Eine Ausbildung hat sie abgebrochen, weil der Chef blöd war. Eine andere hat sie nicht angetreten, weil das am entgegengesetzten Ende der Stadt gewesen wäre, und niemand kann von ihr verlangen, früh aufzustehen und bei jedem Wetter eine Dreiviertelstunde mit dem Bus zu fahren. Auf das Baby freut sie sich. Sie mag Babys. Wenn es größer ist, wird sie studieren, wozu hat sie sich sonst durchs Gymnasium gequält. Irgendwas mit Menschen auf jeden Fall, vielleicht Soziologie oder Ethnologie. Fürs Studieren muss man auch nicht besonders früh aufstehen, und ihr Freund ist sowieso viel zu Hause und kann aufs Kind aufpassen, wenn sie zur Uni muss. Sie überlegt sich, ob sie ihn heiraten soll. Er weiß noch nichts von seinem Glück. Aber sie mag seinen Nachnamen, der ist kurz und griffig, und sie hat neulich so ein unglaublich tolles weißes Kleid in einem Onlineshop gesehen, das sie einfach bestellen musste – man kann es ja immer noch zurückschicken, falls er Nein sagt. Oder für eine andere Gelegenheit aufbewahren. Sie möchte jedenfalls ganz viele Babys haben, so viel ist sicher. Vielleicht sollte sie doch lieber Tagesmutter werden oder Erzieherin. Sie spürt, dass ihr Kind ein Mädchen wird, so etwas spürt sie einfach. Ihre Mutter fällt ihr ein und ihre Schwester, die sie nie gesehen hat und deren Namen sie nie leiden konnte. Sie wird ihr Mädchen Tessa nennen, das klingt gut und ist nicht griechisch. Und wenn es doch ein Junge wird, dann eben Franz, aber ein Mädchen wäre besser. Ihr Freund hat noch keine Ahnung, sie wartet auf den richtigen Moment, es ihm zu erzählen. Wenn er dann nicht ordentlich reagiert, zieht sie aus. Entweder er freut sich anständig, oder es ist Schluss. Sie kriegt das nämlich alleine hin mit dem Baby. Sie braucht niemanden, hat noch nie jemanden gebraucht. Wenn sie etwas haben will, besorgt sie es sich. Wenn sie etwas nicht weiß, dann fragt sie eben. Dazu ist keine Ausbildung nötig. Mag sein, dass ihr Netz aus weniger Fäden besteht, dass sein Muster chaotischer ist und nicht an allen Stellen tragfähig, doch wozu ist man eine Spinne – ist irgendwo ein Loch, produziert man einfach neue Fäden und behebt die Sache. Eine Spinne muss sich niemals Sorgen machen.

Und Costas? Der über meinen Kopf hinweg atmet und womöglich gerade von Null-Energie-Häusern träumt? Wo ist der ohne mich? Ich weiß es nicht. Vielleicht wird er jemanden finden, für den er wieder kochen kann.

Auf dem Beifahrersitz schnarcht Kilian laut und regelmäßig, ich spüre Costas' Wärme an meiner linken Seite, nur von rechts ist mir noch kalt. Heinz fährt stur und in gleichmäßigem Tempo durch Dunkelheit und Schneegestöber. In meinem Kopf höre ich die *Geistervariationen* von Schumann. Die vierte ist die schönste. Ich bin zu müde, um den Kopf zu schütteln. Schumann passt schon irgendwie.

In der Position, in der ich sitze, komme ich nicht an mein Notizbuch, und es wäre auch zu dunkel, um etwas zu notieren. Sonst würde ich die Liste mit dem Titel *Hübsche*

Ortsnamen, die ich mit eigenen Augen gesehen habe suchen und darunter *Herzsprung* schreiben.

Meine Lider werden schwer. Die vierte Variation ist die schönste, aber es ist das Thema, das den Ohrwurm setzt. Es gibt einen Moment vor dem Einschlafen, an dem man gerade noch merkt, dass es jetzt so weit ist. Dass man nun hinübergleitet in den anderen Zustand. Es hat Tage gegeben, an denen habe ich mich bereits zur Abendbrotzeit auf genau diesen Moment gefreut, und ich gebe acht, ihn so selten wie möglich zu verpassen, weil er einfach köstlich ist. Ein Augenblick voller Frieden und Einverstandensein mit allem, was passiert. Er ist das Schönste, was ich kenne.

Wenn Sterben tatsächlich so ähnlich ist wie Einschlafen, dann brauche ich keine Angst zu haben.